O casarão da rua do Rosário

Do autor:

A coleira no pescoço

A muralha de Adriano

O casarão da rua do Rosário

MENALTON BRAFF

O casarão da rua do Rosário

ROMANCE

Rio de Janeiro | 2012

Copyright © Menalton Braff, 2012

Capa: Rafael Nobre
Foto de capa: Karen Schulenberg / Getty Images

Editoração: FA Studio

Texto revisado segundo o novo
Acordo Ortográfico da Língua Portuguesa

2012
Impresso no Brasil
Printed in Brazil

Cip-Brasil. Catalogação na fonte
Sindicato Nacional dos Editores de Livros, RJ

B791c   Braff, Menalton, 1938-
      O casarão da rua do Rosário / Menalton Braff. — Rio de
Janeiro: Bertrand Brasil, 2012.
      350p.: 23 cm

      ISBN 978-85-286-1599-9

      1. Romance brasileiro. I. Título.

12-4309
      CDD: 869.93
      CDU: 821.134.3(81)-3

Todos os direitos reservados pela:
EDITORA BERTRAND BRASIL LTDA.
Rua Argentina, 171 — 2º andar — São Cristóvão
20921-380 — Rio de Janeiro — RJ
Tel.: (0xx21) 2585-2070 — Fax: (0xx21) 2585-2087

Não é permitida a reprodução total ou parcial desta obra, por
quaisquer meios, sem a prévia autorização por escrito da Editora.

Atendimento e venda direta ao leitor:
mdireto@record.com.br ou (0xx21) 2585-2002

*Para duas Roses: a que suporta minhas
idiossincrasias há trinta anos,
e a Rose, minha editora, a quem escolhi
para madrinha de mais este livro.*

UM

BENVINDA, A MATRIARCA

1

Este cansaço, agora, me sobe dos pés inchados, me invade pelos olhos e ouvidos; e as narinas, por mais que se esforçassem, não evitaram que eu fosse inundado por aquele cheiro nauseante de flores murchas misturado a fumaça de velas. E sua imagem de cera a ferir com cinza e areia meus olhos, a visão embaçada. Preciso descansar, com urgência, para pôr pensamentos e emoções em ordem. É maio e faz o frio de maio, minhas pernas encolhidas estão mudas à espreita, mas não creio que ousem qualquer movimento. Cruzo os braços no peito, fechando-me ao frio, cerro os olhos machucados como algo que sangra.

Reclino ao máximo a poltrona e me ajeito melhor com vontade de dormir, precisando muito de sono, morte provisória que me faça renascer inteiro. Um pensamento, entretanto, espanta-me o sono. Quando me lembro de que amanhã às dez devo fazer parte de uma banca e que venho descansando muito pouco nestes últimos dias, fecho os olhos, pestanas apertadas, consciente de que há urgência em dormir. Mas fico imaginando que flor poderá nascer naquele túmulo, e minha imaginação escorrega entre o trágico e o cômico, com flores que se alternam, às vezes se misturam de maneira ridícula num cromatismo de caleidoscópio, cambiante, instável. Às vezes somem as pétalas, deixando exposta a calvície das corolas pálidas.

O ronco do motor avança pela noite, destemido, supondo que, uma vez contínuo, vai me relaxar para permitir que o sono embaralhe meus pensamentos. Inútil. A noite está do lado de fora, no frio do lado de fora, e consigo esquecer por um segundo as flores possíveis sobre o túmulo para pensar que assim tudo termina: alguns familiares, alguns conhecidos, alguns punhados de terra, apenas simbólicos, depois o profissionalismo de pás e enxadas cobrindo a cova. E o que resta de cada um só pode ser o que fez, real ou supostamente. Então chegam os outros, que nem notícias tiveram de quem partiu, e se põem a existir.

E voltam as flores. A sempre-viva, apesar das pétalas secas, não vai nascer sobre o túmulo por ser excessivamente colorida. À tia Benvinda corresponderiam tais pétalas parecendo mortas desde o nascimento. Não fossem suas cores alegres. Às violetas, sobretudo às miúdas e roxas, falta um pouco de preto para que sejam perfeitas naquela terra que o corpo da velha, sem querer ou saber, foi adubar. Minha tia. Sua vida merece flores feitas de noites e friagens.

Um velório silencioso, de vez em quando acordado por algum pigarro desgarrado e vozes ciciadas, como se formadas apenas de vento. Seus irmãos, meus tios, muito concentrados talvez na ideia de que depois da mais velha todos os outros irão no mesmo caminho. Diferentes, apenas tio Ataulfo, que chorava agachado nos cantos

O casarão da rua do Rosário | *11*

engrolando palavras que não existiam, e minha mãe, a caçula, que não se importava em parecer vitoriosa, um ar de triunfo exposto no rosto ainda bonito. Ao ordenar mais café para os que ajudavam a velar sua irmã primogênita, cuja alma desprendia-se naquele momento da matéria imunda, fê-lo com bela voz, audível, quase melodiosa, apesar das palavras triviais, como o café acabou, é preciso que alguém passe um pouco mais.

A mim pareceu que minha mãe estava feliz com a partida daquela sua irmã. Ah, e penso que ela teve motivos de sobra para sentir-se aliviada com o falecimento da primogênita, a guardiã da fé e das tradições, a depositária dos tesouros familiares, tanto os morais quanto os pecuniários, ambos em decadência inevitável.

À tarde o sol ficou a nosso favor, iluminando o alto dos ciprestes e dos oitis sem nos assar. Um sol suficiente para que não sentíssemos frio. Assisti a tudo da distância de uns dez passos, com meu semblante torvo sem expressão que pudesse me trair. Os anos de universidade me ensinaram a observar analiticamente e foi o que fiz. Depois de baixado o esquife, o mestre de cerimônias falou com os irmãos da falecida senhora dona Benvinda Gouveia de Guimarães e os instruiu a jogarem, por ordem de idade, um punhado de terra sobre o caixão. O primeiro a sujar a mão direita foi tio Romão. Tive a impressão de que chorava. Ele também, com o aspecto que eu ainda não tinha visto de quem já ouve o trombetear dos anjos, não demora a se despedir. Está acabado esse meu tio. Sua mão tremeu mais do que o normal ao jogar a terra sobre sua irmã. Tia Joana, de olhos inchados, não teve coragem de olhar para onde jogava a terra e por pouco não erra o alvo.

A última a se despedir com punhados de terra foi minha mãe. Seus lábios se alargaram e iluminaram-se-lhe os olhos quando arrojou terra e pedra sobre o esquife, provocando um baque surdo, e todos se espantaram com o gemido grave do caixão ao receber aquela pedrada nas costas.

2

Parados em frente ao casarão, ali ficamos sem compreender direito os projetos de minha mãe. Ela parecia indecisa, passando aquele lenço branco na testa, depois com o mesmo lenço enxugando as mãos. Minhas duas irmãs e eu já conhecíamos a casa em que moravam nossas quatro tias e um tio muito estranho, que não entendíamos, mas com o qual dividíamos algumas vezes nossas brincadeiras. Tio Ataulfo. Conhecíamos a casa onde poucas vezes tínhamos entrado. Entre nossa mãe e suas quatro irmãs existiam diferenças de que suspeitávamos sem as conhecer.

Parados, nós quatro de mãos dadas, contemplávamos a fachada larga, a frontaria com o peso do estilo colonial, mas decorada com figuras clássicas e ramos entrelaçados de gosto barroco. Nosso medo daquela imponência é que nos botava mudos a olhar desconfiados, como se aquele colosso pudesse, de repente, nos atropelar.

14 | *Menalton Braff*

Os oitis, um de cada lado do portão, dois sentinelas em posição de sentido, não nos protegiam do sol àquela hora, projetando suas sombras sobre o jardim que isolava o casarão da rua. O tempo passava pegajoso por nossas roupas e meu rosto suado ardia, mas acho que era de ansiedade. O que está para acontecer?, eu pensava muito concentrado, sem largar as mãos de minhas irmãs.

Estávamos com nossas roupas de domingo, todos nós, e com a memória prenhe de recomendações: como sentar, agradecer, pedir a bênção, passar a manteiga no pão, se fosse o caso de nos oferecerem um café. Sobre falar alto, como costumávamos, houve proibição terminante, falar alto, assim, ó: proibido. E sem correrias como se estivéssemos em nossa casa ou no campo. E pra terminar: nem uma palavra a respeito de seu pai.

Nunca tinha tido muita certeza do que poderia ser o casarão dos Gouveia de Guimarães, de que se falava em casa quase todos os dias. Não me senti parte daquele mundo, pois meu nome, completo, era Palmiro de Guimarães Fortunatti. E minha mãe, que tinha nascido naquela casa e nela se criara, agora relutava em tocar a campainha, pois o casarão nos olhava com todas as janelas fechadas. Um amarelo velho, descascado, cobria as paredes imóveis, fechadas sobre nossos ancestrais que ali viveram.

Finalmente, com ímpeto de quem finalmente se decidiu, minha mãe largou a mão de Irene e premiu o botão da campainha. Não demorou muito para que tia Ivone aparecesse à porta e gritasse de lá, do outro lado dos canteiros de rosas do jardim, Ah, são vocês! Então veio lépida, imitando uma coelha, para abrir o portão. Ela sorria com as palavras no meio do sorriso, e dizia, A gente pensava que vocês não viessem mais.

Depois de abrir o portão, puxou sua irmã Isaura pelo braço e sacudindo um pouco a cabeça repetia, Entrem, entrem, a gente já estava esperando vocês. Minha mãe nos empurrou um a um para dentro do jardim, aterrados que estávamos com a fisionomia da casa, pois fazia anos que não visitávamos as tias. Entramos meio embolados, protegendo-nos com nossos pequenos corpos que nos serviam de escudo.

Tia Ivone, debaixo do mesmo sol, ali fora, estava de semblante aberto, meio jovial, com um vestido de seda lilás estampado com lindas flores pretas e salmão. Desde sua chegada ao portão sentimos a forte fragrância de almíscar, que nunca mais me abandonou. Ela, essa tia, de salto alto como se preparada para uma festa. Bem alegre, tia Ivone. Uma alegria de voz muito delicada, bem feminina.

Na sala, onde entramos com os olhos ainda cheios de claridade, havia um ambiente de reunião. Então era isso: uma reunião. Em volta da mesa, as quatro irmãs de minha mãe. Tio Ataulfo mostrou um sorriso amplo na porta, onde ficou parado sem entrar, parado sorrindo apreciando aquelas crianças avulsas na sala. Eu já sabia dos defeitos de sua cabeça por informações de minha mãe. Tio Romão era o titular da cadeira vazia, porque, funcionário da prefeitura, não podia comparecer. Alto funcionário da prefeitura era como em família se adjetivava o fato de tio Romão trabalhar. Alto funcionário. De um Gouveia de Guimarães, prestando serviço a uma repartição pública, era o mínimo que se poderia exigir.

Na cabeceira da mesa, reinando sobre a sala, tia Benvinda: ossos a esticar a pele. Arrumou os óculos com um dedo para nos examinar. Seu olhar tinha uma ferocidade que eu desconhecia em seres humanos. Mandou que o irmão nos levasse para o quintal, mas que tomasse muito cuidado, não fôssemos quebrar alguma coisa.

Saímos pisando sobre pés leves, como nos fora recomendado, e ele nos esperou na porta com seus braços e ergueu contente a Dolores

16 | *Menalton Braff*

até seu colo, fazendo festa. Irene e eu fomos atrás do tio Ataulfo contornando a casa pelo lado do jardim e a trote curto chegamos ao quintal, nos fundos, onde se misturavam árvores frutíferas com árvores de sombra, de copas espessas e majestosas. Fizemos uma roda, os quatro, à espera de alguma sugestão de brincadeira. Tio Ataulfo era um homem muito grande, com movimentos fora de prumo, e suas risadas subiam aos solavancos, mesmo assim muito alegres.

Como ninguém concebesse alguma boa ideia, tio Ataulfo resolveu apresentar seu papagaio para nós. As meninas ficaram deslumbradas com aquela ave verde com apliques vermelhos nas asas e algumas penas amarelas no papo. Quando descobriram que ele obedecia à ordem de dar o pé, não houve jeito de sugerir outra brincadeira. Elas tremiam de medo do bico agudo e curvo, mas se enamoraram do louro que as olhava bem redondo e atento.

Meu pensamento, apesar das alegrias de tio Ataulfo, não veio comigo da sala. Por isso, disfarcei no meio dos gritinhos das minhas irmãs e voltei pelo corredor escuro, portas dos dois lados. Todas fechadas.

Ninguém me percebeu sentado no corredor e foi assim que fiquei sabendo que nossa mãe não tinha mais condições de nos manter depois da prisão de seu marido, por isso pedia à mais velha da família permissão para voltar ao casarão dos Gouveia de Guimarães.

As outras três estavam caladas, mas tia Benvinda abriu sua boca magra, endireitou os óculos e decretou:

— Vir vocês podem. Mas não se esqueça de que esta casa tem um nome e uma tradição por que zelar, por isso temos aqui regras que não se admite sejam desrespeitadas, como você já fez mais de uma vez. E tem mais, o que nos resta da fortuna deixada por nossos avós é esta casa e muito pouco além disso, que eu mesma administro com a ajuda do Romão. Espero que você se arranje com o sustento de seus filhos. Eles já estão na escola?

— O Palmiro, o ano que vem, já vai entrar pro ginásio. E tem sido sempre o primeiro da classe.

— Bom, bom.

Ela, tia Benvinda, sacudiu a cabeça aprovando de muito má vontade. As outras estavam caladas, acho que constrangidas com a situação.

No dia seguinte um caminhão trouxe nossa parca mudança e fomos ocupar os dois últimos quartos do corredor, junto aos cheiros e ruídos da cozinha.

3

Tomávamos o café da manhã perfeitamente insertos em uma família grande, todos ao redor da mesa, onde sobravam ainda alguns lugares. Lá da cabeceira, daquela distância, tia Benvinda regia o pão e a manteiga, ordenava com energia, Pega mais. A mesa, no casarão dos Gouveia de Guimarães, deveria ser, por força desse nome, sempre farta. Desde os fundadores isso era uma questão fechada. A cidade toda haveria de dizer que os Gouveia de Guimarães viviam na fartura. E uma tradição, como essa ou outra qualquer, quando orientada para o bem, não se pode romper sem sofrer duras consequências.

Tia Benvinda usava apenas as pontas dos dedos magros, empunhando jamais um garfo ou colher, uma faca ou mesmo o pão. Somos filhos de família tradicional, ela afirmava, nossos antepassados foram nobres portugueses que vieram desbravar este país. Dificilmente tia Benvinda citava o nome do país onde morava.

O *casarão da rua do Rosário* | *19*

Referia-se ao Brasil como este país. Às vezes acrescentava a locução pejorativa "de pagãos".

— Pega mais.

De muitas outras coisas se poderiam acusar os Gouveia de Guimarães, mas não de sovinice. Se havia cuidados com os gastos, era porque os rendimentos andavam escassos. Mesmo assim, à mesa, lugar sagrado, mantinham-se os hábitos antigos.

Ninguém saía da mesa antes de tia Benvinda. Era uma das regras da casa. Quando ela percebeu que estávamos todos à espera de seu sinal, olhou-nos por dentro das lentes de seus óculos e disse bem devagar, Dentro de meia hora quero vocês três na sala, com o material escolar.

Aquele modo patronal de nos tratar era irritante, pelo menos para mim. Eu tinha minha mãe, a quem devia obediência, de repente, por ter mudado de casa, surgia uma nova autoridade, alguém a quem deveria dar satisfações? Senti o rosto quente e o imaginei uma bola de brasa, mas me lembrei das recomendações de minha mãe, a filha mais nova daquela família.

Meia hora mais tarde, exatamente, entramos os três na sala onde tia Benvinda nos esperava lendo o jornal do dia. Entramos até o meio da sala, a mesa ao lado, e paramos em posição forçada como três soldadinhos de chumbo. Ela estava lendo. Impossível que não nos tivesse visto entrar, mas continuava lendo. Por fim, tive a impressão de que ela chegara ao fim de um artigo, dobrou o jornal, colocou-o sobre a mesinha de centro, levantou-se reta e estreita com aquele seu ventre que jamais produzira vida. Então aproximou-se da mesa e ordenou que sentássemos. Quis saber de nossa vida escolar, o que já tínhamos feito e o que pretendíamos fazer no futuro. Como irmão mais velho, coube a mim relatar tudo que sabia a respeito de nosso envolvimento com escola.

A sala, com suas enormes janelas abertas, não precisava de iluminação artificial. A primavera entrava pelos vãos, com seus perfumes, com seus cantos de pássaros. Tia Benvinda abriu o livro que lhe passei, apontou seu indicador na minha direção e ordenou, Leia este texto aqui. Ora, ler era uma coisa que me vinha de casa: pai e mãe leitores contumazes.

Minha mãe apareceu na porta e disse que estava saindo à procura de alunos particulares.

Aulas particulares já fora assunto de uns dias antes. Tia Benvinda proibiu que tais aulas fossem ministradas no casarão dos Gouveia de Guimarães. Então minha mãe decidiu percorrer as escolas mais próximas oferecendo aulas de reforço na casa dos alunos. Era um sacrifício a mais, com alguma compensação, pois aula sem necessidade de sair de casa tem preço maior.

Quando a vi atravessar a sala e sair pela porta da frente, me senti desamparado e meus olhos não conseguiam ver as palavras que deveria ler. Por um momento pensei que fosse chorar. Olhei para minhas duas irmãs e percebi que elas estavam bem perto do pânico. Por isso, do alto de meus dez anos, resolvi ser o amparo das duas pequenas. Era a primeira vez que estávamos naquela casa sem a presença de nossa mãe, e eu era o irmão mais velho, com responsabilidades familiares.

— Vamos, menino, não sabe ler, não?

Meus lábios tremeram, enxuguei lágrimas nascentes com as costas da mão e li. Não sei o que li, mas li com raiva e rápido, li contra minha tia. Acho que ela não entendeu uma única palavra saída de minha metralhadora.

— É, não está mal, mas não precisava ler tão rápido assim.

Recebi suas palavras como o prêmio do guerreiro, apesar de seu tom de castigo.

Me deu uns probleminhas de aritmética pra resolver, coisa de MDC, que resolvi na metade do tempo que ela esperava. Mas já!, ela espantada. Por certo já esqueceu o que disse nossa mãe a respeito de meu desempenho na escola. Ainda me testou perguntando qual a capital da Alemanha. Expliquei que a Alemanha fora dividida depois da guerra e que Bonn era a capital da parte ocupada pelos Estados Unidos enquanto Berlim Oriental era a capital da parte ocupada pela União Soviética.

Minha tia ficou em silêncio, olhando-me com curiosidade e, por fim, perguntou-me onde havia aprendido tudo aquilo. Respondi com a voz mais singela de um débil mental que no ano que vem, minha tia, no ano que vem já vou entrar para o ginásio. Ela sacudiu a cabeça com seu coque, movimentos rápidos, ergueu as sobrancelhas e repuxou os lábios fazendo cara de nojo.

Foi minha primeira vitória sobre aquela tia, a regente.

Tia Benvinda anunciou-me livre e começou a examinar os conhecimentos de Irene. Não saí da sala, muito protetor de minhas duas irmãs, e querendo saber como seriam tratadas. Ela, a velha tia, me espantou com o olhar duro e fino depois de ajeitar os óculos com o dedo. Fingi que não entendia seu gesto e continuei sentado sem me mexer. A Irene se saía bem nas questões propostas e me senti orgulhoso de minha irmã.

Na porta aberta da frente, tio Ataulfo apareceu acenando para que eu o acompanhasse. Ele foi me mostrar suas flores e folhagens, sempre rindo e conversando com cada uma das plantas. Você não ouve o que elas me respondem?, ele me perguntou agachado, com a cabeça na exata altura da minha. E ficou muito triste por eu ter dito que não ouvia nada.

4

Uma comitiva de três carros, como voltamos da missa. À frente do cortejo, tia Benvinda dirigia cuidadosa, excessivamente cuidadosa, seu Aero Willys azul-marinho, carro do ano, que, das ruas, conhecia praticamente só a calma das manhãs de domingo. Com ela, além das três irmãs, levava o Rodolfo, nosso primo. Em segundo lugar, fazendo as mesmas curvas e parando as mesmas paradas em cada esquina, vinha meu tio Romão, com a esposa e o filho mais novo. Ele, dentro de um terno escuro e fechado no gargalo por uma gravata cor de prata. O alto funcionário. Fechando a comitiva, vínhamos nós quatro conversando com o motorista do táxi, que ria muito das paradas constantes de tia Benvinda.

Quando sugeri, logo após o café da manhã, que ficaria com tio Ataulfo, cuidando dele, as quatro tias me cercaram com palavras ásperas, porque as normas da casa, como já tinha sido combinado, não poderiam ser rompidas. Mas e o tio Ataulfo?, perguntei em minha defesa, e a gordota, tia Joana, fez a cara de nojo que era típica da família, com as sobrancelhas erguidas e os lábios esticados, quase arrebentando. Ele fica muito bem sozinho. Depois soubemos que, nas últimas missas a que assistiu, começou a discutir com o padre, interrompendo a homilia. Um domingo, levantou-se, pôs a mão direita sobre o coração e cantou o Hino Nacional. Nunca mais acompanhou as irmãs.

Declarei então, e imprudentemente, que jamais tinha assistido a uma missa.

Foi o escândalo que faltava. Minha mãe, pálida e bela, me implorava com olhos tristes que nunca mais falasse sobre isso. Mas as tias investiram contra mim e contra minha mãe. Principalmente contra a irmã mais nova da família. Não sei se minhas irmãs entenderam, mas eu percebi muito bem que o cafajeste, calhorda, ateu vagabundo era meu pai. Acho que a Dolores desconfiou de alguma coisa, pois começou um choro longo, cheio de lágrimas, dizendo, Quero meu pai, quero meu pai. Ganhou colo e afagos para não dizer mais aquilo.

Minha mãe, com as saídas diárias dela para as aulas particulares, tinha conseguido alguns alunos com dificuldades para encerrar bem o ano, matriculou-nos em uma escola pública a três quarteirões do casarão dos Gouveia de Guimarães, e o que nunca disse às irmãs: acompanhada de um advogado, gastava-se na busca por notícias de meu pai, há três meses levado de casa em uma camionete Veraneio.

Os dois carros da frente passaram pelo portão, que a tia Amélia escancarou, enquanto nós descemos na calçada e esperamos que nossa mãe pagasse o táxi, antes de nos misturarmos àquele povo de parentes.

O prato de tio Ataulfo foi levado à edícula, que elas adaptaram atrás da cozinha, entre as árvores, para morada daquele tio grande com fala e jeito de criança. Ao contestar a discriminação, recebi a resposta que ele não sabia se comportar à mesa. Muito ciosas, essas tias a quem competia carregar as duras e pesadas pedras daquela tradição de uma família de puro-sangue. O lugar dos talheres, seu uso, a posição dos copos e seu destino, o guardanapo sobre os joelhos, o garfo na mão esquerda, as quantidades e qualidades, de tudo isso faziam questão de olhos fechados, pois era um almoço em que se reunia toda a família, portanto, com seu tanto de formal. Assim tinham aprendido com professores de etiqueta, com isso rejeitaram todas as propostas de casamento. Não nos merecem, repetiam. São grosseiros, estes rapazes da cidade. Eu já conhecia a história, por isso fiquei indignado com a exclusão de tio Ataulfo, como se fosse uma das manchas do nome, de que muito gostavam de falar.

O almoço foi minha primeira lição bem clara sobre as classes sociais. Da cabeceira da mesa minha tia Benvinda regente, muito atenta a tudo. Perto dela, suas irmãs solteiravam nos cochichos e esgares. De fora, o único admitido e em posição de honra ao lado da senhora dona Benvinda Gouveia de Guimarães, seu sobrinho mais velho, Rodolfo, desfrutando as primícias de príncipe herdeiro. Um pouco retirada do primeiro grupo, a família de tio Romão. Finalmente, nós, os Fortunatti, carregando o plebeísmo de um nome italiano, nome de imigrantes.

Ciúme, claro, nem tinha como não sentir. Tia Benvinda escolhia os nacos mais vistosos do assado, as batatas mais douradas, sempre perguntando se agradavam o príncipe herdeiro. Ela mesma o servia segurando os talheres com as pontas dos dedos e cochichando-lhe ao ouvido com a ponta da boca. Assim foi durante o almoço silencioso do domingo, em que falar, sobretudo em voz alta, era mais ou

O casarão da rua do Rosário | 25

menos proibido. O que sobrava nas travessas chegava até a família Fortunatti. Na hora da sobremesa, tia Benvinda mandou que viessem as compotas com frutas em calda. Mandou que o Rodolfo escolhesse algumas que lhe agradassem, então pediu que as compoteiras fossem retiradas. Mas antes, ela perguntou, muito magra e ajeitando os óculos, Vocês não querem, não é mesmo? E ela olhou para nós. A Dolores começou a chorar baixinho, dizendo que queria nosso pai. Minha mãe respondeu pelos filhos, Não, eles não querem. Tivemos de nos contentar com uma fatia de pudim de pão envelhecido e um caldo cor de café. Meu peito alagou-se de mágoa e ciúme.

Quando nos vimos livres debaixo das árvores, meu primo não me largava, fazendo perguntas escolares, contando de viagens que já fizera, descobrindo-se e me descobrindo, mas sempre com algum sentido de competição. E eu, que já sofrera de ciúme à mesa, tentava escapar mas não conseguia. Quando percebi o interesse de Irene por Rodolfo, comecei a implicar com minha irmã. Me parecia impossível gostar de uma pessoa tão presunçosa e arrogante.

Meu ciúme só foi aplacado quando apareceu entre nós tio Ataulfo. Descobri que ele tinha explícita preferência por mim. Me deu seu papagaio, apanhou uns figos maduros e me entregou. Ao descobrir uma flor nova, que ainda não tinha visto, ele se pôs a pular batendo palmas, me chamando, Pamio, Pamio, vem ver.

Como a flor estivesse em lugar de difícil acesso, no alto de um talude bastante íngreme, ele tomou Dolores nos braços e eu puxei Irene pela mão. Por trás, empurrando, veio o Rodolfo. Olhei para trás e reclamei, Não empurra, não. Ele fez um gesto de quem pedia briga, mas encolheu-se ao ver a cara medonha com que tio Ataulfo o ameaçava.

Um alívio ouvir a voz de sua mãe, dizendo que já estava na hora de se despedirem.

5

Desde a primeira entrevista, quando obtivemos a permissão de voltar ao casarão dos Gouveia de Guimarães, me senti hostilizado naquele ambiente. Não sabia muito bem a causa de tudo aquilo, mas sofria com o mal-estar de me sentir ocupando um espaço que não era o meu. O fato de ser o mais velho dos filhos, além disso, por ser homem, como então me esforçava por ser, me exigia uma força que não era a minha, mas que, endurecido, eu fazia de tudo para que fosse. Eu me impus, nos primeiros tempos, a obrigação de crescer contra aquelas velhas para proteger minhas irmãs e minha mãe. Algumas vezes fui encontrá-la chorando um choro de muito silêncio e soluço em cantos escuros. Ela não me dizia nada nem eu perguntava seus motivos, mas saía com o peito duro, quase sem respirar, e jurando resistir a tudo para mais tarde protegê-las. Me fiz herói a meus olhos, voei como alguns conhecidos, livrei justos e

O casarão da rua do Rosário | 27

puni injustos, nenhum dos males do mundo conseguiu fugir a meu olhar de raio x. Quantas e quantas vezes uma ilusão não nos diminui o peso de uma dor. Assim vivia eu nos primeiros tempos da mudança.

Mas aquele estado que eu entendia como hostil, a tristeza crescente de minha mãe, por fim me forçaram a desenvolver o instinto da espionagem. Debaixo de uma janela, dentro de um móvel, atrás de uma porta, me esgueirando, fugindo, dando voltas, passei a ouvir tudo que dizia respeito a minha mãe, dito a ela ou contra ela.

O sol já estava amarelando uma faixa de nuvens perto do horizonte, e minha mãe desceu de um carro estranho. Não era um táxi, era um carro particular que eu nunca tinha visto por aqui. Do banco do jardim, onde estudava, vi quando ela encontrou tia Benvinda na porta da frente. O que diziam, não sei, mas eram vozes ásperas e gestos agressivos. Assim que se fechou a porta, imaginei a cena continuando na sala e corri até a janela mais próxima. Sentado, com um livro sobre as pernas, tinha um álibi para o caso de ser descoberto.

— Quem é este homem que te trouxe de carro?

A pergunta já era uma condenação. Já tinha tido tempo de descobrir as melodias das velhas e principalmente de tia Benvinda. Minha mãe respondeu que ninguém tinha nada a ver com quem ela andava.

— Como não tenho!? Sou eu quem zela pelo nome da família e esta casa que a abriga é o símbolo de nosso nome.

Para encurtar o assunto, e com voz de muito cansaço, ouvi minha mãe sendo derrotada. Tudo bem, ela disse, o dono do carro é um advogado e ele está me ajudando a procurar meu marido.

— Pois não ouse nunca mais descer do carro de um desconhecido à nossa porta, entendeu bem?

28 | *Menalton Braff*

— Você, minha irmã, está sendo simplesmente ridícula. Entendeu bem?

A voz esganiçada da pergunta era uma imitação da voz quase sempre esganiçada de sua irmã. Ouvi uma cadeira sendo arrastada entre os gritos de tia Benvinda. O movimento imaginado e o tom das vozes me assustaram, por isso me levantei e espiei pela janela, correndo o risco de ser descoberto.

Na frente de minha mãe, de pé e desfigurada, tia Benvinda fendeu o ar com um dedo feito em arma e gritou:

— Você vive aqui de favor, posso expulsá-la com seus filhos a hora que eu quiser.

Nunca vi minha mãe reagir como decerto sempre reagira no passado, quando tinha sofrido nas mãos das irmãs. Ela ergueu a cabeça para ver melhor o rosto de tia Benvinda, como se nesse gesto estivesse oferecendo-lhe seu pescoço. Seus lábios abertos numa gargalhada sonora de dentes brancos, uma cascata, o teclado de um piano, que sei eu, que na hora comecei a chorar de alegria. Seus olhos, sempre lindos, tornaram-se diabólicos. Acredito que aquele tenha sido um momento por muito tempo esperado por ela.

— Benvinda, não seja burra além de ridícula. Esta casa é tão sua quanto minha. Um sétimo desta propriedade me pertence por lei. Eu e meus filhos não ocupamos nem um décimo. Temos muito mais direitos do que aqueles que você acha que nos concedeu graciosamente. E tem mais: desço do carro que eu quiser aqui na frente, mas principalmente de alguém que, sem nenhuma retribuição, vem me ajudando a descobrir o que foi feito de meu marido. Entendeu bem?

Tia Benvinda fingiu-se a ponto de desmaiar. Levou as duas mãos ao peito, fechou os olhos inundados de lágrimas, gemeu alguns segundos, então saiu correndo pelo corredor para fechar-se em seu quarto.

A partir desse dia me senti em casa. O casarão dos Gouveia Guimarães também me pertencia.

Durante uma semana, as duas irmãs mantiveram-se distantes. Uma semana. Uma pergunta, resposta de uma palavra só, comentário sobre banalidades e, com ar um pouco menos arrogante, tia Benvinda começou, finalmente, a entender que usufruíamos de um direito, que morar no que era nosso não era favor nenhum que ela nos fazia.

6

Na Bênção das Três, notamos intrigados a ausência de tia Ivone. Isso nos pareceu um fato insólito, pois havia coisas na casa da família Gouveia de Guimarães que simplesmente não aconteciam. Ou não deveriam acontecer. A presença de toda a família na Bênção das Três, exceto tio Ataulfo, era uma das normas estabelecidas logo depois de nossa mudança. Algo grave deveria estar acontecendo sem que soubéssemos. As tias restantes, Benvinda, Joana e Amélia, cochichavam disfarçando uns olhos enviesados para nós. Tia Benvinda, pela primeira vez eu via aquilo, movia os lábios num sorriso sutil, disfarçado. Bem, pelo menos não eram as caras de corvos com que já estava acostumado.

Terminada a Bênção, pensei: agora descubro o que está havendo.

Tia Ivone, mulher ainda, sem velhice no rosto e no corpo, faceira, apareceu na porta batendo palmas e dizendo alegrias, Todos pra mesa, vamos!

O casarão da rua do Rosário | *31*

Tia Ivone, então, a tia Ivone, que eu imaginei, como saber?, ela aparecia com a força do rosto alegre, batendo palmas e convidando para a mesa. Me lembrei imediatamente, uma lembrança que estava engatilhada, só esperando: era dia de feliz aniversário — a Irene.

O bolo, com nove delgadas velas coloridas apontando para cima, tinha sido obra de tia Joana, a doceira da casa. O magro orçamento familiar estava ligeiramente abalado pelos refrigerantes, mesmo assim eles não tinham faltado.

Cantamos parabéns, Irene apagou suas velinhas, nove, e recebemos pratinhos com uma fatia de bolo. Todos tinham cara alegre, sorriso satisfeito, um ar amistoso no semblante.

Neste momento chegou nossa mãe, dizendo que não conseguira dispensa da escola mais cedo. Por fim, a diretora arranjou-lhe uma substituta e ela veio voando. Ela, Isaura, a mais nova das irmãs, era leve, e dizer que viera voando me deu a impressão de que não era nenhum exagero. Seus braços, quando ela os movia, muito bem poderiam passar por asas. Sua presença iluminou o ambiente. Agora sim, agora tínhamos vontade de rir e falar de coisas alegres.

Comemos o bolo inteiro, com exceção do pedaço, o maior que consegui e que, escondido em um guardanapo, eu levaria mais tarde para tio Ataulfo: uma das nódoas da família.

Terminada a farra da mesa, foi tia Benvinda quem nos conduziu até o quarto em que dormíamos provisoriamente a Irene e eu. Estava todo enfeitado de cor-de-rosa: colcha, cortina, mosquiteiro, fronha. Meu canto, cama e mesa, formavam ambiente à parte. Eu ainda não era muito bem da família. Não era como a Irene, que vivia no meio das tias, conversando, aprendendo, rindo, como se sempre tivesse vivido ali.

Então outra surpresa: uma camisola com rendas e laço de fita no peito, eu que escolhi, gritava tia Ivone, solteirona mas ainda mulher.

Ao lado, uma saia plissada lilás, com flores e ramos de muitas cores. Tia Benvinda, doadora do presente, colocou a saia na cintura da Irene, conferindo as medidas, e repetiu, Mas não fica uma mocinha, hein?, ela, como eu nunca tinha visto, menos magra e menos feia do que costumava ser. Tia Amélia trouxe de seu quarto as obras completas de Monteiro Lobato, com seu peso afundando os braços da tia. Toma, ela disse, você precisa começar a ler.

Minha mãe, depois de entregar um pacote que trouxera, um sutiã diminuto e duas calcinhas, me chamou pra fora e me entregou outro pacote, dizendo que era o presente que eu daria. Irene explodiu alegria por todo seu corpo ao desembrulhar a bolsa, meu presente. Todos, de alguma forma, tinham presenteado a aniversariante, pois mesmo Dolores trouxe o embrulho com um par de sapatos que minha mãe lhe trouxera.

Aproveitei o ambiente eufórico no quarto e saí de fino, com o bolo enrolado num guardanapo. Agora era outra festa.

Finalmente, depois de tantos desentendimentos, pensei, estamos integrados à família Gouveia de Guimarães.

7

Minha febre foi que me permitiu espiar o quarto todo e concluir que a imobilidade fazia parte do silêncio das camas e do guarda-roupa fechado em si, um sólido de madeira e um espelho a refletir a maciez da sombra. O casarão estava completamente vazio de tias e de meninas, elas na hora da missa. Me senti com mais ar para meus pulmões e menos alquebrado pela febre. Havia espaços. Agora havia espaços a explorar. Afastei a colcha e de chinelo fui procurar minha mãe. Ela também ficara em casa porque alguém precisa ficar cuidando deste menino. Não que me sentisse menino, mas me fez bem saber que ficaríamos apenas os dois com aquele mundo todo à disposição. Tio Ataulfo deveria andar conversando com suas plantas, mas isso lá para os fundos do quintal.

Minha mãe estava lendo, sentada à mesa da cozinha, esperando que eu aparecesse, ela disse, para me esquentar o café. Nosso

34 | *Menalton Braff*

encontro sem fiscalização era a felicidade. Por isso rimos toda a nossa alegria como se de repente estivéssemos bobos. Minha mãe usou as costas da mão sobre minha testa como termômetro e decretou que, por enquanto, minha febre estava debelada. E eu entendi o que ela quis dizer com por enquanto.

Depois do café, ela me tomou pela mão como havia muito não fazia e disse, Vem, vou te mostrar as marcas da minha vida nesta casa. A escada de onde levou a primeira queda na vida, descendo do corredor para a cozinha. Mal sabia caminhar. E aquela altura de pouco mais de um palmo parecendo um precipício, desses que só os suicidas ousam enfrentar. Perguntei a ela como era possível se lembrar de acidentes tão antigos e ela riu. A memória, me disse pensativa, a memória sempre recebe alguma ajuda da família. No corredor, paramos em frente a uma porta. Aqui neste quarto, ela apontou, tive os primeiros pesadelos e gritei desesperada chamando minha mãe. Na cama ao lado, Ivone dormia e não acordava com seus gritos. Entramos no quarto e ela me mostrou, Depois do berço, esta foi minha cama até o dia em que saí de casa. Quando completou quinze anos, exigiu ter um quarto só seu, e Ivone, que pensava a mesma coisa, foi morar no quarto fronteiro.

No corredor escuro, nós éramos duas crianças brincando de descobrir o passado, não em uma busca aflita para preencher alguma falha do caminho andado, mas num jogo divertido em que compartilhávamos peraltices às costas dos adultos. A caçula dos Gouveia de Guimarães já me confessara mais de uma vez considerar aquilo tudo de nome a zelar, tradições de família, normas da casa, uma verdadeira montanha de sandices. Tentou abrir a porta do quarto de tia Benvinda, mas encontrou a porta chaveada. Sua gargalhada

O casarão da rua do Rosário | 35

acordou os morcegos que por acaso estivessem dormindo no sótão. Puro medo de que a gente descubra seus segredos, Palmiro. Que não devem ser poucos.

Na sala, me mostrou como eram as reuniões de família, com seu pai em uma das cabeceiras e a mãe na outra. Os mais velhos, também mais próximos do patriarca, aquele ali, na parede, com as pontas do bigode branco parecendo chifres de búfalo. Sentada no antigo lugar do pai, agora ocupado por sua irmã Benvinda, comigo na cadeira mais próxima, me contou alegrias e tristezas, decisões severas, festas e barulhos. Falou muito de meu pai, como se conheceram, as barreiras que teve de enfrentar, os perigos e dificuldades que com ele ousou enfrentar.

Aproximava-se a hora em que o Aero Willys anunciaria a chegada das devotas acompanhadas das duas meninas. Nos levantamos para que eu voltasse ao quarto com muita febre, quando minha mãe apontou para o tapete no meio da sala e me mostrou. Esta mancha, ela disse, foi do dia em que comuniquei meu noivado com seu pai. Uma hora, com mais tempo, te conto como tudo aconteceu. Um mapa escuro, era apenas o que via no tapete. Uma forma que lembrava alguma coisa além de mera mancha no tapete.

Tínhamos rido juntos, juntos pesquisamos algumas marcas de minha mãe no casarão. Outras vezes me senti perto dela, muito poucas, entretanto, consegui sentir-me tão ligado à filha mais nova da família Gouveia de Guimarães. Ela passava os dias fora de casa, agora que lhe fora oferecida uma vaga em uma escola do bairro. Nos fins de semana, as meninas precisavam de sua atenção, as irmãs exigiam o cumprimento das obrigações religiosas, nossas roupas, nossos remédios, as lições de casa, tudo conspirava contra a necessidade de atenção e carinho que sentíamos.

36 | *Menalton Braff*

Vi o vulto rápido de tio Ataulfo passar pela janela e ele parecia correr sorrindo na direção da rua. Não atinei com que sentido ele descobrira a aproximação das irmãs. Em seguida, ouvimos a voz do Aero Willys, bem a tempo de me socar debaixo do edredom com minha febre.

8

Logo depois do almoço, descobri que a casa tinha escurecido. Passando pelo corredor, não vi nada além de uma claridade débil, vinda lá da frente, da porta que desembocava na sala. Meus passos em linha reta foi que me levaram até aquela luz parda como uma água suja a escorrer pelas bandeiras da porta e das janelas de cortinas cerradas. Os passos das tias, suas vozes, os olhares de viés, tudo escuro.

Minha mãe almoçava alguns dias da semana no refeitório da escola. Nos dias de turno dobrado. Então quem tomava conta das meninas, com minha fiscalização distante e atenta, era tia Ivone, mulher de lábios e olhos úmidos, as mãos suadas, e cujas carícias me assustavam. Ela pôs as travessas na mesa, perguntou se já tínhamos lavado as mãos, rezou com as mãos suadas postas e ordenou que nos servíssemos. Tia Joana veio do corredor e sentou-se em seu lugar, mas tia Amélia não apareceu. Ninguém dizia nada, por isso os únicos ruídos eram de talheres na louça e da voz distante do tio louquinho conversando com suas plantas.

— Não façam barulho.

As tias recomendavam aquele silêncio com fisionomias tenebrosas, mas, como era uma das normas da casa, criança ouve se os adultos quiserem dizer alguma coisa, caso contrário, não devem perguntar. As meninas me olhavam com muitos pontos de interrogação, e eu podia devolver-lhes apenas suas perguntas silenciosas.

Na sala eu não sabia o que fazer, por isso fiquei olhando as janelas muito altas com cortinas de veludo bordô, longas e imóveis, as bandeiras com vidros de várias cores, os móveis antigos, como a mesa de reuniões com suas cadeiras de alto espaldar, o aparador entre a porta e uma das janelas, o guarda-louça com suas antiguidades importadas da Europa, tudo de jacarandá muito escurecido. A casa mantinha o silêncio que as tias exigiam. Então pisei na mancha do tapete que me parecia um mapa. Esfreguei a sola do sapato em cima, fingindo que assim desmanchava aquela nódoa, porque agora já sabia sua origem.

O piano, poltronas e sofás completavam o aspecto solene da sala, seu ar vetusto. A visão do bigode de meu avô me causou bastante desconforto e resolvi voltar pelo corredor. Tinha sido uma expedição exploratória inútil, mas necessária porque não aguentava mais ficar na cozinha suportando a severidade daquelas caras e não queria entrar para meu quarto sem saber o que tinha acontecido.

Mal entrei no corredor, abriu-se a porta do quarto de tia Benvinda. Tia Amélia fechou os lábios com um dedo teso, arregalou seus olhos, porque era assim que ficava séria, e cochichou para que a seguisse. Já perto da cozinha, me parou e disse (ainda em voz baixa):

O casarão da rua do Rosário | 39

— Agora ela está dormindo.

Minha tia falava de baixo pra cima, e me dei conta de que já era mais alto do que ela, a tia Amélia, que entendeu minha cara tola e completou:

— A Benvinda. Pois então não sabe?!

Seu espanto era de quem tinha estado o tempo todo enfurnada naquele quarto escuro.

— Não sabe o quê, tia?

Entrávamos na cozinha enquanto ela me contava que tia Benvinda tinha passado muito mal por causa de uma pneumonia, que o médico diagnosticou. Febre, meu filho, muito alta. Ela continuava cochichando apesar da distância que agora nos separava do quarto: o mais próximo da sala. E dor nas costas, muita dor. Um susto, menino!

— Agora ela está dormindo.

As três irmãs ficaram crocheteando e tricotando em volta da mesa, um suspiro agora, logo depois uma palavra, a cozinha sonolenta e o ar parado de tanto silêncio, mas elas todas de ouvidos muito vivos apontados na direção do quarto de tia Benvinda.

À tarde, quando não tínhamos lições de casa pra fazer, arranjávamos alguma brincadeira no quintal, geralmente com tio Ataulfo. Naquele dia nos fechamos nos quartos, para cumprir com nossas obrigações. O fato de estarmos morando com as tias era o principal motivo para que nossa mãe insistisse tanto no cumprimento de nossas obrigações. Ela nos queria perfeitos para nos exibir às solteironas.

Nossa família, havia uma semana, estava distribuída em três quartos. Minha mãe e eu ocupávamos um quarto cada um, por causa de nossa maioridade, e as meninas ficavam em um terceiro, o último do corredor.

40 | *Menalton Braff*

Ainda não tinha aberto o livro quando ouvi um toque muito fraco de nó de dedo na porta. Era a Irene, para perguntar se podiam estudar de luz acesa. Havia recomendação a respeito: a claridade do dia é a melhor iluminação. Bem perto da janela do quarto das meninas havia um oiti fazendo sombra sobre a parede. E o dia continuava escuro. Vinha chovendo e fazendo frio havia alguns dias e continuavam as ameaças de chuva. Acendi a lâmpada do teto e do quebra-luz sobre a mesa. Agora, meninas, é hora de trabalhar.

Liguei o rádio pra saber como tinha sido o jogo do Brasil na Copa, mas diminuí o volume até o mínimo possível, mesmo assim, ouvi aquelas batidas de nó de dedo na porta. Quem poderia ser? Escondi o rádio desligado debaixo do travesseiro e fui atender. Era tia Ivone.

— A Benvinda já acordou. Agora você pode ir até lá fazer uma visita a ela.

Fiquei meio aparvalhado no meio do quarto, pois era um convite insólito aquele. Nossas relações nunca chegaram ao ponto de me causar prazer uma visita daquelas. Mas como dizer que não tinha vontade?! Fechei a porta e fui atrás da tia. Ela abriu a porta e recebi no peito o cheiro forte de febre num ambiente totalmente fechado. Dei um passo pra trás, mas fui empurrado. Minhas vistas demoraram para se acostumar com a claridade escassa como estava. Finalmente vi tia Benvinda reclinada na cama, quase deitada, olhando pra mim. Estava desgrenhada, de cabelo solto como eu nunca tinha visto. Parecia outra pessoa. Então sentei na cadeira ao lado e perguntei como ela se sentia. A senhora?

Sua resposta, numa voz que me pareceu vinda de outro mundo, foi quase alegre. Ela, depois de algum tempo, me disse que ficava contente com minha visita. Perguntou como tinha ido na escola, se não estava sentindo frio, o que as meninas estavam fazendo e

O *casarão da rua do Rosário* | 41

eu mal tinha tempo de dar uma resposta lá vinha outra pergunta. Minha vontade de sair lutava contra meu desejo de ser agradável à enferma.

Falei da escola, como eram os professores, minhas aspirações, contei coisas engraçadas sobre minhas irmãs, tenho certeza de que por meia hora aliviei as dores da tia Benvinda. Quando fiz gesto de quem vai se levantar e sair, ela me pegou pela mão e disse, Não, você não vai embora sem antes me dar um abraço.

De perto, o tanto que cheguei, seu corpo não tinha mais o cheiro de carne viva. Abracei e saí rápido para expulsar das narinas afetadas aquele cheiro velho de suor da febre.

Minhas irmãs foram convidadas a me substituir. Mais tarde, quando ouvia comentários sobre a vitória do Brasil, no México, elas me encontraram bem no fundo do quintal, ao lado de tio Ataulfo e seu papagaio. Minhas irmãs estavam de sorrisos expostos, muito contentes.

9

Finalmente eles apareceram com seus corpos cobertos por roupas sóbrias. Eles, os quatro: tio Romão, sua esposa e os dois filhos. O telefone tocava duas vezes por dia para saber como a doentinha tinha passado as últimas horas. O irmão, em viagem a serviço da prefeitura, esporadicamente pedia notícias. Os quatro entraram com roupas sóbrias, como convinha a uma família tradicional, mas com ares festivos, pois tia Benvinda já estava de pé. De penhoar, dando a aparência de uma fuga apenas provisória da cama, ela esperou no meio da sala que eles entrassem e sorrissem os cumprimentos. As irmãs, zelosas, trataram de fechar imediatamente a porta, não fosse acontecer um vento frio: a coitada.

Vivemos aqueles últimos dias como se o casarão fosse nosso lar. Fazíamos visitas diárias à tia mais velha, usávamos o quintal em toda sua extensão como se tivéssemos nascido ali, no meio de árvores

O casarão da rua do Rosário | 43

e flores, conversando e brincando com tio Ataulfo, seu papagaio e agora um gato ainda filhote, mas guloso por leite e bolinhas de lã para brincar. Tio Ataulfo botava as meninas em seu colo, como fazia desde que chegamos ao casarão, sem notar que já estavam bastante crescidinhas. Ele sempre arranjava uma flor nos cabelos delas, o que era de muito agrado das duas. Minha mãe, depois de uns dias, me chamou a seu quarto e quis saber: a razão de andarmos tão contentes. Eu também não sabia. Mais ainda, eu nem tinha notado que andávamos contentes.

Então, naquela tarde, os quatro entraram sem nenhum silêncio casa adentro com sua desenvoltura que nos causava inveja. Eles dispunham de tudo como se nunca tivessem saído dali. Mexendo e ordenando feito donos muito acostumados ao ambiente. Eles nunca se sentiam estrangeiros no casarão.

Foi tia Joana quem chegou pelo corredor dizendo que o café estava na mesa esfriando. Embarafustamos na direção da cozinha, cuja mesa comportava o povo todo, aquela multidão. Dois bolos de laranja, fatiados em bandejas redondas, nos esperavam. E fumegando nos bules, chocolate em lugar de café.

Uma cena que eu já tinha visto uma imensidão de vezes então se repetiu: tia Benvinda, à cabeceira da mesa, acomodou o Rodolfo a seu lado para melhor servi-lo.

O café alegrou a tarde como se à mesa não houvesse uma senhora doente vestida apenas de penhoar. De longe, do meu canto, eu observava com olhares muito bem disfarçados os mil agrados com que tia Benvinda distinguia seu favorito. Isso azedou um tanto o meu bolo preferido e queimou minha língua com o chocolate fervendo.

Na porta apareceram tio Ataulfo e seu cachorro, ele repetindo com dificuldade de articulação, Chocolate, chocolate. Como numa coreografia bem ensaiada, todos olharam em sua direção. Ele sorria toda sua felicidade. Tia Joana foi até perto dele e disse, não tão baixo como queria, pois todos nós ouvimos, Vai embora pro teu quarto, Ataulfo. Vai que eu já levo lá um pedaço de bolo e uma xícara de chocolate.

Meu tio e seu cachorro viraram as costas e afastaram-se grunhindo mais ou menos no mesmo tom, ambos muito obedientes. Durante mais de um minuto não se ouviu palavra à mesa, e minhas irmãs me olhavam com dureza, pois tínhamos de calar, testemunhas de uma cena degradante. Pisquei para elas, que se desarmassem, e pigarreei firme como quem vai dizer alguma coisa, e todos ficaram mastigando atentos, mas continuei a comer em silêncio a fatia de bolo que me tocara. Minha língua ainda ardia.

Na cabeceira da mesa duas tias se agitaram um pouco, então tia Joana levantou-se, foi à geladeira e de lá trouxe um vidro grande, que eu já conhecia de vista. Entregou a compoteira a tia Benvinda, que, com sorriso vitorioso olhou para a ala pobre da família, os filhos de sua irmã rebelde, e disse, depois de uns restos de tosse, Bem, vocês aí, vocês não gostam, não é mesmo? E enquanto dizia isso, cravou um garfo nas carnes de um figo verde, que içou e depôs em um pote. Com a testa enrugada, talvez pelo esforço, ela depôs mais dois figos no pote. Por fim, derramou a calda brilhante e lenta, por cima dos figos. Então entregou o pote ao sobrinho, o Rodolfo.

A Dolores me olhou segurando o riso na boca, porque a Dolores, agora, já tinha sido atingida pela malícia. Todos à mesa, exceto as visitas, talvez, conheciam nossa predileção quase doentia pelas compotas, principalmente por aqueles figos intumescidos na calda verde, tão vivos e tenros que minha boca encheu-se de saliva. Fizemos, minha irmãzinha e eu, cara de nojo, com os lábios repuxados e as

O *casarão da rua do Rosário* | 45

sobrancelhas erguidas. Tenho certeza de que estragamos um pouco o prazer do Rodolfo.

Aos poucos crescia minha preferência por Dolores, porque era rápida e esperta, pegava meus olhares no ar, sabia para que prestavam, me fazia sinais de inteligência, comunicava-se comigo com enorme facilidade. Quando mais novos, minha irmã era Irene, mais crescidinha, por isso mais parecida comigo. Depois dos dez anos, contudo, ela foi embaçando, meio obtusa, o corpo crescendo parecia encolher a mente. Mesmo assim, nutria por ela um sentimento bem próximo da paternidade, sobretudo a partir das notícias a respeito de nosso pai. Então ficou sendo assim: Dolores era minha irmã e Irene a minha filha. Os primeiros fios de um bigode ralo começaram a crescer logo depois daquele inchaço dos peitos, que não podiam ser tocados sem que eu sofresse uma dor tremenda.

O casarão dos Gouveia de Guimarães era regido por normas rígidas, soubemos isso desde o primeiro dia em que viemos morar com as tias ricas. Era assim que nos referíamos a elas com frequência quando sós. Tia Benvinda, vendo que o favorito lambera até a última gota da calda, levantou-se tesa por dentro de seu penhoar. Ela estava ridícula, sem maquiagem e com um coque malfeito fechando a nuca. Imediatamente todos se levantaram e abandonaram a mesa. Coisa muito militar, eu pensei, mas coerente com a época em que vivemos.

Dolores e eu saímos para o quintal em busca de tio Ataulfo. Ele devia estar triste, em seu canto, sentindo-se enjeitado. Surpresa: ele estava sentado em sua cadeira preguiçosa com o papagaio no ombro beijando-lhe o rosto, o gato enrodilhado em seu regaço e com as duas mãos brincando de enganar o cachorro, que pulava de um lado para outro defendendo-se dos ataques vindos da esquerda e da direita. Quando nos viu, enrolou algumas palavras em sua linguagem difícil e se levantou. Chocolate, ele disse, guardando ainda a alegria de seu paladar. Estava contente e não demonstrava nenhum ressentimento. Em seu mundo, nada de anormal acontecera, e tivemos de aprender mais essa lição, a lição das diferenças.

Logo atrás de nós vinha tia Joana, cumprindo sua promessa, e, atrás dela, Rodolfo e Irene vinham a passos muito lentos, conversando, quase namorados. Os dois.

O sol fraquejava sobre árvores e flores, meio desmaiado, e deixamos tio Ataulfo em paz comendo o bolo com chocolate. Saímos caminhando por baixo do arvoredo, dando voltas, dizendo coisas para rir, contemplando flores precoces, que não esperaram pela primavera.

De repente, a Irene e o Rodolfo pisaram seus passos de volta e vieram a nosso encontro, ele muito sério, e ela agitada. Vocês viram, ele perguntava me encarando, a ousadia destes bandidos, sequestraram o embaixador da Alemanha e querem trocar por quarenta bandidos do bando deles. Eu já sabia da história e estava vibrando com a coragem dos sequestradores e o modo organizado com que trabalharam. E o governo brasileiro, uma vergonha, está sofrendo pressão da Alemanha. Parece que vão mandar os quarenta bandidos pra Argélia. Por que bandidos?, perguntei pensando no meu pai. O Rodolfo, então, fez cara de deboche, dizendo que meu pai também não passava de um baderneiro e assassino.

Nunca fui de briga, muito menos de discussão. Não sei como aquilo me aconteceu, de onde me veio aquele furor que me deixou dormente, mas quando acordei, o Rodolfo estava se levantando, a roupa suja de terra e jeito de quero mais. Um pontapé nas suas pernas ainda encolhidas e ele desistiu de me enfrentar.

O casarão da rua do Rosário | 47

Mais tarde, os olhos inúteis no escuro do quarto, entendi que tinha sido um gesto síntese de alguma coisa que há muito desejava fazer. Não só por meu primo ser o favorito de tia Benvinda, mas pelo modo abusado como defendia o governo dos militares, que eu, talvez por influência de minha mãe, e das histórias que ela contava a respeito de meu pai, tinha aprendido a detestar.

Naquela tarde, entretanto, ficou declarada a guerra entre nós dois, uma guerra em que se alternaram grandes períodos de silêncio com outros de discussões intermináveis. Fiquei confinado em meu quarto, a porta chaveada por fora, até a chegada de minha mãe. Eu olhava a janela e ria, pois as velhotas não perceberam como seria fácil escapar de seu cativeiro. Foi aos gritos que minha mãe exigiu a chave do quarto e veio ouvir de mim a versão do que havia acontecido.

Conversamos baixinho muito tempo, só nós dois, agora a porta chaveada por dentro, até que minha mãe me deu um beijo na testa e me disse algo que vou carregar comigo pelas idades ainda a enfrentar.

— Sinto orgulho de você, meu filho.

10

Demorei muito tempo até atinar com o que poderia ser "no seio da família", expressão com que aquelas tias nos ameaçavam constantemente, às vezes para darem a entender que poderíamos ser expulsos de tão confortável seio, outras vezes para que nos convencêssemos de que devíamos a elas eterna gratidão pelo acolhimento do seio de que agora desfrutávamos. Minhas ideias a respeito eram vagas, pois a repetição foi desgastando o significado.

Na quinta-feira nossa mãe almoçava conosco, pois tinha a tarde livre. Ela chegou da escola, como sempre, logo depois do meio-dia e a mesa já estava posta à sua espera. Entrou com passo firme, atravessou a casa, acenou um cumprimento da porta e voltou para deixar seus materiais no quarto. Eu sentia um pouco de remorso por aqueles pequenos atrasos causados pelo horário da professora, porque bem via o enfado com que as irmãs dela a esperavam.

O tempo continuava carrancudo, com nuvens baixas, vento frio, o Sol escondido sabe-se lá onde. Minha genitora entrou já sem o casaco com que chegou da rua e sentou-se perto de mim.

Todos a postos, tia Benvinda, mesmo antes de sua oração de agradecimento, esperou que nos aquietássemos e com exagerada solenidade falou para a recém-chegada:

— Depois do almoço nós temos um assunto muito grave a tratar.

Eu no centro das atenções, foi o que pensei imediatamente. Aquilo estava muito claro: assunto grave não poderia ser outro senão o incidente do dia anterior. Minha mãe ouviu em silêncio, os olhos levemente espremidos, em concentração, ela, com seu porte altaneiro, respondeu calma e pausadamente, que sim, muito bem, mas que ela só teria tempo depois de resolver algumas questões da escola. O lábio inferior de tia Benvinda tremeu, eu vi, e seus olhos tornaram-se baços, como todo seu semblante. As outras irmãs, de cabeça baixa, fingiam não ver nem ouvir o que se passava. Olhavam para seus pratos como se nunca os tivessem visto. Muito atentamente, enfim, era louça importada com ramos de flores e espigas de trigo.

Senti meu rosto mais quente, extraviei os olhos, e as mãos não sabiam o que pegar. Eu estava meio anulado, sem saber muito de mim, mas corria-me pelas entranhas um caldo morno que era o orgulho pela resposta de minha mãe.

Tia Benvinda esperou um pouco, ajeitou os óculos no alto do nariz, reclinou a cabeça e agradeceu pelos alimentos: Aleluia.

Existem situações em que não se tem vontade de conversar, e aquele almoço, depois do duelo prometido, era de comida amarga, pigarros frequentes e pedidos cochichados. Foi um almoço muito rápido e incômodo. Eu até penso que poderia comer mais um pouco, mas tia Benvinda levantou-se tesa, o nariz apontando muito

50 | *Menalton Braff*

agudo para frente e abandonamos nossos lugares para nos recolher-mos cada qual em seu quarto.

Deitei à espera. Minha mãe tinha seu trabalho para terminar. Bem mais tarde, o sono me embotando a consciência, ouvi abrir-se a porta de seu quarto e seu grito no corredor:

— Estou pronta!

Várias portas abriram-se e um tropel no corredor indicava que todos os adultos da casa dirigiam-se à sala. À frente de todos, eu podia imaginar tia Benvinda, que hoje tinha abandonado o penhoar.

Abri a porta do meu quarto, mesmo assim só ouvia um sussurro de várias vozes humanas, um rumor principalmente feminino, mas quase no extremo do corredor não conseguia entender o que diziam. Fechei novamente a porta e pulei para o quintal pela janela. Rex, o cachorro de tio Ataulfo, veio cumprimentar-me todo sorrisos e tive de cometer a malvadeza de lhe dar um pontapé. Ele, mesmo sem querer, coitado, só me atrapalhava. Não era a primeira vez que me esgueirava colado às paredes até ficar agachado debaixo da primeira janela da sala, quase sempre aberta, para ouvir o que se falava, mas isso costumava acontecer à noite. Era pouco menos de três horas da tarde, portanto uma operação bem mais difícil. O dia estava nublado nem por isso havia sombras por dentro das quais pudesse me esconder.

O Rex, rejeitado a pontapé, abaixou o rabo e sumiu na direção da edícula do tio Ataulfo em busca de consolo. Eram quase trinta metros de parede, sequência interminável de janelas, as janelas dos quartos, até a esquina da casa. Fiz o percurso andando de quatro com muito cuidado. Da esquina já ouvi a voz de minha mãe, seus gritos furiosos. Deitado debaixo da janela ouvi suas ameaças, Ninguém vai castigar meu filho, estão ouvindo? Ninguém. Se alguma de vocês encostar um dedo no Palmiro eu detono com todas vocês, entenderam bem?! Babei no seu discurso de leoa em defesa de seu cachorro. E a mais nova das irmãs cresceu, tornou-se imensa, mais alta do que as nuvens cinza que escondiam o Sol, mais heroica do que Joana d'Arc: minha mãe. Houve uma tentativa barulhenta de intervenção das outras tias. Se bateu, minha mãe gritou, fez ele muito bem. E você, Ivone, você cale esta boca, ouviu? Tenho tanto direito a esta casa quanto qualquer uma de vocês. E tem mais, se quiser, posso arranjar um advogado para exigir que se faça o inventário e a partilha. Só saio daqui com a minha parte nos bens. E quero saber também de onde vêm os rendimentos com que vocês vivem. Tenho lá também minha parte, entenderam?

Jamais tinha visto minha mãe soltando suas fúrias, corajosa, porque consciente de seus direitos.

Então alguém ligou o rádio e tia Ivone saiu pelo corredor gritando, A Bênção das Três horas, pessoal. Todos na sala, vamos.

Sua voz foi sumindo para os fundos da casa, pregoeiro familiar e diária daquela bênção que Lourenço dos Reis, primeiro locutor da rádio PRH-7, a sua rádio, derramava sobre a cidade. Ouvi a voz da tia chamando e na volta batendo às portas de seus sobrinhos.

Em poucos instantes estávamos toda a família reunida na sala, num silêncio assombrado mas respeitoso, ouvindo a voz melodiosa e sedutora do locutor. Tia Benvinda tinha-se ajoelhado em frente ao oratório, pálida, os dedos cruzados imitando os de um defunto, pedindo a Deus, provavelmente, que um raio caísse sobre minha cabeça. Seus cabelos finos ficavam mais brancos ao som da voz de Lourenço dos Reis. A Dolores ficou o tempo todo me perguntando com os olhos acesos o que estava acontecendo. Difícil exprimir com

52 | *Menalton Braff*

movimentos o que acontecia, pois nem eu tinha ainda chegado a uma conclusão.

Finalmente o locutor augurou para seus ouvintes:

— Que as bênçãos de Deus caiam sobre vós.

Dois ou três acordes de uma cantata, provavelmente de Bach, e tia Joana desligou o rádio: estávamos dispensados.

Saí com as meninas pelo corredor escuro, imaginando os fantasmas silenciosos que habitavam aquele espaço onde nunca o sol chegava. Antes da cozinha, disse a Dolores que esperasse no quarto, mais tarde iria lá explicar o que descobrisse.

E voltei rapidamente até bem perto da porta porque os gritos já recomeçavam.

— Você é a nódoa de nosso nome, Isaura, uma vergonha que temos de suportar.

— Cale esta boca suja, porque sei a seu respeito mais do que você imagina.

Houve um rebuliço de que apenas os sons captei. Houve tentativa de choro, mas parece que não ficaria nisso, pois algumas cadeiras se arrastaram.

— Sabe coisa nenhuma, comunista porca. Bem feito que sumiram com seu marido.

— Sou eu a porca? Quem é que nesta casa não sabe que você, quando mais nova, fazia sexo bestial com aquele pastor alemão, do papai? Você não é solteirona, você é uma viúva.

A gritaria não estava com jeito de acabar tão cedo, mas depois do que minha mãe afirmou, gemidos e choro, o baque de um corpo no chão, puseram fim ao encontro no seio da família. Então ouvi passos apressados que vinham para o corredor e tive de correr até atravessar a cozinha, indo parar no fundo do quintal. Eu estava assombrado, pois tinha sempre pensado que os segredinhos com que as irmãs se divertiam fossem bobagens inocentes de solteironas desocupadas.

Levei algum tempo, mas descobri o significado de "seio da família".

11

Depois da cena ridícula em que minha mãe esteve envolvida, uma cena com ameaças cruzadas, parece que as irmãs aprenderam a conviver em paz. Uma paz bastante precária, com rancores escondidos e pensamentos ácidos, mas, pelo menos, não se agrediam mais com palavras. Os assuntos sempre encontravam caminhos menos acidentados e evitavam-se mesmo os gestos mais significativos. Aprendemos, os habitantes do casarão, alguns códigos novos, e as solteironas nos deixaram em paz.

Minha mãe, nessa época, já era coordenadora do primário na escola em que vinha trabalhando e a função tinha também seus aborrecimentos, mas era menos cansativa e o salário melhor. Nunca consegui decorar seu horário, que também mudou, mas isso não me atrapalhava muito. Ela chegava em casa mais contente, conversava com os filhos, passeava conosco pelo pomar, ajudava tio Ataulfo a

O casarão da rua do Rosário | 55

cuidar das flores. A vida estava satisfatória. Mesmo quando a encontrava chorando de saudade, com duas, três palavras conseguia que ela risse enxugando as lágrimas.

Um dia, na hora do almoço, tia Joana bateu palmas pedindo atenção e anunciou o aniversário da irmã mais velha, que seria comemorado no próximo domingo. A mesa se encheu de alegria e comentários simpáticos a respeito da festa do fim de semana. Festinha, corrigiu tia Benvinda, festinha, que o Romão, ainda na semana passada, falou sobre os investimentos rendendo quase nada. Festinha.

E era verdade com transparência, suas visitas chegaram no carro de tio Romão, os quatro parentes, depois umas amigas de calos nos joelhos, que eu já tinha visto conversando muito taciturnas com ela, a tia Benvinda. As amigas da igreja não passavam de meia dúzia de rostos enrugados fingindo uma alegria no fundo de seus corpos onde não existia mais nenhuma razão para serem alegres.

Aqueles adultos todos ficaram em volta da mesa de jacarandá, na sala, rodeados pelo piano, um oratório, duas arcas ancestrais muito nobres, o relógio de coluna, consoles, tudo escuro como a idade delas. O único homem do grupo era tio Romão, mas não contava muito porque se mantinha olhando o céu cinza através de uma das janelas, com o ar aborrecido de quem tinha nascido para outros destinos. Quando lhe dirigiam a palavra, ele estava distraído, mesmo assim concordava hã-hã, hã-hã que sempre dava certo, ou não, mas que ele não procurava conferir. Me cansei das tentativas de brincadeiras que as velhotas queriam fazer comigo, mas principalmente me senti tonto por causa de seus perfumes densos como nuvens, e fugi para o quintal, onde se divertia a ala jovem.

Algumas das visitas, aquelas mulheres da igreja, tentaram adivinhar a idade de tia Benvinda, porque isso poderia ser também uma brincadeira para alegrar o ambiente. A primogênita dos Gouveia de Guimarães, contudo, muito azeda, recusava-se a negar ou confirmar qualquer sugestão. Nós, os filhos da Isaura, sabíamos de dentro de seu quarto, no silêncio da porta fechada, que ela estava completando provavelmente sessenta e cinco anos. Minha mãe fazia uns cálculos, lembrava-se de datas e acontecimentos para sentenciar a idade da irmã mais velha. Mas nos pediu segredo e não havia por que não atender a seu pedido. Suas amigas erravam o alvo porque sugeriam por volta de dez anos a mais do que a idade dela.

Contornei a casa pela esquerda por causa da calçada de cacos de cerâmica e porque era o lado onde cresciam as plantas do tio Ataulfo em canteiros bem-cuidados com molduras de pingo de ouro ou buchinhas que ele todos os meses aparava com sua tesoura. Não encontrei ninguém do lado da casa, mas ouvi a falação da Dolores e o Rodrigo, brincando na frente da edícula com tio Ataulfo. Eram três crianças alegres. Ele imitava o gato, o cachorro, falava com a mesma voz de seu papagaio, e os dois riam sem se cansar, uma coisa muito própria de sua idade. Minha aproximação não interrompeu a brincadeira dos três, por isso me sentei num cepo perto deles, com vontade de rir, pois o ambiente na sala estava sem graça nenhuma, e saí de lá com um pouco de dor de cabeça. Depois de algum tempo, vendo e ouvindo aquelas brincadeiras infantis demais para a idade dos dois, perguntei pela Irene e o Rodolfo. Lá pelos fundos, a Dolores respondeu sem me dar muita atenção.

Não era ainda uma ideia muito clara, mas já revoara por cima de meus pensamentos, por isso me levantei e, quase correndo, mas em silêncio, fui percorrer os caminhos que levavam ao fundo do quintal. Num talude gramado, atrás de uma cerca de tuias, encontrei os dois em posição que não precisava ser suspeita, a não ser pelo modo

O casarão da rua do Rosário | *57*

como ficaram atrapalhados quando me viram. Por que não ficaram com os outros?, foi uma pergunta bem tola de tão paternal, a única, entretanto, que me ocorreu, pois eu também fiquei surpreso quando os encontrei. A Irene, sentada na grama com as pernas servindo de travesseiro para o Rodolfo, o corpo estirado entregue àquele conforto, respondeu o óbvio: Com aquelas brincadeiras idiotas? Pronto, me desarmou. Podia acusá-los de alguma coisa errada? Como não podia, sentei-me perto dos dois e comecei a contar algumas das bobagens que aconteciam na sala do casarão.

Notei que o Rodolfo apertava os olhos como quem não quer ouvir, incomodado com minha presença. Mas então eu estava atrapalhando? Eu assumia o papel de pai com gratuidade e rigor. Não era pedido de ninguém, muito menos de minha mãe, mas um instinto de coesão familiar onde falta um elo, era isso que me parecia estar preenchendo. A atitude daquele primo só aumentou minhas suspeitas.

Logo depois ouvimos os gritos de tia Joana, convidando para a mesa. O Rodolfo continuou deitado apertando as pálpebras sobre os olhos, com mostras muito claras de que gostaria muito de me fuzilar. Foi a Irene quem pegou em sua mão e o puxou. De pé com rancor, voz de quem viu-se frustrado em algum propósito, ele provocou.

— Não vai me dizer que também acredita naquela história de que o exército foi quem matou este bandido, como é mesmo o nome dele?

— Que bandido?

Minha pergunta era ociosa, eu bem sabia a quem ele queria referir-se, mas o qualificativo me bateu na cabeça como um malho de ferro com duzentos quilos.

— Esse falso jornalista que se enforcou na prisão.

— Você está querendo dizer o Vladimir Herzog, é?

— Como é que você sabe?

Comecei a tremer, minhas pernas bambeavam, e meus olhos escureceram o mundo.

— Eu sei porque te conheço muito bem. Você não passa de um filho de uma puta, um animal fedorento que, se não fosse crime, eu agora mesmo esmagava no chão. Aí sim, aí eu me tornava um bandido. Mas um bandido do bem, entendeu, seu filho da puta?

Esse último filho da puta foi acompanhado de um tapa de mão aberta no rosto de meu primo, que, apesar de um ano mais velho do que eu, era fraco e não podia me enfrentar. Até que tentou, por estar na frente da Irene, mas com um golpe de braço consegui deixá-lo imobilizado. Ele perguntava em desespero, Quem é que é filho da puta, hein? Quem é? E isso aumentava meu ódio, pois sabia do mau conceito desfrutado por minha mãe junto à família.

Sem a interferência da Irene, me parece que naquele momento teria quebrado ou destroncado o braço do Rodolfo. Por fim, larguei seu pulso e ameacei: Uma palavra sobre isto aqui, te arrebento em dois.

— Vou te processar por agressão, pode esperar.

O Rodolfo estava no primeiro ano de Direito e achou que me botava medo com aquela ameaça. Um riso ainda nervoso foi minha única resposta por trás dos dois, que sumiram no meio das árvores.

Mais tarde, quando as visitas já andavam longe, chamei minha mãe a meu quarto e contei a ela o que estava acontecendo e falei de minhas suspeitas. Ela me repreendeu, muito agressiva que eu não pensasse em ocupar o lugar de meu pai que isso era até um papel muito feio pra mim. Que parasse de vigiar minhas irmãs, pois elas sabiam o que faziam e até melhor do que eu.

Fui dormir meio murcho naquele dia de aniversário.

12

Não sei como isso acontece — vejo sem perceber que estou vendo. Foi assim. Descansei durante os primeiros quinze dias das férias de julho no sítio de um colega de classe. Voltei com a cabeça cheia de vontades. A mais persistente, quase um peso para o sono, era aquela do vestibular no fim do ano. Com o salário de professora, minha mãe não poderia manter-me numa universidade particular, e eu não suportava mais o Rodolfo como bandeira virtuosa nas mãos das tias solteironas. Principalmente agora que falava em se filiar à Arena para disputar uma cadeira na Câmara Municipal. Minhas tias o festejavam como o brasão familiar. Estavam quase certas, as quatro, de que o retorno à monarquia não demorava e tudo, para os Gouveia de Guimarães, deveria voltar ao que era antes de 1889. Eu não tinha escolha: criar calo nos cotovelos e nos olhos para entrar em uma universidade pública.

60 | Menalton Braff

Me levantei cedo, a tempo de ver passarem o leiteiro e o padeiro. Tomei um banho quase frio, animado, porque era o primeiro dia da segunda quinzena das férias. Eu estava ansioso por iniciar meu projeto de tornar úteis todos os minutos do dia. Tia Joana, rebolando sua redondeza pela cozinha, me perguntou se gostaria de tomar meu café antes dos outros. Ergui as sobrancelhas, entortei a cabeça em cima do pescoço, cheio de dúvidas, e ela não esperou resposta. A reunião da família ao redor da mesa, naquela manhã, não contou comigo, que já estava no quarto, de janela aberta (apesar do frio), fazendo anotações nas margens do livro enquanto meus dedos se enfiavam entre os cabelos, coçando algumas dificuldades.

Ergui novamente os olhos por cima de umas laranjeiras. Cinquenta metros além: o vulto. Mas foi uma repetição. Operários caminhando sobre a laje, carregando, conversando, montando, erguendo. Foi uma repetição. A laje imensa, o madeiramento para as colunas, martelos trabalhando seu ruído seco, de tudo isso eu tinha registro sem compreensão, como então, de repente, aconteceu: a construção de um edifício. Deixei o livro aberto, à espera, e me distraí olhando o movimento que parecia suspenso nas copas das laranjeiras. A cinquenta metros. Tudo aquilo ali, em cima de nosso quarteirão. Minha respiração era de surpresa com aquele mundo que vinha nascendo, independente de nossa vontade. Um mundo que deveria estar distante ou que, talvez, nem devesse existir. Um pouco de desconforto saber que eles podiam chegar, medir, calcular, cavar e, sem pedir licença para aqueles que havia mais tempo viviam naquele chão, começar a transformar o mundo.

Poderia sair pela casa anunciando a estranha novidade, e tal foi meu primeiro impulso, mas me segurei à cadeira, pois melhor do que ser o pregoeiro do futuro era ter só para si um segredo, saber o

O casarão da rua do Rosário | 61

que ninguém mais sabia. Eu precisava daquele egoísmo para encarar as pessoas com o semblante iluminado de quem detém um segredo. Tinha consciência de que seria por muito pouco tempo, não importava, conquanto que nesse pouco tempo eu me sentisse absoluto. Quando ouvi passos que passavam resolutos para o café, na cozinha, me levantei e saí do quarto, pois queria ainda uma vez apreciar todas aquelas fisionomias não afetadas por um edifício nascendo ali, no nosso quarteirão. E foi o que fiz. Segui quase em cortejo as tias, minha mãe e minhas irmãs, uma passeata feminina rumando para o desjejum. Tio Ataulfo se desfazia da fome na edícula, escondido, com seus bichinhos muito compreensíveis.

O primeiro espanto foi eu ter aceitado apenas um cafezinho. Minha mãe se preparava para exercer seu papel de provedora, mas se aquietou quando contei que tinha levantado mais cedo para estudar e já tomara meu café sozinho sob a fiscalização de tia Joana. A mais velha das irmãs, com sua cara de rugas fundas, visíveis, olhou a irmã gorducha, tia Joana, e muito séria declarou que aquilo era uma infração às normas da casa. Ninguém tinha o direito de se antecipar. Refeição exigia todos juntos, como sempre tinha sido e continuaria sendo. Senti muita vontade de rir, por isso me apareceu uma sede inesperada e fui até a geladeira tomar um copo de água, bom remédio contra falta de respeito, como esta, de rir na cara da velhota.

Voltei para meu lugar depois de o riso ter descido pela garganta, empurrado pela água. Era grande a tentação de contar a novidade, mas estava decidido a manter o segredo, por isso pedi licença, respeitoso, para me retirar. Vai, menino, vai, hoje você já demonstrou o mal que fazem essas férias longe de casa. Os outros membros da família tinham o mesmo ar meio aparvalhado de quem acabou de acordar em manhã de férias.

62 | Menalton Braff

Algum tempo depois, estava concentrado no estudo. A paisagem não mais me parecia diferente do que sempre tinha sido. Desde minha infância, eu estava certo disso, via uma laje onde homens trabalhavam por cima das laranjeiras. Só lá pela meia manhã foi que me distraiu o tropel de meu povo correndo para o portão. Pulei da cadeira e abri a porta a tempo ainda de ouvir a voz de tia Benvinda.

— Sim, sim, eu entendo, sei, entendo, Romão. Mas que droga de cargo é esse que você exerce desde a vida toda e não tem poder para embargar uma construção?! Ora, faça-me o favor, você me decepciona, meu irmão.

Percebi seus gritos vindos da sala e percebi que havia desligado o telefone dirigindo-se pelo corredor para a cozinha. Ela vinha desgrenhada, os olhos furando os óculos, os saltos furando o soalho, ela toda transtornada. Meio corpo fora do quarto, assim fiquei, sem saber se saía ou entrava. Ela passou sem me ver, seu rosto torto de histérica na iminência de uma explosão. Aqui, ela continuou a gritar na cozinha, aqui na nossa cara, no nosso espaço, eles pensam que vão construir alguma coisa? Pois estão muito enganados. Se eu não embargo esta porcaria, não me chamo Benvinda Gouveia de Guimarães mais. Tenho amigos, já que o imprestável do Romão disse que não pode. Tenho muitos amigos. O pai do governador foi companheiro de faculdade do meu pai. Sou herdeira de bandeirantes, dos principais. Aqui, no meu quintal, ninguém vem fazer sujeira.

Ela fez uma pausa, talvez estivesse tomando água com açúcar, como costumava. Ah, mas não vem mesmo.

Sua voz foi sumindo e tive a impressão de que saía pela porta dos fundos.

13

A Irene veio na direção da cozinha sufocando na boca o grito que explodia em lágrimas brilhantes. Minha irmã do meio sempre teve um dom muito desenvolvido para o escândalo e as ações tempestuosas, ela, com seus melindres e delicadezas já um tanto arcaicos. Tudo isso me atrapalhava o estudo difícil, minha preparação para o vestibular. Saí para o corredor ao mesmo tempo que a Dolores abria a porta para acolher o desespero de sua irmã. Fiz um gesto de sobrancelhas e mãos, e daí?, e a Dolores veio num pulo até meu quarto. Reunião de família, ela me disse, admirada de quase não acreditar que eu ainda estivesse na ignorância do assunto.

A Irene, ela disse com sua voz de cochichar, a Irene está esperando filho. Uma notícia exige certa ordenação de fatos, uma preparação para ser dada, caso contrário, como aconteceu, sofri um choque como se tivessem arrancado algum órgão essencial de meu corpo.

64 | *Menalton Braff*

Mas como?, eu repetia sacudindo a cabeça incrédula, Mas como? Minha irmã, tão metida a moderninha caía na tolice de engravidar? Logo me lembrei de seus recortes, suas revistas preferidas, vivendo uma vida oculta em seus pensamentos, com seus olhos grandes vendo longe o lugar aonde iam seus suspiros.

Eu quis saber quem era o pai, não que já não soubesse, mas precisava ouvir um nome e com isso ter certeza de que não estivera inventando perigos.

Os gritos agora começavam a chegar do fim do corredor: a sala das reuniões. E quem gritava mais alto era a mais nova das irmãs, minha mãe. Paramos atentos tentando entender o que aquelas palavras em revoada nervosa queriam dizer, mas era impossível construir qualquer lógica com uns sons humanos tão alterados pela distância e presos atrás de portas pesadas.

Noite perdida para o estudo, já me preparava para deitar quando minha mãe bateu à porta. Queria que eu ouvisse o conselho familiar. Acabei de enfiar a camisa por cima da cabeça e, com a sensação de quem se encaminha para o cadafalso, lá fui eu atrás de minha mãe. Uma sensação ruim como se fosse eu o réu e não minha irmã. A presença de meu tio Romão acabou de me desorganizar os pensamentos.

Sentados, todos eles, ocupamos duas cadeiras vazias. Foi minha mãe quem começou a falar, fazendo um resumo do que tinha acontecido.

— Seus tios, Palmiro, exigem que a Irene seja expulsa desta casa, pois foi desonrada.

Fingi surpresa com todo cinismo que reuni.

— Mas qual foi a desonra e quem a desonrou?

As quatro solteironas começaram a falar ao mesmo tempo e no mesmo atropelo. Que isso agora não interessava, não era o caso.

O casarão da rua do Rosário | 65

Tia Ivone foi a última a falar sob uns olhos de aprovação de tia Benvinda. Não podemos dormir debaixo do mesmo teto onde dorme uma criatura ordinária, capaz dos pecados mais infames.

Minha mãe saltou da cadeira e, de pé, ao lado da irmã, gritou furiosa:

— Você, sua cretina, pensa que ninguém a viu fazendo sexo com aquele cachorro do papai? Pois eu vi. Sexo com o próprio primo é menos pecado e mais limpo do que com o pastor alemão, não acha?

Todos quiseram falar ao mesmo tempo outra vez. Demorou até que se pudesse fazer qualquer progresso no assunto. Minha mãe, nesse tumulto, aparou um tapa com que tia Ivone tentou atingi-la. Saltei da cadeira e segurei aquela tia almiscarada pelas costas. Minha mãe desferiu-lhe uma cusparada no rosto. Quem não chorava gritava. Tio Romão ameaçou intervir na luta corporal, mas desistiu, porque praticamente joguei a tia sobre a cadeira gritando que ela ficasse quieta.

Sentei arfante e olhei em redor. A cena a que acabava de assistir parecia riso de escárnio jogado contra paredes e móveis daquela sala, a ironia sarcástica contra um mundo que se esboroava. O lustre central, pendurado sobre a mesa, multiplicava-se no verniz do piano, nos espelhos e retratos emoldurados, na cômoda e no oratório. Era um incêndio de iluminação querendo sem poder iluminar nossas trevas interiores.

— Mas então, começou tio Romão depois de todos terem reposto a respiração mais ou menos no lugar certo, como é que ficamos? O Rodolfo diz que não casa.

Foi minha vez de enfurecer, não porque meu primo se recusasse a casar, mas pelo acobertamento do pai.

66 | *Menalton Braff*

— Pois é bom que não case mesmo. A gente dá um jeito, a Irene aborta esse monte de sujeira que carrega no bucho, e fica tudo resolvido. Seu filho é um canalha, meu tio.

Novo tumulto. Agora quem principalmente me assassinava com olhos pontiagudos era tia Benvinda. Ela é quem foi assanhada, ela jogou sobre a mesa. Ela seduziu o próprio primo. Esta menina não presta.

— Bando de urubus, gritei, velhas recalcadas.

Eu tinha visto a cabeça disfarçada da Dolores no início do corredor e isso me dava mais vontade de botar fogo na casa. Tia Amélia levantou-se tesa, muito digna e disse em voz que lhe vinha do fundo do estômago:

— Me recuso a continuar participando desta palhaçada. Eu me retiro. Vocês resolvam o que resolverem, não quero mais participar de uma farsa grotesca como esta.

Foi a primeira defecção. Fizemos um silêncio respeitoso enquanto tia Amélia procurava seu quarto. Fiquei tentando imaginar a causa de se haver retirado do ringue aquela tia, tão necessária ao barulhento palavrório nos momentos de maior tensão. Haveria, por acaso, em sua biografia alguma passagem desconhecida que lhe forçasse a consciência a cair de joelhos ante alguma acusação de que só ela tivesse conhecimento? Ninguém jamais teve qualquer notícia de um namorado de tia Amélia. Nenhum dos rapazes desta cidade merece casar com uma Gouveia de Guimarães. Tinha passado minha infância ouvindo essa explicação para o estado civil das tias. Ou se enojara do ambiente sujo subjacente à imaculada imagem familiar em que acreditara?

Quem retornou primeiro à mesa das negociações foi minha mãe. Daqui ela não sai, ela disse mais calma do que se esperava. Com filho, sem filho, casada ou solteira, enquanto eu estiver viva, minha filha é assunto meu. Tio Romão, com os dedos cruzados, olhos arregalados mirando os dedos, pigarreou prolongado, avisando assunto. Então sugeriu como hipótese, apenas, uma dentre muitas possibilidades, que Irene praticasse aborto. No início minha opinião encaixou na dele. Sim, ela abortava e continuava os estudos, fato oculto, segredo familiar, e o futuro se encarregaria de apagar mais aquela nódoa no tapete da família.

Alerta, minha mãe questionou a solução. Poderia ser assim mesmo, como seu irmão sugeria. Serviço limpo, nada mais do que alguns filetes de sangue e a casa estava salva. As três irmãs que tinham preferido continuar na luta pela honra da casa ficaram radiosas com a sugestão. Mas tem um porém, minha mãe acrescentou mantendo a mesma calma, a menina pode não concordar. E ninguém, desta mesa ou deste país, tem autoridade para obrigar minha filha a fazer o que ela não quiser.

— Muito cômodo para o senhor e seu filho, hein, meu irmão!

Finalmente percebi que a preocupação daquele meu tio não tinha relação nenhuma com a honra familiar. Seus objetivos eram mais pragmáticos: um aborto livrava Rodolfo de complicações.

— Sou contra.

Um murro na mesa acompanhou meu brado e todos me focalizaram com espanto, aguardando o que eu diria. Eu não tinha pensado em dizer mais nada, apenas queria firmar uma posição, muito mais por intuição do que por um pensamento estruturado logicamente. Mas como se calassem os outros à espera da minha manifestação, continuei.

— Sou contra. O mal está feito? Está. Mas é uma vida que ela carrega no ventre. Não temos o direito de sacrificá-la.

68 | *Menalton Braff*

Minha mãe me olhou assustada, tão assustada com minha posição quanto eu mesmo estava. Em muitas ocasiões já tinha defendido o aborto em determinadas circunstâncias, agora me saía com um discurso moral, quase religioso. Só eu sabia que era uma falsa convicção, puro recurso argumentativo. O que me parecia injusto era que meu primo se safasse incólume. E, apesar de minha aversão pelo Rodolfo, até seu casamento com a Irene eu seria capaz de engolir.

Já era tarde e algumas pessoas daquele conselho levantavam cedo por causa de compromissos com trabalho. Tia Benvinda, depois de um silêncio comprido em que ninguém mais se manifestava, levantou-se, arrumou os óculos no alto do nariz, e sentenciou.

— Bem, isso tudo podemos resolver depois.

E nos retiramos.

14

Uma noite abafada e meu corpo inteiro revestido por terno preto, camisa branca (peito engomado) e gravata borboleta. Eu, se esperassem por mim, não cumpria um ritual como aquele, por nunca ter acreditado no exterior das formalidades. Uma satisfação aos outros?, é, minha mãe? E a quem a senhora quer dar esta satisfação? Se o seu pai estivesse aqui, ela disse, e não precisou terminar de dizer o que pensou. Aceitei comovido o sacrifício. Era por ele: o ausente.

De longe víamos o clube e sua iluminação, um incêndio de luzes saindo por janelas e portas, e o movimento de pessoas que andavam em todas as direções, muitas delas vestidas como eu, e carros que chegavam cheios de festas de onde desciam famílias inteiras espremidas em roupas de brilhar. Nós dois, braços dados, chegamos a pé, com passos de dominar as calçadas, porque a nossa alegria era uma homenagem e isso nos tornava imunes a maus-olhados, como

70 | *Menalton Braff*

comentamos rindo. Eles andam de quatro e nós andamos de dois, dizíamos em vingança com ameaças de gargalhadas. As meninas vinham logo atrás, elas também de braços dados, perguntavam, de que é que vocês tanto riem. E isso também era boa razão para que ríssemos ainda mais.

O suor, quando estávamos chegando para nos misturarmos aos outros, me escorria da nuca, penetrava pelo colarinho, e descia pela vala estreita da coluna vertebral até desaparecer na barra superior da cueca. Não dava pra dizer que era um conforto, aquilo, mas resolvi considerar como uma experiência engraçada. A Dolores, a única de nosso pequeno grupo familiar, chegou a pedir o carro de tia Benvinda. Depois nos contou. A tia velhota, que vinha passando por uma forte crise de melancolia, sacudiu a cabeça, os lábios finos muito grudados um no outro, e não disse uma palavra. Desde o início, quando se falou pela primeira vez em formatura, eu imaginei uma viagem de ônibus até o ponto mais próximo do clube.

Tia Benvinda, depois da noite em que minha mãe expôs muita nódoa familiar em volta daquela mesa da sala, engoliu como se engolem pedregulhos a presença da Irene no casarão. Esperávamos que nos dias seguintes continuasse discutindo a situação da sobrinha depravada, mas silenciou em mutismo obstinado. Não nos dirigia mais a palavra. Fechados nos quartos, comentávamos, no seio de nossa família particular, que bem podia ser o resultado de seu ódio pelo edifício crescendo ali, no seu quarteirão, tanto silêncio. Mas o caso de Irene e as coisas com que minha mãe afrontou a matriarca devem ter contribuído para seu emudecimento.

Foi tia Joana, a contente, quem disse à Dolores que, à noite, só em caso de alguma catástrofe, o Aero Willys sairia da garagem.

O largo prédio do clube, afastado alguns metros da calçada, durante o dia desfrutava das sombras de imensas árvores que o

O casarão da rua do Rosário | 71

rodeavam, e à noite, sobretudo em noites sem atividade, misturava-se a elas. Era, no meio das sombras, uma enorme sombra pesada em sua imobilidade. Estava um pouco fora de nosso itinerário habitual, o clube, mas minha mãe, com fisionomia de quem olha para dentro, disse que o clube tinha sido muito importante em sua vida, fato confirmado por um suspiro. Era um caminho que não podia esquecer.

O diretor da escola, com terno que reservava para ocasiões muito especiais, veio cumprimentar nossa família, muito deferente, fazendo os elogios que eu já sabia de cor, e que às vezes chegavam a me irritar, apesar de me sentir envaidecido, beijando cerimonioso e perfumado a mão da minha mãe. Este seu filho!, e apontava com a mão espalmada na minha direção. Os colegas, em volta, me olhavam penalizados, pois sabiam de minha modéstia. Não demorou que eles irrompessem em nossa roda para nos tornarem alegres como eles, que terminavam "mais esta fase da vida", como logo depois leu o orador da turma.

Alguns de meus colegas chegaram a essa "fase da vida" sem a menor noção do que fazer no ano seguinte. Um dia quis falar sobre o assunto futuro com um colega e perguntei a ele qual sua escolha. Sacudiu os ombros e disse, Sei lá, onde der eu entro. E não era só ele. Muitos outros estavam na mesma situação. Discutíamos o assunto carreira com bastante frequência, geralmente com muita ansiedade. Quase a metade da classe ficava de fora, não queria sofrer com o que ainda vinha longe. Já não estávamos mais longe de momentos decisivos de nossa vida, e eles abriam olhos imensos, abismados, aceitando ou recusando qualquer sugestão.

Minha escolha veio crescendo com algumas coisas que eu gostava de observar. Uma tarde estávamos na sala a qualquer pretexto de que não me lembro mais, quando tia Amélia, curiosa, me perguntou, E você, que carreira vai escolher? Com a palavra morando há algum tempo na boca, não demorei um segundo e respondi, Eu vou ser médico. Todas as cabeças se ergueram ao mesmo tempo, os olhos todos focados em mim. Gozei aquele instante, que me pareceu uma desforra, não sei de quê, mas que me dava prazer. Então, tia Benvinda que já vinha treinando mutismo havia bastante tempo, e que também ergueu a cabeça, apertou os lábios finos, sacudiu a cabeça e olhou para o céu, pedindo a Deus que perdoasse tanta pretensão. Foram dois, três segundos de um discurso eloquente de seu rosto. Amei aqueles segundos. Ela duvidava de mim por uma espécie de obrigação para com o nome da família. Sangue de imigrante, me disse uma vez, e sua voz vibrava com trêmulos musicais de tanto desprezo.

Minha mãe, logo que o diretor nos deixou com a turma que nos assaltara, abriu a bolsa e tirou um lenço branco, dizendo que eu ficasse com ele. Mas antes, bem maternal, enxugou minha testa, onde deixou um beijo.

— Vai começar, ouviu-se na frente do clube.

E era o que todos esperavam, por isso começaram os trotes de corações dentro de peitos juvenis, ansiosos por encerrar "mais esta fase da vida". Nossos lugares já estavam marcados, de forma que tanto podíamos sem dificuldade contemplar a mesa com toalha branca e flores no meio, nossos professores, quase escondidos pela mesa, uma imensa flâmula da escola por cima e por trás de tudo, como podíamos receber gestos de cumprimentos que nos chegavam de parentes e conhecidos, todos acomodados na plateia.

Meu nome foi chamado além da metade da lista, mais para perto do fim, por isso me levantei com desembaraço de quem ficou observando o que faziam os primeiros a subir no palco. Me sentia natural,

O casarão da rua do Rosário | 73

sem tremores nem suores, talvez alegre, mas uma timidez que me ocupou muito tempo até me livrar dela não permitiu que eu olhasse para trás piscando um olho para minha mãe, como havia prometido. Naquele momento, me mantinha controlado, observando o ambiente com atenção, pois a escada era perigosa e soalho do palco escorregadio. Depois de ter cumprimentado todos os integrantes da mesa, desci pela escada do lado oposto, convencido de que não tinha perdido o domínio de mim mesmo. E isso era bom.

Logo após os discursos, beijos, abraços e juramentos, a mesa sumiu do palco em poucos segundos e começaram os testes: um, dois, três – som. Fiquei algum tempo daquela espera ao lado da Irene, que se sentia incomodada com o tamanho de sua barriga, apesar de ser um volume ainda discreto. Mas senti que ao meu lado, conversando comigo, ela parecia sentir-se confortada. Alguns colegas vieram me cumprimentar, sei muito bem, para serem apresentados à minha irmã. Ela poderia estar mais bonita, seu rosto ganhando jeito de rosto de mulher e perdendo o frescor da adolescente, seu estado verdadeiro.

De repente minha mãe me chamou e me conduziu ao bar do clube. Foi a primeira vez em que, juntos, tomamos uma cerveja. Ela, tão nova, sem um marido com quem compartilhar coisas simples como essa.

Chegou a hora de ocuparmos a pista com madrinhas e padrinhos. Dei o braço para minha mãe e invadimos o espaço reservado aos dançarinos. Em casa, tinha ensaiado um pouco com minha mãe e minhas irmãs, pois valsa era ritmo completamente fora de nossos costumes. O mais difícil foi manter conformados meus pés dentro de sapatos novos. Eu senti que me nasciam bolhas nos calcanhares. Fiz cara de dor, retorcida em alguns pontos. Meu par, senhora experiente, perguntou, Bolhas nos pés?, e eu ri de sua capacidade de saber o que está acontecendo escondido. Então ela perguntou, Quer parar?, e eu, apesar do suor que já me enlameava o corpo todo, sacudi a cabeça, que não, de forma alguma. E ela entendeu.

Demos mais uma volta no salão e percebi que minha mãe procurava meu ombro com sua cabeça. Os olhos escondiam-se por baixo das lágrimas. Condoído, mas querendo fazer humor, perguntei, Bolhas nos pés?, e ela deformou seu rosto em que riso e lágrimas se misturaram. Então perguntei, Quer parar? Minha mãe cochichou ao meu ouvido, Não filhote, não quero. Outra hora te conto por que me deu vontade de chorar.

Por causa das bolhas, não dancei muito, mas ficamos vendo as meninas divertindo-se. Elas estavam felizes. Principalmente a Dolores, com sua idade desfilando pelo salão.

Era madrugada de Sol um pouco abaixo da linha do horizonte quando tomamos um táxi para voltar. O casarão, abotoado em si, fechado, parecia um monstro a ressonar. Demos a volta costeando a parede para entrar pela cozinha, mais perto de nossos quartos. Às vezes cometo enganos de visão, vendo o que não existe, mas desta vez tenho certeza, era tia Benvinda espiando-nos pela janela, seu vulto esfumado na cortina.

15

Fiz alongamento do pescoço, me levantei, estiquei os braços, alonguei as pernas que já estavam querendo adormecer, sentei novamente e joguei o olhar para o horizonte. Era recomendação do oftalmo: andava de vista cansada. Contei os andares, sobre o sexto, aquele movimento conhecido de homens caminhando, carregando, gritando, despejando. Preparavam o madeiramento para fundir o sétimo andar. Busquei um horizonte ainda mais distante e só encontrei a linha irregular em que céu e arvoredo se tocavam desordenadamente. O céu cortado com precisão geométrica, com linhas retas, era aquele que o edifício aos poucos ia encobrindo.

Voltei a meus exercícios de genética pensando no fim do ano. Minhas irmãs estudavam no quarto da frente, no outro lado do corredor, minha mãe estava na escola, as tias formando algum grupo dedicado ao crochê e ao maldizer, e tio Ataulfo lá para os fundos

76 | *Menalton Braff*

do quintal conversando sempre com suas plantas e seus animais. Eu estava sozinho, preso à mesa do quarto e à necessidade de me construir a despeito das tias: contra seus vaticínios, nos quais eu deveria naufragar na primeira nuvem que aparecesse no céu. Mas eu tinha consciência de que esse era o principal móvel de meus esforços, e saber disso não me fazia mal algum.

Fazia já alguns meses que tia Benvinda não se comunicava com nossa família, exceção a Dolores, que ela talvez tivesse a esperança de salvar do sangue de imigrantes. Parei com o lápis na mão, parado pensando, ao me lembrar de que seu mutismo poderia ter mais de um motivo. Certo, ele coincidia com o início das obras do edifício vizinho.

Logo que descobriu o movimento de máquinas e operários em seu quarteirão, tia Benvinda pôs-se guerreira e começou atacando o próprio irmão. Com a resposta de tio Romão, de que não poderia fazer nada para embargar a obra, ela, tia Benvinda resmungou um pouco, gritou desaforos para o irmão e por fim declarou-se em estado de guerra. Tenho amigos, ela dizia. Uma herdeira de bandeirantes não vai ser vencida por um bando de novos ricos que vinham invadindo sua cidade. Então procurou o proprietário do terreno sobre o qual era feito aquele barulho todo. Antigo hortelão fornecedor da casa dos Gouveia de Guimarães, devia-lhe sobretudo respeito, além de uns favores que obtivera do velho avô, segundo ou terceiro morador do casarão.

Tia Benvinda voltou furiosa de quase esmagar o para-lama do Aero Willys contra um pilar do portão. Bateu a porta do carro e desabafou, Poltrão ingrato, vendeu o terreno sem nos avisar. Miserável que ontem batia palmas do lado de fora de nosso portão e hoje mora como um rei no centro da cidade. Animal ignorante. Ignorante, sim. Mal assina o nome, o animal.

O casarão da rua do Rosário | *77*

Entrou em casa berrando, ela, que era toda do silêncio.

No dia seguinte resolveu peitar o prefeito, que só está na política graças ao apoio recebido de meu avô.

— Qual, não existem leis!, ela gritava na volta, o que existe é corrupção. Um vendido, este sujeitinho que agora manda na prefeitura.

Bem, mas havia a Câmara Federal, que não dispunha de grande poder, mas ainda funcionava pelo menos com alguma aparência de liberdade. Telefonou para senadores, chegou a ministros. Sempre trazendo pendurado no peito o sobrenome. Ninguém podia lhe valer em nada. Já cansada de tanto correr, desesperada, lembrou-se finalmente de um general, amigo de infância. Fazia anos que não se comunicavam, mas isso não tinha a menor importância, por causa da gravidade do assunto. E não são vocês que mandam?, ela ensaiava caminhando pelo corredor. Pra alguma coisa vocês devem nos servir.

Descobriu o telefone de seu amigo de infância, repassou de memória as frases fortes que tinha escolhido e ligou. Conversaram por cerca de quinze minutos ao fim dos quais, exultante, ela disse que por fim tinha recebido uma resposta positiva.

— Ele me disse que ia ver o que podia fazer, mas que desde já eu podia descansar que ele faria tudo que estivesse a seu alcance.

Tia Benvinda passou uma semana em estado de pura euforia infantil. Olhava para a construção e fazia figa, dizendo baixinho, Deixa estar que já pego vocês.

Passada uma semana, minha tia não sofreu mais a espera: ligou novamente. Depois desse dia, ela perdeu a vontade de falar com qualquer pessoa. Levantava-se de manhã, como sempre, cumpria seus rituais durante o dia, batia no peito durante a Bênção das Três, de olhos fechados, pálida, terminava o dia e ia dormir. Nenhuma

78 | *Menalton Braff*

palavra com ninguém. Minha mãe disse que era preciso chamar um médico. Mas como depois de alguns dias começasse a melhorar, uns monossílabos que sumiam em sua garganta sofredora, tia Benvinda ficou sem o médico.

Depois de toda aquela luta inútil, derrotada, tia Benvinda caiu em um abatimento que nos causava dó. Perdeu o apetite, emagreceu, tornou-se mais pálida. Muitas vezes sentou-se à mesa tesa como estátua, os cabelos soltos e agrisalhados, livres daquele pente que suportaram todos os dias de uma vida inteira. Dolores se queixou de pesadelos horríveis, uma abantesma a flutuar pelos corredores e atravessar paredes.

— Os culpados são vocês, que vieram morar aqui sem serem chamados. Isso é praga de vocês.

À noite, a Irene contou a minha mãe o que tinha ouvido já diversas vezes de tia Ivone. As duas fecharam-se no quarto e não soubemos o que pode ter acontecido lá, mas nunca mais fomos acusados por ela.

Acabamos por chamar um médico, mesmo contra a vontade das solteironas. Tio Romão ficou neutro na história. Como em quase todas as histórias. O médico perguntou, examinou, ouviu e decretou: depressão profunda. Receitou alguns calmantes que, não fosse nosso esforço, jamais teriam sido tomados.

16

Viajei a maior parte da noite e cheguei cansado à frente do casarão, onde parei o carro. Tentei abrir o portão, velho portão de ferro, o mesmo de várias gerações. Para meu espanto, estava acorrentado. Caminhei ao longo do muro, espiando o casarão, querendo descobrir alguma lâmpada acesa. Eram quase quatro horas da manhã e minha esperança de encontrar alguém de pé era absurda. Cheguei a pensar na campainha, mas não a usei. Acordaria a casa toda. Voltei para o carro por causa do frio. Do vento, pelo menos, eu me defendia. Precisava dormir até que amanhecesse, por isso me encolhi, sentado no banco, preparado para descansar. Mas os olhos se abriam por causa de um edifício, cuja sombra recortava o céu com suas muitas estrelas. Dezesseis andares.

A construção daquele edifício tinha afetado a vida de todos nós, os moradores do casarão. Quem primeiro o viu fui eu. Estava ainda

80 | *Menalton Braff*

na construção das primeiras lajes. Tia Benvinda perdeu a vontade de viver quando descobriu que lutar pelo embargo da obra era causa perdida. Vimos as lajes chegarem ao décimo andar, então fechávamos as janelas para trocar de roupa porque os operários podiam ver tudo que se passava dentro de casa, na frente de portas e janelas. Nossa vida sofreu, de repente, uma espécie de reclusão: os enclausurados. Foi nessa época que eu saí de casa para cursar a faculdade.

Várias casas de moradia ocupavam agora o que já fora horta, pomar, terreno baldio há alguns anos. Na frente do edifício, o letreiro colorido de neon indicava um supermercado com todos os seus janelões e portas fechados. Por algumas das janelas, viam-se luzes, fracas e imóveis, pois até o guarda, a uma hora daquelas, devia estar dormindo.

Tive a impressão de haver dormido um pouco, pois acordei com o tio Ataulfo sacudindo o portão, sem entender o que eu fazia ali do lado de fora. Quando me viu acordado, correu até uma das janelas, a mesma em que eu teria batido, e chamou minha mãe. Ele parecia muito excitado, pois corria até o portão, voltava à janela, e assim fez até minha mãe aparecer na esquina da cozinha.

O dia não era ainda um dia de claridade firme, o Sol no céu, quando entrei com o carro para o quintal do casarão. Desci para o primeiro abraço na minha mãe e o segundo no tio Ataulfo, que gemeu de puro contentamento. Seu cachorro atual, não sei se já nos conhecíamos, me rondou de longe com o rabo caído, ele todo em defesa, até desconfiar de que se tratava de alguém da casa, então veio enfiar a cabeça debaixo das minhas mãos, pedindo afago. A mamãe, ainda no abraço, me pediu desculpas pelo portão fechado. Agora, ela disse, não se pode mais deixar nada aberto. Muita gente em volta.

O casarão da rua do Rosário | *81*

Mas então, eu perguntei, que é feito dela? E minha mãe me puxou pra dentro de casa, lá dentro a gente se fala.

Eram onze horas da noite e o telefone me assustou naquele estado entre sono e vigília. Era ela, minha mãe, com voz muito aflita, dizendo que a Dolores tinha sido presa. Perguntei como, onde, por quem, mas ela disse que ainda não sabia direito.

— Vem, Palmiro, mas vem logo pra me ajudar. Outro golpe igual eu não vou aguentar.

Não fosse a pressa, teria vindo de ônibus, pois não gosto de dirigir à noite. Juntei alguma roupa, escova de dentes, fiz uma ligação para o hospital, minha escala, e enfrentei a escuridão da estrada.

Na cozinha, fiquei de pé a seu lado, enquanto ela me preparava um café, porque eu estava ansioso por saber o que tinha acontecido.

— A Dolores estava demorando, mas demorando muito. Umas dez da noite quando recebi um telefonema de uma voz de homem dizendo, Sua filha me deu este número e pediu pra avisar que foi pega. Me parei a tremer, sem saber como perguntar, porque eu queria saber mais, e o sujeito desligou o telefone. Fiquei tonta. Pensei em procurar seu primo, o Rodolfo, que agora é vereador, mas sei que você não ia gostar nem um pouco.

Expliquei a minha mãe que vereador, numa situação destas, mesmo sendo da Arena não podia ajudar. E que, além do mais, o Rodolfo era bem capaz de piorar ainda a vida da Dolores.

Sentamos à mesa, a mesma de várias gerações, e nos perdemos por algum tempo em pensamentos silenciosos, à nossa frente, café com leite, quente, um conforto que penetrava até o fundo de meu corpo. Me entreguei a uma tontura leve e não pensei mais nada. Quando minha mãe voltou a falar, demorei ainda algum tempo naquele torpor, mas reagi, pois não tinha viajado boa parte da noite para dormir sobre o desespero daquela mulher.

Precisamos sair logo. Suas palavras repetiam o que já dizia sua expressão de urgência. Só nós podemos salvar a Dolores. Mas eu precisava ainda imaginar um plano, pelo menos saber por onde começar a busca, por isso não me apressava. Ela resolveu me acompanhar no café e a primeira pergunta que lhe fiz saiu meio embolada com o pão que eu mastigava: se ela tinha ideia de quem tinha prendido minha irmã. Bem, ela respondeu depois de um gole de café, nos últimos anos, aqui, só o Exército e o Dops é que têm praticado esse tipo de crime.

Contei a ela o que tinha lido a respeito do sequestro recente de um jurista, ato provável de algum grupo paralelo, sem comando dessas instituições. Em seguida me arrependi, pois eram forças agindo como fantasmas, inimigos que não se podem localizar. Então minha mãe largou o café na mesa e saiu para o frio do quintal chorando seco, sem lágrimas, apenas repetindo, Ai, meu pai, ai, meu pai, inteiramente desamparada, sem poder qualquer que lhe pudesse valer. Corri atrás dela com o remorso me pesando sobre os pensamentos. Eu não precisava ter dito aquilo, pelo menos não era a hora.

Tia Joana apareceu na porta e gritou:

— Isaura, telefone!

17

Conhecia aquele distrito apenas de placa. Saía do asfalto e entrava por uma estradinha de terra. A única praça do distrito, e telefone, bem poucos na vila, avisou o padeiro.

Fomos encontrar a Dolores sentada num banco de cimento imitando granito, debaixo de uma jaqueira. O sol ainda não tinha penetrado ali e dificilmente penetraria, tão densa era a copa. Ao ver um carro se aproximando, minha irmã pôs-se de prontidão, protegida pelo banco. Só quando paramos a seu lado e nossa mãe abriu o vidro, ela nos reconheceu. Então jogou longe um pedaço de pão seco que tinha nas mãos e correu até nós.

Depois de abraços e beijos, muitos abraços e beijos, embarcamos de volta, e foi no caminho que nos contou com detalhes suas últimas doze horas, esfuziante como se narrasse as aventuras de um filme visto na véspera.

84 | Menalton Braff

*

Nossa turma da faculdade estava reunida. O assunto era uma manifestação em repúdio à demolição do prédio da UNE, na praia do Flamengo, que nós estávamos organizando. A gente queria realizar uma passeata pelo centro da cidade, com grupos de dez, doze estudantes, que se dispersariam assim que a polícia aparecesse, mas que se encontrariam em outro ponto previamente determinado. Sacou, maninho, ia ser um fato pra ficar registrado na história desta cidade. Aquele filho duma puta do reitor, não sei de que jeito, ficou sabendo do nosso planejamento. Só pode ter sido ele, porque é reconhecido como um cachorrinho dos militares. Estávamos com o mapa da cidade, organizando a sequência de locais de encontro, quando três caras entraram no laboratório e disseram, Ninguém se mexe.

Cara, eu vi o perigo, mas criei uma coragem abusada, então me levantei perguntando, O que foi que vocês perderam aqui? Um deles sorriu de lábio torto, o bigode querendo entrar na boca, e disse pro outro, do lado dele, Esta é das boas, deixa ela comigo.

Nós éramos onze na organização. Eles, os três, de revólver na mão, comandaram, Todo mundo andando. E, enquanto dois deles desfilavam com a gente pelo corredor e à vista de muitos colegas, o outro ficou recolhendo nossos mapas, nome de faculdades, esquema de ação. Nas salas por onde passamos, as aulas se encerraram. Todo mundo corria pras portas e janelas, querendo ver uma coisa de que tinham alguma notícia pouca, mas a que nunca tinham assistido.

Sacou, mano? Eram três Veraneios com as portas abertas à espera dos baderneiros. Os motoristas, eles também policiais, vieram ajudar os primeiros, empurrando a gente pra dentro. Fugir, nem pensar. Qualquer aprendiz de revolucionário sabe que é o melhor pretexto que

O casarão da rua do Rosário | 85

eles têm pra mandar um pro céu mais cedo. Tentativa de fuga e morte. Muitas fugas foram inventadas e alguns jornais tiveram a coragem de publicar essa indecência. Nós, entre nós, você sabe muito bem, nós sempre comentávamos isso.

Na delegacia, nos dividiram em três grupos, em três salas diferentes, com a vigilância de um sujeito com cara de quem brigou com a mulher. No meu grupo, ficamos sentados cada um colado em uma das paredes. Não podíamos conversar, ele disse aborrecido. Acho que não era nada heroico, do ponto de vista do policial, ficar tomando conta de uns caras como nós, sem nenhum jeito de bandidos.

Éramos chamados separadamente e, depois do depoimento, não sei o destino que nos davam. Fiquei sabendo de mim, que fui uma das últimas, eu acho, e me empurraram por uma porta dos fundos. Mas antes, na sala onde ia prestar meu depoimento, encontrei um homem com cara de advogado, que ia saindo com terno e gravata, e pedi que ele anotasse o telefone. É da minha mãe, Isaura, eu disse. Avise que estou presa. O guarda vinha chegando e me empurrou pra dentro da sala e fechou a porta.

Perdi a conta do tempo que esperei alguém chegar pro início da tortura. Sentada na única cadeira disponível da sala, a outra estava por trás duma escrivaninha completamente esclerosada, eu ouvia gritos que me pareciam de meus colegas. Preparei o corpo, com dureza, sabe, os músculos retesados e a pele seca, e pensei, mais do que me matar eles não conseguem, mas não acredito que ainda tenham toda essa coragem.

As perguntas foram bem comuns, nome, idade etc. então queriam saber de minhas ligações, quais as pessoas, conhece este fulano, aquele outro, a que grupo pertence, coisas assim, mas aí, meus amores, aí dei banho de cinismo e sangue-frio. Não me meti nisso de brincadeira.

Agora não paramos mais. Eles, minha mãe, eles estão na defensiva, não se aguentam mais com tanta gritaria. OAB, sindicatos, empresários, CNBB, países democráticos do mundo todo, a própria UNE, que teve a sede demolida, mas continua trabalhando na clandestinidade. A abertura gradual, controlada, como eles querem, não dá mais. Ninguém mais aguenta o modelo econômico dos caras, Palmiro. Esta história de País Grande, sabe, endividando a gente até os cabelos, a confusão que eles fazem entre crescimento econômico e progresso social, isso tudo não dá mais.

— Pô, Dolores, onde é que foi que você aprendeu a falar assim?

— Tá do lado deles, meu irmão?

— Não seja boba, Dolores. Você sabe muito bem qual é a minha opinião.

— Mas então qual é o grilo, cara?

— Este jargão político, minha irmã. Precisa mudar o modo de dizer as coisas. É muito chavão, entendeu? Mas é claro que estou do lado de vocês. Esses recitativos que vocês usam sem pensar, como rajada de metralhadora, entende? Sempre as mesmas palavras, as mesmas ideias.

— Peraí, maninho do coração, se as coisas não mudam, por que teria de mudar o discurso?

— Tá bom, pois então não muda.

Bem, saindo pela porta dos fundos, me fizeram entrar em outra Veraneio. O motorista sozinho na frente e aquele policial que tinha dito deixa ela comigo, qualquer coisa assim, no banco de trás, a meu lado. Rodaram bem uns quinze minutos sem uma palavra, até que o motorista perguntou, O que que a gente faz com a brabinha aí?, e o outro, do meu lado, respondeu rindo, O mesmo que a gente faz com todas elas.

Naquele momento comecei a ficar com medo. Não de morrer, que pra isso estava preparada, mas do tipo de tortura que eles poderiam usar antes de um tiro fatal. Meu maior medo era de ser seviciada. Conhecia muitas histórias que acabavam assim. Seviciam, como se fosse num parquinho de diversões, depois se livram da testemunha.

Aquele que vinha sentado do meu lado me botou a mão no pescoço e perguntou se eu tinha namorado. Respondi com um murro no peito dele que fez eco num gemido. É braba mesmo, ele disse, bem brabinha. Mas é assim que eu gosto.

Minha mãe, eu estava disposta a morrer brigando. De verdade. Meu coro ia custar caro.

A Veraneio circulava numa velocidade bastante alta pelas principais avenidas, de modo que nem me ocorria pular fora, mas também eles não podiam perder o equilíbrio me molestando. Por fim, pegamos uma estrada. Já estava escurecendo, e isso me deu a certeza de que seria mais um corpo encontrado em situação inexplicável. Os jornais, alguns, teriam pronto um release do Serviço de Comunicação: Moça briga com namorado e é assassinada em lugar ermo. As conclusões da perícia já deveriam estar prontas.

Rodamos umas duas horas por estradas que nem imagino quais sejam. Bem depois da meia-noite pararam numa praça escura e disseram, Desce. Espantada, fiquei olhando. Difícil acreditar num desfecho tão bom. Desce, gritou o motorista. Eu desci e eles sumiram em menos de quinze segundos.

Olhei em volta e parecia tudo morto. Vi passar um cachorro num trote triste de tão noturno, mas ele nem reparou em mim. Aos poucos fui me dando conta de que era uma vila. Quatro ruas desembocavam na praça. As poucas casas, distantes umas das outras, estavam todas escuras, no segundo sono. Bater onde? Quem chamar? Sentei naquele

88 | *Menalton Braff*

banco onde vocês me encontraram porque a copa era bem fechada e me protegia do orvalho.

A primeira luz que vi, nem sinal de sol, ainda, foi de uma padaria. Foi de lá que me deixaram telefonar, pedindo pelo amor de Deus que não contasse a ninguém. Tinham medo de represálias, sabe, mocinha, com três filhos ainda por criar.

Os dois que saíram comigo pensaram que me davam uns sustos, e bem que tentaram, e com isso faziam sua festa sem muita resistência. Perderam o tempo deles. A ditadura está caindo de podre, o governo já tem problemas demais, os caras começam a perder a coragem que a impunidade dá. Pra minha sorte.

*

Estávamos chegando ao casarão. Três das tias, apertadas em uma das janelas, assistiram à nossa chegada. O tio Ataulfo veio trotando dos fundos à frente de seu cachorro, mais atrás vinha o gato e no dedo ele trazia o papagaio. Os quatro pareciam muito felizes.

Demos a volta e entramos pela porta da cozinha. Agora sim, agora apetecia o café, pão e manteiga da tia Joana.

Não perdemos tempo.

18

Era um sossego divertido, todos nós ouvindo as bravatas de uma Dolores no exercício tardio de sua puerilidade. Tudo que ela contava com riso e graça poderia ser dito em tom mais sisudo por causa dos perigos de suas peripécias. Sentado na soleira da porta, as pernas no degrau e o corpo dentro da cozinha, tio Ataulfo nos acompanhava no riso com seu riso de garganta, vigoroso e de pouco propósito. Só não faziam parte da pequena plateia as tias Benvinda e Ivone. E foi esta última que chegou correndo pelo corredor, segurando choro na mão, desesperada, dizendo que a irmã estava piorando: uma febre muito alta.

Até ali, ninguém tinha ainda se referido à doença de tia Benvinda.

— Fiquem aqui, ordenei com minha autoridade.

Antes de chegar ao quarto, repreendi tia Ivone por não terem dito nada antes. Doença, tia Ivone, doença tem sempre a primeira atenção. Entendeu?

90 | *Menalton Braff*

Não posso negar que havia, dissimulada por aquela atenção de médico, um sabor de vingança que me subia da infância e desaguava na boca. E a vingança, mesmo não sendo uma das melhores virtudes humanas, nunca deixa de ser um tanto doce.

O quarto estava escuro, todo fechado, e o cheiro da febre veio receber-me na porta.

— Abra a janela e troque tudo.

Tia Ivone, me olhando assustada, não conseguia entender minha ordem.

— Tudo, tia Ivone. Troque a roupa de cama e a roupa da doente. Quero isto aqui limpo e sem fedor. Entendeu, tia Ivone? Não entro aí com este ar empesteado. Se quiser, chame suas irmãs para ajudarem.

Enquanto esperava, preferi não voltar à cozinha. Não teria ainda o que dizer. Por isso dei mais alguns passos na penumbra da sala, cuja única claridade forçava a entrada pelas cortinas fechadas. Tudo igual aos primeiros tempos, quando viemos corridos pelas necessidades morar no casarão. Nesta sala, pensei, tristezas e alegrias de uma família ainda fazem seus ruídos, mais tristezas do que alegrias. As brigas que presenciei, as frustrações apenas adivinhadas nos suspiros daquelas tias, os medos de que o mundo não tivesse mais salvação, a raiva muda de tia Benvinda ao presenciar o início da invasão de seu mundo decadente. O tempo é tão fino, tão volátil que não pode ser colhido na concha das mãos. Ele corre transcorrente sem que seja visto, mas passa e nós nunca sabemos se o estamos utilizando bem ou não. Só depois, mais tarde nos balanços, podemos ter alguma noção do que fizemos com aquele tempo que nos competia. Olhando aquelas velharias com que convivi na infância e adolescência, concluí que nem tudo saíra perfeito na minha vida, mas que

O casarão da rua do Rosário | *91*

até agora, pelo menos, não vinha jogando fora todo o tempo que me cabia como coisa imprestável. Isso me cumulou de orgulho.

Me larguei em uma poltrona esperando que parasse a balbúrdia que faziam no quarto. Senti que minhas pálpebras eram cortinas pesadas e não estava disposto a esforço nenhum.

Tia Ivone tocou meu ombro com delicadeza e abri os olhos. Pronto, ela disse ainda ofegante, seu corpo recendendo o almíscar escondido em minha memória. Tudo pronto.

Entrei no quarto com minha maleta preta, e comecei a conversar muito medicamente com tia Benvinda. Ela não estava bem, deu pra ver, pois mal conseguia articular uma ou outra palavra. Respirava como se estivéssemos no vácuo, e tossia com desespero. Tomei-lhe o pulso, medi sua temperatura, auscultei-lhe os pulmões e decretei sem consultar o restante da família: precisa ser hospitalizada e já.

Era uma pneumonia e poderia ser aguda. Ficava mais rápido chamar uma ambulância do que sair à procura de tudo que era necessário naquelas circunstâncias. Enquanto esperávamos, Já está saindo, disse a telefonista, fui medicando com o que tinha, e não tinha muito.

Não amoleci ante os pedidos chorados e com lágrimas, da tia Ivone, e acompanhei sozinho a enferma para o hospital. Ela não tinha o que fazer lá e ainda podia atrapalhar.

Voltei pra casa depois do meio dia, mais cansado do que já estava, e pedi que me arrumassem um quarto. Minha mãe se prontificou ao serviço e me chamou para ver aquele que fora o quarto onde passei o fim da infância, depois me preparei para a faculdade, o quarto de onde vi crescendo um edifício, onde tive sonhos e pesadelos.

— Vem cá, minha mãe cochichou.

92 | *Menalton Braff*

Depois de fechar a porta, me contou o que tinha acontecido. No dia anterior, na hora da Bênção das Três, o locutor avisou que o papa estava em uma favela do Rio de Janeiro. Ligaram a televisão e lá estava, realmente, todo amarelo, o Papa Dom João Paulo II, espargindo sua simpatia sobre o morro. Benvinda, sua irmã, não suportou a visão e teve um princípio de desmaio, fraca do jeito que anda. Recuperada, saiu correndo para o quintal, gritando em forma de choro, Mas e eu, e eu não vou ver ele? Não vou até lá beijar seus pés? Caía uma garoa fraca e fria, que tia Benvinda não respeitou. Seu desespero pelo sentimento de perda exigia muito ar fresco. Ela não suportaria um quarto fechado. Ficou muito tempo debaixo da garoa. Quando finalmente conseguiram trazê-la para dentro, ela já estava começando a tossir. Só mais tarde Ivone apareceu na sala para dizer que ela parecia estar com um pouco de febre.

A mamãe entregou-me aquele cômodo como ele tinha sido por longos anos, que já estavam bem distantes. Me perguntou o nome do hospital e o número do quarto, e quis saber se era permitida a presença de um acompanhante, o que confirmei.

— Vou levar a Ivone pra lá. Se não for, a coitada vai incomodar muito todos nós aqui em casa.

Fechou a porta e eu fechei os olhos.

19

Enfim, era minha irmã e merecia-me algumas horas no banco de um ônibus, repetindo os mesmos pensamentos cansativos, meu corpo dolorido, um dever que eu cumpria não de todo isento de algum prazer. O noivo, bem, sempre detestei meu futuro cunhado. Ao pensar nele, me vinham à mente palavras como pulha, calhorda e outras piores com que costumava desenhar seu caráter.

A ojeriza que me causava tinha nascido bem cedo, logo depois de termos ido morar no casarão e pude perceber até que ponto ele abusava de seu favoritismo junto às tias. Mas isso não teria causado repulsa tanta se a percepção de seu favoritismo não revelasse ao mesmo tempo com quanto menosprezo éramos tratados pelas solteironas. Eu sentia inveja de sua posição principesca. Uma inveja diariamente reforçada pelos acontecimentos. E a inveja não me causava o menor remorso. Fomos criados pela moralidade de nossa mãe, que não temia as palavras mais do que os fatos, como tenho visto com frequência. Para ela, imoral era a injustiça, o mal voluntário causado a nossos semelhantes.

Outra razão para minha ojeriza eram suas inclinações políticas. A defesa que fazia do autoritarismo e do pensamento conservador em geral, eu entendia como ofensa deliberada a nosso pai, que no casarão deveria ser pintado com as cores tenebrosas de um bandido. Nem sempre soube disso, mas as palavras que pegava em pleno voo juntavam-se para que eu entendesse nosso verdadeiro estado no casarão.

Estávamos passando por uma provável mata fechada, pois não entrava qualquer claridade pela janela do ônibus. Encostei a cabeça no vidro e tentei dormir. O ronco monótono do motor e o embalo no banco, a hora, tudo estava preparado para que eu esquecesse a vida e largasse o corpo a si mesmo.

Meu futuro cunhado, uma ocasião, foi elevado à glória familiar quando começou o curso de Direito. Tenho até hoje a impressão de que as tias o exaltavam para me humilhar. Não durou muito aquele gozo das velhotas. No ano seguinte entrei para o curso de Medicina, calando aquelas conversas diárias a respeito do futuro advogado da família. Mas não fui erigido em estátua para ser exibido ao público como tinha sido meu primo.

Um dia ele falou mal de meu pai e levou um soco no olho, para aprender. Outra vez defendeu as arbitrariedades da ditadura, como remédio para curar uma sociedade enferma, e acertei-lhe um pontapé. Ele era mais velho do que eu, mas não tinha a minha força. Uma tarde bem que falei à minha mãe sobre os perigos por que passava a Irene. E ela me perguntou com voz trêmula de irritação, Está querendo assumir as responsabilidades do teu pai? Eu via, cansei de

O casarão da rua do Rosário | 95

ver como se encaminhavam as coisas, mas me guardei na posição de irmão. Irene andava sempre suspirando em qualquer lugar onde estivesse. E eu, que vivia mais perto dela, desconfiei logo daqueles suspiros, que se incrementavam à medida que seus seios cresciam. Está ficando uma mulher, eu pensava, cheio de temor por seu destino, e consciente de que não era papel meu interferir no destino que não fosse o meu.

Os passageiros desceram estremunhando, olhos inchados, no posto em que o ônibus parou. Esticar as pernas, visitar o banheiro e comer alguma coisa, pensei, como decerto pensaram todos os que não ficaram dormindo nos bancos.

Incisiva, terminava a carta, Vem, Palmiro, você não pode faltar. Pedi um pão de queijo e uma xícara de café, e quando me lembrei arrependido de que o café me espantaria ainda mais o sono já era tarde. Diversas vezes andei de uma ponta à outra da calçada fronteira ao restaurante, quase deserta por causa da hora, exercitando as pernas meio encarangadas.

Novamente acomodado no meu assento (depois de passar por cima de minha companheira de banco, que não tinha acordado e continuava de boca aberta), a cabeça encostada no vidro da janela, o rosto de Rodolfo, com seu sorriso calhorda, me apareceu bem nítido. E naquele fantasma indesejado não havia como dar um tapa de mão aberta, como acontecera no tempo em que éramos dois adolescentes querendo encontrar seus rumos na vida. Mas imaginei sua face vermelha depois de espancá-lo, e isso me apaziguou.

Ficamos todos sabendo que o Rodolfo não casaria com a Irene, atitude aprovada por seu pai. Logo que ficou mais visível a gravidez da Irene, as tias reuniram o conselho familiar, propondo a expulsão da pecadora para que não manchasse ainda mais o nome da família.

96 | Menalton Braff

Só a reação dura da minha mãe, transformada em uma das fúrias, evitou o degredo de minha irmã. Não me lembro, mas acho que contribuí de alguma forma para o desfecho do incidente.

A Irene foi despejada pelas goelas daquelas solteironas, cujas mãos moço nenhum da cidade merecia. Ouvi vários relatos do isolamento da Irene tentado pelas tias. Uma coisa conseguiram, ela não as acompanhava mais à missa, no Aero Willys, nem era aceita na Bênção das Três. Não pode o pecado conviver com a virtude.

Nem o nascimento de um menino modificou o comportamento das quatro. Continuavam fazendo cara de nojo toda vez que eram obrigadas a estar no mesmo recinto. E, quando o nenê começou a chorar com mais vigor, elas se trancavam nos respectivos quartos ou reclamavam daquele barulho irritante. Elas nunca se dirigiam a Irene diretamente, mas entre elas, e para que ouvíssemos, diziam, Esta mãe não sabe cuidar de um filho, então pra que foi que o fez?

Não assisti ao crescimento desse sobrinho, por causa da faculdade. Mas, nas poucas vezes em que o via, era como se visse a bela imagem de meu pai. Um garotinho esperto e de aspecto saudável. E foi assim que aconteceu. No mesmo dia em que Rodolfo chegou da Europa, tio Romão com sua gente vieram visitar as tias no casarão. Por mais que tentassem as solteironas esconder o fruto do ventre da sobrinha, eis que irrompe na sala a Dolores com um garotinho lindo e alegre, inocente de todos os pecados de que tinha resultado. A família do pai do menino não conseguiu evitar o deslumbre no semblante. E mais que todos, o Rodolfo estava comovido com a presença do filho, que não conhecia.

Meu primo ridiculamente solene declarou ante todas aquelas testemunhas que logo depois da formatura casaria com a Irene.

O *casarão da rua do Rosário* | 97

Minha irmã, quando ouviu contarem o que tinha acontecido na sala, prorrompeu num choro em que todo seu corpo era sacudido, e seus gritos, por mais que abafasse, passaram por baixo da porta, escorregaram pelo corredor e foram bater em ouvidos atentos que fingiam não perceber nada.

O Rodolfo foi até o quarto e disse ao vivo que logo depois da formatura eles se casariam.

Bem, fiquei sem uma das razões por que o odiava. Um pulha, sim, mas não tanto quanto tinha imaginado. Ele está formado, e o casamento vai acontecer dentro de umas seis horas. Uma cerimônia simples, declarava minha mãe na carta. Só a família e sem grandes festas, que o caso não é pra isso, nem nossa situação financeira permite.

Enfim, era minha irmã e me merecia algumas horas no banco de um ônibus.

Acho que fiz o restante da viagem envolto num vapor de sonhos, mas não imagino com que sonharia àquela altura.

20

Apertei-lhe a mão, ambos constrangidos, sem as palavras de uso no encontro de antigos desafetos. De longe, a tia Benvinda nos observava de dentro de sua humilhação, muito pálida, ameaçando ficar doente. Adivinhei duas lágrimas em seu rosto. E presumi. Não era a emoção que um reencontro costuma causar, mas o sentido de perdição que a cerimônia iminente provocava. Seu favorito não faria um casamento com moça de alta linhagem, como deveria ser, como todas elas, cochichando, comentavam suas esperanças. A filha da desmiolada, a nódoa no nome da família. E pior de tudo: mãe solteira, como qualquer uma.

Por insistência de meu sono, areia por baixo das pestanas, convidei o Rodolfo para um café na cozinha. Eu não tinha feito uma viagem de tão longe para que ele tivesse coragem de recusar. Não sei o que ele estava pensando, mas minha cabeça estava premida pela urgência de ficarmos a sós com o fim de acertarmos certas premissas pertinentes ao futuro. Enfim, ele casaria com minha irmã, e, a despeito de minha mãe, me sentia o tutor da Irene. A Dolores veio atrás por distração de adolescente, mas, quando viu nossas fisionomias pesadas, percebeu que seria uma conversa sem testemunhas e voltou para a sala.

A garrafa térmica estava sobre a mesinha ao lado da pia, e nos servimos silenciosos, meio ressabiados como cão que tem de ceder o lugar. Sorvemos o café e, sem palavras, saímos para o quintal. Tio Ataulfo fez cara de festa quando me viu. Então, encontrando assunto neutro, comentei com o Rodolfo, Tio Ataulfo está envelhecendo sua infância. Reparou nos cabelos brancos dele?

Passamos pela edícula e notei que havia uma janela quebrada, as paredes com pintura descascada tinham uma cor indefinida e em sua volta a calçada desmanchava-se. À medida que avançávamos pelo arvoredo, fui percebendo os estragos que o tempo ia fazendo. Árvores decrépitas, frutas bem escassas e raquíticas, os caminhos de nossa infância praticamente escondidos pelo mato, que crescia com vigor de planta no ambiente de seu reino. Fomos andando e nos defendendo de ramos de arbustos viçosos que ameaçavam rasgar nossas roupas de cerimônia.

Por crueldade conduzi a caminhada até o talude onde uma tarde fui encontrar os dois, minha irmã e ele, em atitude muito suspeita, uma posição irregular para primos, pensei na época. Pode ser o resultado dos tempos, mas o talude me pareceu muito mais baixo do que naquela época. As propriedades envelhecem com as pessoas, comentei ao acaso, sem esperança de que meu primo houvesse entendido minha frase que nem era verdadeira tampouco inteligente, portanto apenas ridícula.

Não sei se ele se lembrou daquela tarde distante, mas me pareceu muito tenso, o vereador da família. Nossas roupas de festa não nos permitiram sentar na grama, como era minha vontade, por isso, ambos de pé, com nossos trajes solenes, comecei logo a entrevista perguntando então, como é esta história, tinha mesmo entrado para a política? A natureza da minha pergunta resultou num alívio tão grande que, além de seu rosto distender-se, com simulada alegria, ele desatou a língua em elogios à carreira que tinha escolhido. E o curso de Direito, um advogado, ele, visitando de gravata o fórum da cidade, os privilégios, o respeito, a autoridade. Com curso superior, tem-se alguma comodidade, com cela especial e outros benefícios. Cansei da conversa dele e o interrompi. Porra, mas justo com a ditadura? Seu rosto avermelhou, quase inchado, e ele ficou me olhando sem dizer nada.

Por fim, ele, que estava prestes a ser também meu cunhado e em homenagem, talvez, a esta nova situação familiar, afrouxou sua antiga adesão aos militares e desculpou-se dizendo que não, a coisa não é bem assim. Só lá de dentro é que vamos poder mudar o regime. E usou todos os argumentos que muitos políticos pendurados às tetas do poder sempre usaram, sem o menor pudor.

Bem, comecei quando ele esgotou seus argumentos, o que eu queria conversar com você não tem nada a ver com política. E continuei falando sobre a Irene, sua ingenuidade congênita, sua bondade e doçura, enfim, exaltei minha irmã imagino que acima de seus méritos, o que era uma espécie de base para o que diria no fim. Se você não cuidar direito de sua esposa, eu disse com pausa na voz e firmeza nos olhos, me julgo no direito de irmão mais velho e venho resolver a situação de vocês dois, mas venho disposto a tudo.

O casarão da rua do Rosário | *101*

O Rodolfo elevou a voz, dizendo que não aceitava ameaças de quem quer que fosse, que ele tinha amigos influentes, e um monte de baboseiras que ouvi com muita paciência.

— Não se esqueça do que acabei de falar. É sério. Vamos voltar pra sala?

Descemos pelo mesmo caminho por onde tínhamos ido aos fundos, muito perto de sermos amigos, depois de um aperto de mão que significava um pacto, ou quase isso, porque ele acabou prometendo amor eterno e uma vida de princesa à prima. E era isso mesmo que eu queria ouvir.

Vendo-nos chegar, tia Benvinda franziu a testa, apertou as pálpebras sobre os olhos e baixou a cabeça. Senti como se tivesse acabado de vencer a guerra depois de muitas batalhas perdidas.

Em seguida chegou o escrivão, a sala agitou-se um pouco e a cerimônia foi muito rápida. Minha mãe estava feliz, e só por isso continuei festejando com eles pelo resto da tarde.

21

Entrei no saguão sem qualquer compromisso com aqueles guichês e balcões de atendimento, entrei me sentindo levemente um ladrão olhando em volta a sala de uma casa alheia. Como tínhamos combinado por telefone, ela me esperava na sala vip da Air France. Quando me viu, levantou-se com faceirice e veio com seu rosto radiante na minha direção. A Dolores estava alegre e ansiosa. Forçava alguns músculos da face para que assumissem o sorriso, mas outros descaíam tensos, denunciando a ansiedade. Estava linda, aquela minha irmã, que eu já não via há muito tempo.

Depois de ter participado de movimentos pela democracia e assistido à eleição de Tancredo Neves, ia descansar. Ela me disse rindo, Vou descansar, acho que mereço. E riu, pois seu descanso era a bolsa para um curso de aperfeiçoamento e especialização em Biofísica. Agora vou cuidar de mim, me disse quando sentamos numa das poltronas do saguão. Mas eu volto. E ela disse isso como uma ameaça, pois nem tudo está feito, acrescentou pensativa, repuxando as pálpebras que já queriam começar o choro.

Afaguei sua cabeça como fazia em nossa adolescência.

Trocamos notícias sobre a família, e fiquei sabendo que a Irene esperava desta vez uma menina. Mamãe está bem, me respondeu. Aposentada, os filhos rolando pelo mundo, a mais próxima, com seus problemas domésticos, não lhe dedicava muito tempo, ainda mais agora, esposa de deputado, com mil compromissos que ela cumpria com prazer. Por sorte, mamãe arrasta seus dias entre as irmãs mais velhas, pecados esquecidos, e se distrai organizando a biblioteca do bairro. A tia Benvinda é que pouco sai da cama, muito fraca e envelhecida, mais do que deveria estar. Aquela, depois do dia em que viu um edifício invadindo sua paisagem, e depois da tarde de garoa em que o papa apareceu na televisão, abençoando, como é de seu costume, e ela sabia que não poderia vê-lo pessoalmente para beijar-lhe as bentas mãos, talvez os pés, ah, meu irmão, com tais atribulações ela só fala de doença, de morte, e suspira com o rosto virado para o céu, na esperança de que Deus a chame para ocupar um lugar a seu lado.

A Dolores quis saber como andava minha carreira, e contei a ela como tinham sido minhas primeiras experiências como psiquiatra, o modo como a profissão me exigia um grande esforço para me resguardar emocionalmente. Um pouco mais calejado no ofício e dividindo meu tempo com o magistério, em que me iniciava, a vida transcorria mais fácil. Há muito drama no mundo, concluí, muita desgraça. Existem pessoas que não suportam tantos deveres e compromissos, frustrações e injustiças, tanta angústia pelo tempo sempre insuficiente, e se alienam. Outros já trazem más-formações do

104 | Menalton Braff

berço e, ao primeiro escorregão, descambam. Mas os casos mais frequentes, terminei, nos dias de hoje, são os casos de depressão. Sem drogas mais avançadas, é muito longo e difícil o tratamento de um depressivo. Felizmente elas começam a chegar. Contei ainda alguma coisa sobre a revisão, que faço periodicamente, mas minha modéstia não me deixou ir muito longe no meu relato.

O assunto estava me aborrecendo, pois não parecíamos dois irmãos em despedida. Então perguntei à Dolores se voltava casada, já que pretendia voltar.

Ela riu muito, sem responder.

*

Nós éramos dois irmãos que se sentiam fortemente da mesma família: as lembranças, as graças mesmo em dia de seriedade, quase as mesmas tristezas, muitos sonhos que se confundiam misturados — uma perna pra cá, um braço pra lá —, tanto que muitas vezes trocávamos sabores sem saber quem era o dono do sonho. Mas por poucas vezes estivemos juntos nestes últimos anos. Ao aniversário de nossa mãe, feriado nacional, como gostava de brincar a Dolores, nem sempre conseguíamos ir além de um telefonema cheio de soluços, morrendo de saudade, meu filho, também eu, minha mãe.

A carreira me fazia vivo, ser, ente, pois muitas coisas saíam de minhas mãos. Cuidando de doentes, orientando teses na faculdade, participando de congressos e simpósios, eu sentia o prazer da autoria, que é o prazer demiúrgico, o maior de todos.

Dolores, depois de nossa despedida no aeroporto, quinze anos atrás, levantou voo para não pousar mais. Tornou-se bastante conhecida em sua área, tanto que se internacionalizou. Sou uma

O casarão da rua do Rosário | *105*

internacionalista por convicção ideológica, me dizia por telefone, lembrando-se de seus estudos políticos. Comunicações em congressos, conferências, elaboração de projetos, lá ia ela, morando mais em avião do que em sua casa de Paris. Numa dessas viagens nos encontramos em Londres e perguntei por seu marido. Ela ergueu as sobrancelhas como se tivesse ficado muito surpresa. Depois soltou sua gargalhada dos tempos de criança e me respondeu que, se por acaso eu o encontrasse, desse nele um abraço por ela. Então ficou muito séria, Não, meu irmão, fácil não é, porque ele é funcionário da FAO e também não tem parada. A Dolores deu uns passos de tango e lascou, com voz portenha, Somos um casal sofredor, e me disse, Sem algum humor, a vida é uma bosta.

Antes de nos despedirmos, contou que reivindicavam, eles dois, transferência para o Brasil. Jacques continuaria na FAO, mas com outra função. Quanto a ela mesma, se contentaria com uma cadeira na UnB.

Quando recebi a notícia de que ela estaria no velório de tia Benvinda, resolvi também cumprir com meus deveres familiares, apesar da distância que teria de percorrer. Tivemos de nos esconder nos fundos do quintal para fazermos a festa regimental de nossos encontros. Ninguém nos viu, a não ser tio Ataulfo, que não entendeu nada.

DOIS

ATAULFO, O ENJEITADO

1

Acordo com os olhos agredidos pela iluminação do pedágio, onde o ônibus parou. Mas acordo contente por estar inteiro e ter dormido alguns minutos. Tento me encolher, a cabeça encostada na vidraça e os olhos espremidos para não ver. Nem dez segundos. Me desenrosco, alongo os músculos, e descubro que tão cedo não volto a dormir. Ouço vozes que se despedem, e o ronco mais forte do motor acelerado. O ônibus põe-se em movimento. Tento adivinhar a hora porque não quero descruzar os braços novamente. Acho que ainda não passa da meia-noite.

A meu lado, no banco do corredor, ronrona sem o menor pudor uma jovem, talvez por defesa contra abordagens masculinas. Quando entrou no ônibus e me viu encaixado no meu lugar, teve uns segundos de relutância antes de sentar calada e séria. Nas viagens longas, jovens de sua idade classificam todos os homens de

110 | *Menalton Braff*

caçadores em seu exercício predileto. Certamente me tomou por um senhor casado em férias matrimoniais. Me deu vontade de rir, o que fiz de maneira muito discreta, para não parecer provocativo, pois ri de mim mesmo.

Não sei por que não sou um senhor casado. E tenho pensado no assunto até com frequência, mas não chego a nenhuma conclusão definitiva. Maldição familiar? Na família de minha mãe, dos sete irmãos apenas dois casaram. As quatro mais velhas alegavam a falta de classe e valor dos rapazes da cidade. Nenhum deles, nesta cidade, merece a mão de uma Gouveia de Guimarães. Preferiram envelhecer juntas, no casarão, protegidas contra o mundo perigoso, o mundo do lado de fora do muro. Tio Ataulfo, bem, ele não tinha condições de constituir e sustentar uma família, o pobre.

Durante o velório, passava algum tempo sentado em qualquer canto, mudo, olhos abertos, parecendo não entender nada do que acontecia. Depois desandava a chorar, choro sacudido, como se finalmente tivesse encontrado a tristeza.

Por quem ou por que chorava meu tio? Sua irmã mais velha, a detentora dos bens materiais e imateriais da família, não podia merecer suas lágrimas. Eu sabia o bastante para pensar assim. Para ele, Benvinda tinha sido apenas a que ralhava, e às vezes, quando ainda crianças, ela batia. Histórias que circulavam nas sombras do casarão. Quando sozinhos, achando que ninguém os via, ela costumava castigar o irmão, para que se tornasse uma pessoa. Sempre que essa irmã aparecia, tio Ataulfo inclinava para o chão a cabeça, olhos fechados, e, se não acontecesse nada, logo depois voltava a seu natural.

Chorava por ele mesmo, pela contemplação do espetáculo da morte, por quem ou por que chorava tio Ataulfo?

O casarão da rua do Rosário | *111*

Este meu tio sempre me intrigou. Desde que fomos morar no casarão nosso convívio foi dos melhores porque aprendi a entender aquela criança grande, com barba na cara, mas nossas trocas eram muito pobres, pois ele não sabia explicar o que pensava ou sentia. Eram mais de três horas da tarde, com uma rajada de vento frio chegou a Irene, muito senhora distinta e elegante, com um tailleur cinza bem-ajustado na cintura, alguns apliques pretos. A gola do casaco coberta por uma fina renda também preta. Chegou, cumprimentou as pessoas que se achavam na sala, veio até mim e cochichou, Um atraso terrível do avião. Depois disse que o Rodolfo não viria por causa de uma votação extremamente importante na Câmara, mas que ficava na capital chorando a despedida de sua tia favorita. A Dolores chegou antes do meio-dia e passamos nossas vidas a limpo lá nos fundos, onde ninguém nos atrapalhasse. O Jacques andava envolvido com projetos da FAO para a América Central. Não viria.

Além das pessoas da família, várias beatas da paróquia compareceram, todas vestidas de preto e com cabelos brancos. As amigas da falecida. Um velhinho, que chegou arrastando a vida nos pés gastos e hesitantes, veio conversar baixinho comigo, se eu não me lembrava dele. Me chamou de doutor com voz débil, cheia de pigarros. Só com muito esforço consegui imaginar que era seu Luís, nosso antigo hortelão. Dei-lhe um abraço evitando apertar muito seu corpo, que me pareceu bastante quebradiço. Foi até o esquife e durante longos minutos ficou repassando sua própria vida, suponho, nas rugas da pele pálida de sua antiga vizinha. Depois me contou que lá se iam alguns anos desde que teve de vender sua horta para uma imobiliária para poder sobreviver na casa de um filho. Sacudiu a cabeça, repetindo, Bela criatura, a Benvinda, bela criatura. Foi uma santa em vida.

112 | *Menalton Braff*

Quando saía o féretro, poucas pessoas no cortejo fúnebre, tia Joana propôs que deixássemos o irmão preso em sua edícula. Tivemos uma discussão ríspida, e ela desistiu da ideia. Tive de lhe arrojar no peito minha autoridade médica para impor o que era apenas uma questão razoável, de bom-senso. Sempre ficou sozinho nos domingos de manhã, quando as irmãs saíam para sua missa, e nunca causara o menor problema.

— Você, sim, merece ficar encerrada. Você e suas irmãs.

Ela recuperou o choro já quase perdido e se afastou com seu rancor à mostra para o meio das amigas de preto.

2

Tio Ataulfo vinha chegando do barbeiro, com seu passo meio cambo jogando o corpo perigoso para os lados, aos solavancos. Mas vinha contente, como toda vez que ultrapassava o muro do casarão para ir ao barbeiro. Seu rosto, sim, vinha contente, com uma expressão de beatitude de quem acaba de sorver o gozo até o último gole.

No portão, tia Amélia conversava com seu Luís, o fornecedor de hortaliças, dono da horta que ficava trezentos metros de ladeira a baixo, seu chapéu de palha desabado sobre a testa. Ele se informava a respeito da guerra, com medo das fotografias exibidas em jornais e revistas que passavam por baixo de seus olhos. Então não vem?, perguntava mais conformado seu Luís, a senhora acha que não vem até aqui?

Tio Ataulfo acabou de chegar e agachou-se. Ao lado do verdureiro, o cão levantou o focinho. Era um cão de seis meses, com bastante

114 | Menalton Braff

corpo e umas patas grandes demais para sua estatura. Era um cão de apenas seis meses, mas, quando se olharam, os dois sentiram-se irmãos gêmeos. É seu, o dono da horta em exercício de gentileza, contente em saber que não, aquilo tudo acontecia muito longe. Sim, pressionando eles estão, mas o Brasil é um país pacífico, seu Luís, o Brasil não vai cair na bobagem de mandar soldados nossos pra Europa.

Quando o horticultor despediu-se, para seguir seu caminho, não era mais dono daquele filhote de cão, por isso apenas lhe afagou a cabeça, com a recomendação afetuosa para que se comportasse. Desde esse dia e até sua morte em onze de novembro de 1955, quando nasci e quando o general Lott destituiu o presidente Café Filho, ou seja, doze anos mais tarde, foram amigos vinte e quatro horas por dia, pois nos sonhos de tio Ataulfo o Leão estava sempre por perto.

Naquela manhã em que tio Ataulfo esteve no barbeiro preparando-se para cumprir um ritual muito simples de seu aniversário, enfim, completava vinte anos, o único presente recebido foi o filhote de cão trazido por seu Luís. Agora sim, tinha alguma coisa que era só dele, e uma coisa viva: um amigo.

Tio Ataulfo já morava na edícula transformada em seu lar, banido que tinha sido do convívio com os demais moradores do casarão. Seu processo de banimento não se dera abruptamente nem era sem algumas boas razões. Suas irmãs começaram a sentir-se constrangidas pelo comportamento de tio Ataulfo durante as missas. Nos momentos mais solenes, em que o espírito deve recolher-se e os pensamentos devem subir como espirais de fumaça, justo nesses momentos, o irmão fraco da cabeça, como elas diziam, levantava-se e começava a discutir com o padre ou se punha a cantar, com uma voz rouca e palavras mal-articuladas. Elas o levavam para fora, faziam-lhe

O *casarão da rua do Rosário* | 115

sermões a respeito do lugar em que estavam, muito severas, e que ele esquecia assim que ouvia algum silêncio no recinto sagrado. Então recomeçava a cantar a mesma canção engrolada de antes. As pessoas, no início, achavam muita graça no jeito como aquele adolescente queria demonstrar sua fé. Com o tempo, entretanto, a maioria começou a irritar-se com o comportamento inadequado do rapaz, pois perturbava-lhes a concentração do pensamento em coisas sublimes.

Num domingo, durante a homilia, o tio Ataulfo levantou-se, pôs a mão direita sobre o coração e cantou o Hino Nacional.

As irmãs, em conselho, e a conselho do padre, decidiram que ele não poderia mais ser levado às missas, mesmo que isso tivesse como resultado sua perdição eterna.

Sua participação na vida familiar começava a diminuir. Mais ou menos a mesma coisa aconteceu na Bênção das Três. Recolhidas em si, mas presas às palavras do locutor, eis que tio Ataulfo, rapazote já com idade para diferenciar o sagrado do profano, punha-se a rir e apontar para o rádio, de onde emanavam as palavras abençoadas. Desistiram de tê-lo em comunhão e o mandavam para o quintal para brincar um pouco antes das três horas da tarde. Seriam aquelas atitudes provocações do Demônio? Seria o irmão um instrumento de Satã? Consultaram o pároco, que falou, falou e não disse nada.

Por fim, e depois de uma série de episódios desagradáveis, resolveram jogar fora alguns cacarecos antigos e guardar outros, porque simbolizavam as tradições familiares, puseram lá dentro da edícula uma cama acompanhada de uma cadeira que se encaixava debaixo de uma pequena mesa. Mais não precisa, elas concluíram, no dia em que o levaram para lá e insistiram muito: aqui é sua casa, ouviu? Ele, depois de ouvir várias vezes a mesma coisa, aos poucos foi atingindo

Menalton Braff

a compreensão que se esperava dele, acabou sacudindo a cabeça, sim, entendi.

Alguns anos mais tarde, quando lhe foi proibida a entrada no casarão, ele continuou sem entender o que acontecia, mas não tinha razão nenhuma para desobedecer.

Tia Amélia avisou que fecharia o portão e os dois, o cão e seu dono, subiram correndo pelo lado esquerdo da casa como se tivessem vivido juntos desde seus nascimentos. Tia Amélia foi atrás deles, com sua cabeça de dezoito anos pesada de tanta guerra. Primeiro ela suspirou de peito inflado, depois saiu correndo atrás dos dois, mas entrou pela porta da cozinha, enquanto os dois amigos, sem perder velocidade, foram até a entrada da edícula. Tio Ataulfo jogou-se no gramado do talude que corria toda a frente da edícula, e o Leão jogou-se por cima dele.

A Isaura largou as bonecas com que brincava na escada da cozinha e foi pulando até aquele cachorro lindo que tinha entrado no quintal. Tio Ataulfo olhou bem sério para a irmãzinha e disse, É meu. Até a hora do almoço, os três rolaram pela grama, um cão peludo, um quase homem com os cabelos aparados e uma menina de oito anos.

3

Ele olhou o jardim e pareceu-lhe que estava tudo perfeito. A claridade descia de nuvens gordas sem machucar, apenas claridade. Então, satisfeito com sua obra, bateu as mãos tirando uns restos de terra escura, esfregou-as nas pernas da calça e afagou o lombo de seu cachorro, que tudo observara, mas pouco entendera. Tinha acabado de emoldurar dois canteiros de sálvia com uma sebe de pingos de ouro. As plantas recém-transplantadas do viveiro mantinham suas folhas tensas de tanta vida, com ar de quem finalmente encontrara seu destino. Estavam unidas por galhos solidários na defesa das sálvias rubras e frágeis, desenhando os contornos dos canteiros.

Enquanto o tio Ataulfo recolhia a tesoura, sua pá de jardim e o regador, Leão pulava em sua volta com demonstrações de alegria. Os dois dirigiram-se para a edícula, separada por cerca de trinta metros da cozinha, e só não rolaram suas amizades na grama do

118 | Menalton Braff

talude porque não fazia ainda uma hora que caíra a última garoa. Mas olharam-se muito entendidos.

Tia Joana chegou com a ração da tarde e foi recebida com festas. Sobre a pequena mesa do quarto do tio Ataulfo, ela deixou a bandeja com uma xícara de chocolate ainda fumegante e um pires com diversos bolinhos de chuva. Um pedaço de bofe de boi para o cão, que ela jogou dentro da lata que ele usava como comedouro. Meu tio implicava com o comportamento de seu amigo, que não lavava nada antes de comer, pois desde muito cedo lhe ensinaram a lavar as mãos toda vez que sentasse à mesa, mesmo que fosse comer de colher. Ou garfo. Ralhou com o Leão, que apenas murchou um pouco as orelhas, mas não parou de morder sua refeição. Ele, tio Ataulfo, lavou as mãos num jato de água que descia da torneira em corredeira convulsa e com cintilações de prata brunida. Antes de sentar-se para comer, ele ficou contemplando encantado os movimentos da água. Ele tinha o poder de fazê-la jorrar ou desaparecer, e isso era uma glória sua, quase um segredo, que nunca revelava a ninguém.

A Isaura, que tinha visto da janela o jardineiro afastar-se para os fundos, em pouco tempo desviou-se do Leão, que acabava de engolir os destroços de um bofe, e mostrou-se na porta com ar de quem queria brincar.

— Credo, Ataulfo, comendo sem trocar de roupa. Você não viu como está todo sujo de barro?

Seu irmão, sem virar a cabeça, apenas grunhiu seu descontentamento, humpf, humpf e seguiu comendo como se estivesse sozinho em seu quarto. Juntou com os dedos as últimas migalhas do pires e só então olhou para a irmã, Você me ajuda, ele perguntou num início de alegria.

O casarão da rua do Rosário | *119*

Tio Ataulfo pegou seu arrancador de inço, as duas tesouras de poda, um alicate de bico fino, um cesto de vime, e os três, bem companheiros, subiram para o arvoredo. Galhos secos, folhas mortas, plantas daninhas, tudo acabava dentro do cesto. Limparam o trecho que subia até o talude das tuias, e tio Ataulfo roncou, Bom, bom. Dirigiram-se em seguida para um canto do muro, e o cesto foi esvaziado num cemitério amplo onde ele depositava comovido tudo que encontrasse no jardim ou no arvoredo. Ficou um tempo olhando aqueles restos, sobre os quais jogou alguns punhados de terra.

Enquanto isso, nos confins do quintal, o Leão inventava uma caçada, com latidos muito sérios, como se tudo aquilo, seus pulos e correrias, fosse coisa verdadeira.

Da janela da cozinha, a Ivone gritou o nome da Isaura. Era a Bênção das Três. Muito contrariada, ela entregou o arrancador de inço ao irmão e desceu correndo para casa. Já fazia cinco, seis anos que ele fora expurgado de algumas atividades familiares, principalmente dos ritos da família, por suspeita de ser um enviado, representante do mal.

Começava a cair com silêncio de plumas um chuvisqueiro fino e frio. Tio Ataulfo tinha ainda a companhia do Leão, que voltara de suas caçadas, e pedia carícias com sua língua vermelha pendida de lado. Os dois conversaram um pouco a respeito das nuvens e do Sol escondido por elas. O cão, um pouco ofegante, sacudia a cauda em concordância irrestrita. Depois de uns agrados de mão na cabeça do cachorro e de língua na mão do homem, emparelhados eles desceram na direção da casa, desviando-se, na metade do caminho na direção do jardim.

Uma gardênia cobria-se de botões, alguns como pequenas bolotas verdes, outros mostrando a fímbria de um sorriso branco a se abrir, uns poucos abertos, com pétalas oferecendo-se às finas gotas que desciam das nuvens baixas. Sem se aborrecer com a garoa que molhava sua camisa, seus cabelos e seus braços, tio Ataulfo parou ao lado da gardênia, e sua boca entreaberta era por causa do gozo de ver as primeiras flores de um arbusto que ele mesmo, com sua mão de poeta, havia plantado ali.

Quando percebeu que já estava encharcado, seu corpo grande e desajeitado, buscou abrigo com pressa. Havia orgulho misturado com felicidade no semblante do tio Ataulfo, um sentimento que não se descreve com palavras, um sentimento que só seu rosto podia expressar.

4

Minha mãe tem sentido que a memória conformada se deteriora. A memória é uma brisa leve, cada vez mais rala, em alguns lugares, sobretudo nos baixios, onde nada a impulsiona, podendo, às vezes, ficar parada, pairando sem movimento algum. Comentou comigo o que vem acontecendo com sua memória, justificando-se por não se lembrar qual das irmãs, um dia, entrou na edícula e soltou um grito de susto grande.

Um sorriso triste como sombra de melancolia amoleceu algumas durezas que se criavam em seu rosto. Ela sacudiu a cabeça antes de continuar. É um engraçado triste, ela completou com olhos perdidos muito longe, alguns anos de distância.

Estávamos sozinhos no quarto que tinha sido meu, e à mesma mesa onde esfolei os olhos estudando ela estava sentada. Dali, de onde eu a podia ver, descobri surpreso, certa manhã, que operários

122 | Menalton Braff

quase tropeçavam uns nos outros sobre uma laje imensa, que já dava a ideia do que seria o edifício. Mais tarde, tivemos de manter as janelas fechadas, pois lá de cima os trabalhadores podiam ver tudo que se passava dentro do casarão. Foi o início, talvez o recrudescimento, das doenças que atacaram tia Benvinda até o fim da vida.

Ninguém ouviu o grito, senão tio Ataulfo, que levantou a cabeça antes do corpo, perplexo com aquele comportamento de uma das irmãs. Ela o surpreendeu tentando almoçar com o rosto enterrado na comida, que mal conseguia colher com os lábios. As coisas que tio Ataulfo fazia tinham sentido apenas para ele, e ninguém sabia que sentidos eram esses, pois ele não conseguia falar com clareza sobre nada que fosse imaterial. Estava ofegante, pois mergulhara o nariz na comida.

Apesar da grande diferença de idade, tio Ataulfo era o companheiro predileto de minha mãe para qualquer tipo de brincadeira. Seu tamanho de homem grande era compensado por sua doçura. Ele nunca se zangava com as broncas da irmã mais nova e rindo tentava muitas vezes refazer o que tinha feito errado. Sempre rindo com bastante delicadeza, ele se tornava criaturinha frágil, com uma estatura que parecia só um pouquinho maior que da irmã mais nova.

Minha mãe relatava imagens retidas na memória, imagens que o tempo não conseguia desmanchar. Mas também contava casos que sabia apenas de ouvido, feitos de palavras, essas aves voláteis, que o vento leva. Ou traz.

Que um dia entrou na edícula e encontrou tio Ataulfo sentado à frente da lata onde Leão fazia suas refeições. Falava muito ríspido com seu companheiro por causa de sua falta de modos para comer. Ele queria que o cão se comportasse como ele mesmo, tio Ataulfo, aprendera quando criança. Não se conformava com aquele focinho

O casarão da rua do Rosário | 123

que penetrava até o fundo da lata, mordendo a comida sem mastigar. Então repreendia o cão com muita severidade, mas só ele falava porque o companheiro rosnava um pouco, sem parar de engolir o conteúdo de seu comedouro.

Muitas outras vezes, era ver tia Joana passar com a comida dos dois, minha mãe, disfarçadamente, corria a espiar a tentativa de adestramento do Leão. Não havia progresso visível, e tio Ataulfo irritava-se muito com seu amigo, endurecendo as palavras que usava contra ele.

A caçula, minha mãe, nunca contou a ninguém o que via, com medo de que o irmão fosse castigado por causa de suas tentativas absurdas.

Mais de um mês duraram aquelas brigas dos dois, até que tio Ataulfo, cansado de xingar o amigo, na hora da refeição começou a sentar na frente da lata e ficar em silêncio, olhando, com um olhar meio triste, meio surpreso, e só levantava quando Leão passava sua imensa língua viva de tão vermelha e flexível pelos beiços. Os dois se olhavam, agora sem qualquer resquício de curiosidade. Um olhar quase vegetal de tão insignificante. Era sua hora de comer.

Para a menina, aquelas novas atitudes do irmão, tão parecidas com o comum das pessoas, não tinham mais graça, por isso abandonou a brincadeira.

Alguns dias depois soube do grito, que ninguém, além de tio Ataulfo, tinha ouvido. Ouviu explicações e gargalhadas, mas só ela entendeu o que tinha acontecido.

5

A muda de mangueira tinha algumas folhas mais velhas largas e de um verde intenso, e outras mais novas bem claras, quase translúcidas, tenras como acontece com tudo que acaba de nascer, e algumas folhas tão novas que o marrom garrafa, sem clorofila, brilha como broches da mangueira.

Um dos filhos de seu Luís foi quem trouxe aquele filhote de árvore, com o pé coberto de terra enrolado num saco de estopa. As raízes por certo estavam enroladas. Tio Ataulfo veio trotando lá dos fundos, acompanhado de seu cachorro, quando uma de suas irmãs gritou chamando-o. Ele olhou o menino e a mangueira no mesmo olhar. Por fim, adivinhando, ele disse, É meu, e tomou a planta pelo pé de um jeito abraçado e extremoso nos cuidados, porque era um ato de amor.

Com o pé da mangueira preso à ilharga pelo braço esquerdo, tio Ataulfo costeou a parede conversando com sua mangueira, a quem

O casarão da rua do Rosário | *125*

fazia promessas de muito carinho. A mão direita afagava as folhinhas nascentes com dedos de veludo. Aquele quintal não conhecia ainda uma mangueira, a sombra de sua copa larga e fechada, mas tio Ataulfo, numa das poucas vezes em que acompanhou tia Joana até a horta, viu uma mangueira carregada, os galhos pendentes e esticados como uma gravidez. Ele apontou a árvore e repetiu baixinho, Eu quero, eu quero, até que seu Luís ouvisse. Então o hortelão prometeu que lhe daria a muda mais bonita da estação.

Não quero saber de árvore aqui na minha porta, gritou tia Benvinda ao observar tio Ataulfo preparando-se para plantar sua mangueira no espaço entre a cozinha e a edícula. Vá plantar isso lá pelos fundos, ordenou com voz aguda. Obediente, o irmão pegou suas ferramentas e afundou no quintal. Lá pelos fundos, ele dizia arremedando a irmã mais velha, Lá pelos fundos.

Entre um muro lateral e um fícus já velho cheio de rugas no tronco e com uns galhos de poucas folhas, havia um espaço de uns dez metros cobertos apenas por uma relva rala, plantinhas que teimavam no direito de existir. Tio Ataulfo olhou em volta, mediu tudo e resolveu que era ali mesmo que a mangueira deveria crescer. Abriu com a pá um buraco de meio metro, preparou uma cama fofa para as raízes, misturou a terra com adubo, tudo isso antes de descascar o pé da mangueira livrando-o do saco de estopa. Com muito cuidado, de joelhos ao lado da cova, desdobrou as raízes e levou a muda até encontrar a terra do fundo. Com as duas mãos em concha, foi juntando terra ao redor da mangueira, até que esta se firmasse sozinha de pé. Apertando com muita delicadeza a terra em volta do tronco, ele foi enchendo o buraco até a boca.

O Leão assistira ao início da cerimônia, como, entretanto, não entendesse muito bem o que acontecia, resolveu arremeter contra

126 | _Menalton Braff_

um bando de anus que miavam nos galhos de alguns arbustos mais baixos. As aves debandaram reclamando com muita irritação, e o cachorro voltou arfante para junto de tio Ataulfo, esperando receber carinho como recompensa pelo trabalho executado.

Ocupado com sua muda de mangueira, tio Ataulfo não prestou atenção no cachorro, que, um tanto decepcionado, saiu pelo mato alto na esperança de encontrar algum rato ou lagarto, já que bichos maiores não tinham permissão para entrar naquele quintal. Seus latidos agudos e potentes não passavam de um exercício para não perder comportamentos atávicos. Apenas exercício, sem qualquer utilidade prática.

Terminado seu plantio, tio Ataulfo sentou-se num tronco seco completamente deitado, ali na frente e ficou contemplando sua obra. As folhas da mangueira brilhavam para ele, satisfeitas com o lugar escolhido.

Mais tarde, quando voltou da escola, foi naquela posição que Isaura foi encontrar o irmão. Então improvisaram uma festa, cantando e correndo em volta da nova habitante do quintal.

6

Na edícula, transformada em solar do tio Ataulfo, solteiro, entrava-se em uma espécie de pequeno hall de onde saíam três portas — pela direita entrava-se em um cômodo de proporções diminutas e que vivia entulhado com todas as inutilidades da família, que tinha muita dificuldade em se desfazer de velharias. A porta da esquerda dava para o quarto de tio Ataulfo: cama, mesa e cadeira, uma velha cômoda de madeira com manchas de um antigo verniz que por lá tinha existido. A janela, muito alta, era apenas um quadrado de quatro vidros encaixilhados que ajudava meu tio a continuar enxergando durante o dia sem acender a lâmpada. Uma janela de economizar energia. A terceira porta, de frente para quem entrava no hall, era onde meu tio fazia sua higiene e suas necessidades do corpo.

Era neste hall que moravam o Leão e o papagaio real vem de Portugal, a quem fora dado o nome de Paco desde o primeiro

128 | *Menalton Braff*

instante em que tio Romão chegou com um dos poucos presentes que, em toda sua vida, dera a seu irmão.

Tio Romão chegou de carro, que estacionou na guia à sombra dos oitis, e entrou pelo portão com uma gaiola pendurada da mão direita. A chegada de tio Romão transformava-se sempre em festa no casarão, em virtude de seu alto cargo na prefeitura e porque, muito distinto, jamais fora visto sem terno, gravata e suspensórios. Suas irmãs começaram a aparecer na porta e nas janelas para recebê-lo condignamente com muita alegria. E muitas demonstrações de satisfação.

Tia Amélia, quando viu que aquela gaiola balançando carregava um pássaro verde com manchas vermelhas e amarelas, pôs-se a rir com um grande desespero, um riso tão sacudido que não conseguiu gritar o nome do tio Ataulfo. Ela apontava para o papagaio com a mão direita e com a esquerda segurava o coração preso no peito. Tio Romão depositou a gaiola na calçada ao lado da casa e foi cumprimentar suas irmãs.

Foi por causa de todo aquele barulho que tio Ataulfo, meio desconfiado, trocando lento os pés, espiando com olhos e ouvidos arregalados, foi-se aproximando.

Ao perceber o conteúdo da gaiola, meu tio acelerou os passos na direção do papagaio e roncou baixinho, É meu. Seu irmão, pressentindo o desastre iminente, da porta, onde recebia cumprimentos com demonstrações de satisfação, deu dois passos e gritou, Não vai abrir a gaiola, que ele te belisca e foge. Mas já era tarde. O papagaio vinha saindo empoleirado no dedo de tio Ataulfo, os dois trocando carícias de velhos conhecidos.

Houve um momento de desconfiança e algum desconforto só quando o Leão veio verificar o que acontecia lá na frente da casa.

O casarão da rua do Rosário | *129*

Então farejou, a cauda abaixada em guarda, as orelhas tesas. O olho redondo do papagaio, na cabeça inclinada em soslaio, brilhou de desconfiança. Arrepiou as penas do pescoço ao mesmo tempo que o Leão arrepiou os pelos de seu dorso.

Tio Ataulfo agachou-se e, conversando com os dois, os apresentou. Foi o suficiente: tornaram-se amigos.

As irmãs vieram tagarelando de curiosidade para ver aquele bichinho verde com manchas vermelhas e amarelas, igualzinho ao que aparecia na capa de um dos livros infantis da Ivone. Mas eles são todos iguais?, ela perguntou excitada, por isso ninguém respondeu. Tia Amélia, que já estava com os músculos relaxados e sorria sem exageros, também quis ver de perto o presente que tio Romão tinha um dia prometido para o irmão. Todas elas foram enquadradas nos olhos redondos do louro que não pareceu muito confortável no meio daquela agitação. Tia Ivone quis conversar com o papagaio e começou com uma palavra que supunha do repertório do animal, Currupaco, ela disse e ficou esperando resposta. Tio Ataulfo afastou-se na direção de sua edícula repetindo, Paco, Paco, até que o papagaio respondeu, Paco, com sua voz meio esganiçada. O Leão saudou a manifestação de seu novo amigo, sacudindo a cauda e latindo alegre.

Paco aprendeu tudo com facilidade graças à mútua simpatia que ele e tio Ataulfo cultivavam todos os dias. Cantar Papagaio real vem de Portugal, chamar o Leão pelo nome, assobiar Mamãe eu quero, incitar o cachorro contra aves invasoras de seu território, principalmente contra os anus pretos, que ele detestava, tudo isso ele sabia e muito mais. Sabia chamar tio Ataulfo, Vem comer!, e uma infinidade de outras graças que ele sabia fazer. Saía quando queria, sem dar satisfação, voava pelo arvoredo fiscalizando seu espaço, acudia

130 | Menalton Braff

voando ao chamado de tio Ataulfo. Jamais beliscou o dedo de seu amigo, também nunca recusou a cabeça a uma carícia. Viviam, agora, os três como uma família muito unida.

Numa verde manhã de árvores expostas ao sol, Paco voou na direção das copas mais altas sem qualquer explicação e sumiu entre as folhas de sua cor. Tio Ataulfo pegou sua tesoura e um alicate de bico torto que usava para tirar brotos de onde eles não deveriam ter nascido. Meio arqueado, ferramentas no cesto que levava escorado no quadril, entrou para o meio das árvores, desenrolando sempre o corpo para examinar os galhos mais altos na esperança de encontrar seu amigo Paco. Não viera nem na hora da refeição.

Ao meio-dia, quando tia Joana lhes trouxe a comida, o Leão ainda não tinha entendido o que se passava, por isso comeu sua parte com a voracidade que palavra nenhuma lhe conseguiu modificar. Comia aos arrancos do corpo, da cabeça, como se estivesse doente. A voracidade. Tio Ataulfo, entretanto, já ensaiava tristeza, empurrando o prato para longe.

À tarde meu tio escolheu uma sombra onde pudesse deitar e lá ficou espichado como num desmaio. Às vezes sentava e gritava o nome do Paco e afinava os ouvidos que chegavam a ouvir respostas falsas, o vento nas folhagens.

Já estava anoitecendo quando ele voltou para a edícula arrastando os pés e os olhos pelo caminho de saibro. Examinou o comedouro de Paco, e esse estava completamente cheio. Não voltara para casa.

Só na manhã seguinte meu tio Ataulfo comeu alguma coisa, a fome ardendo no estômago. Mas comer pareceu o exercício penoso de empurrar comida com o dedo pela goela. Tio Ataulfo começou a relaxar em seus cuidados para com as plantas por causa da dor da perda. Ele estava de luto, por isso não podia ficar alegre. Seu consolo,

O casarão da rua do Rosário | *131*

o único consolo, era o Leão, que não entendia bem o que havia acontecido, mas percebia a tristeza do amigo. Por isso ele vinha e lambia com áspera carícia as mãos grandes, de cerdas eriçadas.

Todos no casarão tiveram notícia daquela fuga sem aviso nenhum. Tia Benvinda, Eu sabia que um dia isso tinha de acontecer, pois se o Romão mantinha esse bicho na gaiola era porque não confiava nele. Taí, não ouviu o que a gente dizia.

Depois de uma semana, tio Ataulfo começou a sair do estado de luto, voltando aos poucos a suas plantas, que já demonstravam algum desconforto. Até o Leão correu mais, latiu para os anus, deu pulos no mato, caçou bichos imaginários.

Duas semanas depois da fuga, manhã bem cedo, tio Ataulfo abriu a porta de seu quarto para seus trabalhos de higiene corporal e quase bateu com a cabeça no poleiro do Paco, quando este cantou, Papagaio real, vem de Portugal, pega, Leão!, pega, Leão!. Terminou sua exibição assobiando uma marchinha de carnaval. Tio Ataulfo, chorando como criança, fez ele prometer que nunca mais fugiria daquela maneira.

Foi um dia de muita alegria no casarão.

7

Assim tinha amanhecido: um chuvisqueiro frio que ninguém sabia exatamente de onde vinha, o vento mudando de direção. Depois do desjejum de toda a família, que tia Joana trouxera debaixo de um guarda-chuva de pano preto, puseram-se a espiar o dia por baixo do céu e, por causa do chuvisqueiro frio que ninguém sabia de onde vinha, quiseram ficar ainda algum tempo espreitando o dia, mas do saguão onde moravam, sem se molhar. Eles, os quatro.

Agora fazia parte do grupo, em linguagem mais clara uma família, um gato cinza tigrado, que tinha aparecido por conta própria, fazendo-se parente desde o primeiro instante. Nem o papagaio, geralmente desconfiado com seres de pelo e dente, nem ele dera qualquer demonstração de que o círculo já estava fechado.

Tio Ataulfo, que era de longe o mais corpulento de todos, o mais alto, não se sentia bem ficando de pé, por isso resolveu sentar sua

O casarão da rua do Rosário | 133

grandeza com as costas escoradas na parede. Os demais, muito mais próximos do piso do pequeno saguão, tinham o hábito de se enroscar, com a cabeça apoiada nos quartos traseiros ou o focinho apontando algum lugar e encostado no cimento. Paco, o único de apenas dois pés, como tio Ataulfo, não era muito adepto de ficar deitado, então ficou passeando por cima dos companheiros, falando com um e com outro enquanto o chuvisqueiro continuava caindo.

O gato chegou anônimo lá pelo fim da tarde, tendo sido, por isso, chamado de Gato, como ficou conhecido. Ele ronronava enrodilhado, um ruído não muito macio, mas que despertava o sono dos companheiros, e tio Ataulfo abriu muito os braços e a boca, no momento em que o Paco percorria seus ombros para descer por um dos braços sem precisar bater as asas.

A porta da cozinha tinha sempre alguém observando aquela tranquila reunião de família, uma reunião de fazer inveja aos Gouveia de Guimarães.

Cansado de tanto descansar, tio Ataulfo levantou e pegou um casaco velho que usava para ensopar de chuva. Atento a tudo, apesar da aparente distração, o Leão pôs-se também de pé, tenso, de prontidão. O cenário se modificava e o cão não aceitava ficar passivo sem participar dos acontecimentos. Os dois saíram para o chuvisqueiro e atrás deles voou o Paco, que pousou dentro do cesto que tio Ataulfo pressionava contra o quadril com o cotovelo.

De uma das janelas da cozinha, tia Ivone gritou, Vocês vão se molhar, seus malucos! Eles fingiram não ter ouvido e continuaram se molhando na direção do jardim, cuja terra estava pronta para transplantes de mudas. Só quem ficou na edícula, por não ser amigo de água, foi o Gato, que, mesmo para se lavar, usava a língua.

Leão, com as pernas e a cauda tensas, os pés enterrados no barro molhado, ficou observando seu amigo gigante arrancando da terra,

134 | *Menalton Braff*

com cuidados de mãe, quatro mudas de pacová. Suas largas folhas de verde-escuro reluziam nas mãos sujas do tio Ataulfo. Quando ele saiu na direção dos canteiros de cravos, em cujo centro replantaria as mudas de pacová, Leão pulou como se nutrisse alguma esperança e farejou as mudas com certo contentamento. Paco tinha voado e, do alto de um pé de camélia, observava o movimento de seus amigos ao rés do chão. Ele cantou, apesar do chuvisqueiro impertinente, tudo que sabia sobre o Hino Nacional. Mas sabia muito pouco, por isso pôs-se a atiçar o Leão contra os anus pretos que por lá tinham passado no dia anterior. A cada minuto sacudia-se inteiro com alguma violência para se livrar da água que caía. Mas não parava de falar. Ele estava um pouco molhado, principalmente no alto da cabeça, mesmo assim exultante, por causa da garoa.

A tia Ivone e a tia Amélia voltaram à janela, de onde exigiam com império que tio Ataulfo parasse com aquela loucura de plantar pacová debaixo de chuvisqueiro. Os sapatos dele, sapatos de jardinagem, é verdade, já não se viam mais, cobertos de barro. Mas elas não diziam, ao irmão com toda aquela estatura, vem pra cá. Elas o mandavam proteger-se em sua casa, a edícula.

Quando terminou de plantar as quatro mudas, tio Ataulfo bateu as mãos com barulho de mãos que se chocam e riu ao descobrir que o chuvisqueiro parava. De sua cabeça ainda corriam pequenos córregos em corrida lenta para o peito e as costas, por dentro da camisa. Ao passar a mão no rosto para enxugá-lo, sentiu a barba um pouco crescida e pensou que bem poderia tomar banho e fazer a barba. Chamou Paco pelo próprio nome e foi atendido com a algazarra que ele sempre fazia. Estamos indo, respondeu às duas irmãs que não saíam da janela.

Ao encontro dos três, com patas que não tocavam o chão, vinha Gato, pisando como se não pisasse o caminho do jardim. A ponta de

O casarão da rua do Rosário | *135*

sua cauda vinha dando chicotadas no ar numa demonstração muito clara de que se sentia feliz com o encontro. Tentou acariciar com o próprio corpo cada perna que encontrou, o que só parcialmente conseguiu.

Naquela noite, tio Ataulfo tossiu muito e teve um pouco de febre, que as costas da mão de tia Joana descobriram na testa do irmão. Ele teve de ficar dois dias na cama, abandonando sua estatura aos cuidados da Isaura, sua irmã, que de meia em meia hora subia até a edícula pra ver como ele estava e para lhe levar algum remédio. O Paco, o Leão e o Gato passaram dois dias sem sair do saguão onde moravam, acabrunhados, esperando pela melhora do amigo.

8

As irmãs se reuniam por trás de portas mudas e mal-humoradas para decidir até que ponto habitava humanidade em tio Ataulfo. Mas hesitavam entre seu caráter demoníaco e a esperança de poder cristianizá-lo. Não conseguiam chegar a um acordo, mesmo apelando para o auxílio do padre da paróquia, que tergiversava, contava histórias, fazia o sinal da cruz e acabava dizendo que, Minhas boas irmãs, o julgamento só a Deus pertence.

Por não terem o direito de julgar, continuavam levando o rapaz à missa todos os domingos.

Num domingo frio de outono, cheio de notícias a respeito de bombas caindo sobre Londres, as cinco irmãs Gouveia de Guimarães, muito apreensivas e com suas testas enrugadas, embarcaram na carroceria de um caminhão movido a gasogênio para assistirem à missa dominical. Junto delas iam dois rapazes, seus irmãos também

O casarão da rua do Rosário | 137

solteiros. Um deles já se podia considerar um solteirão ainda novo, bem-vestido, de óculos sobre o nariz e um cargo importante na prefeitura local. As irmãs cochichavam rindo, enquanto subiam à carroceria do caminhão, maliciando o namoro de tio Romão, que já durava cerca de cinco anos. O outro, que pouco falava e o que dizia tinha pouco sentido, às vezes nenhum, era Ataulfo, no fim de sua adolescência biológica.

A fumaça encobria os lugares por onde passavam, e os sete irmãos olhavam para trás muito espantados comentando que não se podia ver nada. O vento frio ressecava os lábios, tanto dos homens quanto das mulheres, entre as quais uma havia com apenas seis anos de idade. Era a Isaura, minha futura mãe. A única das irmãs que deixaria geração, produto de seu útero fértil. As demais estavam fadadas a verem murchar seus órgãos de reprodução, sob a justificativa de que moço desta cidade nenhum merece a mão de uma das Gouveia de Guimarães, descendentes de bandeirantes.

Chegaram cedo, como queriam, para os cumprimentos e a inspeção das vestes em geral, e principalmente das femininas: assunto para os dias de ócio. Mas naquele domingo havia um motivo mais grave para chegarem cedo: Londres continuava sendo bombardeada. E os grupos, quando chegaram, estavam formados em torno dos vários especialistas em artes marciais, que não perdiam notícias transmitidas pela BBC. Agora em português.

Apesar das cadeirinhas ao lado do caminhão, era preciso o auxílio de cavalheiros para que as damas descessem à terra. Exceto a Isaura, que num salto formidável fez o percurso em menos de um segundo. As irmãs mais velhas sacudiram a cabeça desaprovando sem muita convicção a cabriola da menina. As roupas vistosas, tanto dos homens quanto das mulheres, estavam bem domingueiras, e o

138 | *Menalton Braff*

perfume dos grupos estacionados no vestíbulo da igreja misturava-se ao cheiro da fumaça.

A chegada dos Gouveia de Guimarães, desde seus notáveis antepassados, era observada com respeito e sinal de que a missa em pouco tempo iria começar.

Os sete irmãos sentaram-se nos primeiros bancos, como convinha a uma família que construíra igrejas e sustentara sua manutenção.

A missa cumpria seu percurso normal, com todas as fases se sucedendo de acordo com o ritual conhecido. O ato penitencial transcorreu como se esperava, em seguida, na liturgia da palavra fizeram-se as leituras de praxe, mas na homilia Ataulfo começou a remexer-se no banco e não houve repreensão que o fizesse ficar acomodado.

Apenas a voz do oficiante era ouvida num fundo de grande silêncio. De repente, sem que nada se pudesse fazer, tio Ataulfo levantou-se, foi para o corredor, colocou a mão direita sobre o coração e começou a cantar trechos do Hino Nacional, sentindo-se, provavelmente, em pleno campo de batalha, pois foi só com muita dificuldade que tia Benvinda e tio Romão conseguiram tirá-lo para fora da igreja, de onde saiu cantando, muito soldado e quase heroico.

A cena repetiu-se por três domingos seguidos até que, por conselho do padre, Ataulfo fosse considerado mais do lado do demônio e proibido de assistir às missas. A partir de então, e com grande sofrimento de meu tio, ele ficava sozinho em casa nos domingos. Pouco saía de casa e não conseguia entender por que lhe tiravam um passeio de que tanto gostava.

Logo depois da proibição, ele sentia falta da igreja, sua bela arquitetura, e o esplendor dourado e branco de seu interior, com

O casarão da rua do Rosário | *139*

formas que ele não entendia, como o altar, mas que encantavam seus olhos inocentes. Com o tempo, como sempre acontece, aquelas imagens foram perdendo a cor e o brilho até desaparecerem completamente.

9

Houve uns tempos, antes de nos mudarmos para o casarão, em que tio Ataulfo era convocado como qualquer cristão para a Bênção das Três. As dissensões começaram com a proibição imposta aos bichos, que estavam sempre em sua companhia, de passarem além da soleira da porta. Alguma concessão era feita a Paco, porque não sujava os sofás nem mijava pelos cantos. Até o dia em que deixou sua marca no tapete.

O pedido daquele padre foi uma espécie de libertação. Que não o trouxessem mais à missa, ele tinha pedido. E isso foi entendido como uma condenação. Pronto, as irmãs estavam, agora, liberadas para não ver no corpo grande do irmão qualquer sinal de cristandade. O padre não tinha declarado com voz e palavras, quase um documento assinado, que era um ser do demônio, mas, em segredo, as quatro irmãs não duvidavam disso. Esperaram o dia em que se pôs

O *casarão da rua do Rosário* | *141*

a cantar o Hino Nacional durante a Bênção das Três para resolver um assunto.

Estavam as cinco irmãs sentadas em sofás e poltronas em semicírculo à frente do rádio. O sol entrava empurrado pelo vento que sacudia as cortinas, por isso entrava com movimentos convulsos. O lado de fora do casarão era o silêncio, o nada, porque elas se concentravam no que ouviam do rádio. Em uma cadeira, bem na ponta, tio Ataulfo ouvia também, com bastante susto no rosto grande. O noticiário falava de aviões e tanques, e o locutor usava sua voz mais emocionada para relatar a quantidade de corpos estraçalhados pelas bombas. Ninguém, naquela sala mais ou menos clara, por causa do sol que entrava com movimentos convulsos, ousava qualquer ruído. Mesmo as respirações eram silenciosas.

O noticiário extra por fim terminou, e, durante pouco mais de dois minutos, pôde-se comentar que o Brasil jamais mandaria seus filhos para o conflito europeu. É europeu, elas diziam com raiva, os músculos tensos, não temos nada com isso. Mas tia Ivone, cujos peitinhos pontudos já latejavam à espera de quem os viesse tomar, fantasiou uma viagem à Europa e a vida regalada que poderia ter no meio de muitos soldados. Ela abraçou o próprio corpo, braços cruzados, revirou os olhos e suspirou fundo, a ponto de assustar as irmãs. Tia Benvinda, pragmática, sonhou com a convocação de tio Ataulfo, que morreria com glória, elevando o nome da família Gouveia de Guimarães. Foram suposições de minha mãe, mas suposições muito verossímeis pelo que se conhecia dos membros da família.

Ouviram, por fim, a vinheta com que se anunciava a Bênção das Três. As mulheres se persignaram e voltaram a fazer silêncio. Mas no momento em que o locutor entrou na sala com suas palavras, tio Ataulfo, até ali muito quieto, parecendo abatido, levantou-se e pôs-se a cantar o Hino Nacional. Era um desrespeito para com as coisas sagradas que elas não poderiam suportar. Nem houve necessidade de uma reunião familiar para expulsá-lo da sala.

Foram além, as irmãs. Transportaram tudo que fosse de tio Ataulfo para a edícula, onde montaram seu quarto, e o proibiram de entrar em casa.

Não houve unanimidade no caso. Isaura, no dia seguinte, respondeu arrebitando a voz e o nariz, Se o meu irmão não pode assistir à Bênção das Três, eu também não assisto. Tia Amélia segurou-a pelos braços e tia Benvinda aplicou-lhe meia dúzia de chineladas na bunda. Vamos ver quem não assiste, sua menina malcriada. Tinha empregado quanta força existia em seu corpo estreito, por isso estava pálida, a irmã mais velha, muito pálida, pois, além do esforço, cada chinelada ricocheteava em seu peito magro. A Isaura, mesmo chorando, ficou sentada na frente do rádio, engolindo as próprias lágrimas.

10

Minha mãe saía de casa quase todos os dias sem dizer o que estava procurando na rua. No tempo em que voltava com olheiras arroxeadas, bem escuras, se trancava no quarto a chorar. Ela ainda tinha a esperança de encontrar nosso pai, mas cada dia em que passava percorrendo pessoas e instituições, em que visitava quartéis, o necrotério e delegacias, era um pedaço dessa esperança que lhe arrancavam. Algumas vezes chegou acompanhada de um homem e houve briga em casa, pois o que é que as pessoas não vão dizer. Era o advogado que se arriscava a ajudá-la nas buscas.

Numa dessas tardes em que perderia mais um pedaço de sua esperança, resolvi cometer uma justiça, necessária para continuar de bem com o mundo. Eu sabia onde as tias escondiam as compotas com que meu primo Rodolfo, o favorito, era mimoseado. Resolvi roubar a compoteira de figos, aqueles figos verdes sumarentos cujo

144 | Menalton Braff

brilho incendiava os olhos da Dolores. Meu plano era me fechar no quarto e chamar minhas irmãs para uma festa oferecida por mim.

Na cozinha larga onde ainda havia um fogão de tijolos, espaço para o borralho e peças longas de lenha, não se ouvia nada, era o oco do mundo sem habitantes. Seu cheiro de cozinha me entonteceu com sua mistura de picumã, frutas, cereais e embutidos feitos em casa. Era um fogão quase em desuso, com função apenas de fabricar os doces e geleias, porque o fogão de todos os dias, onde tia Joana preparava as refeições, já era a gás. As tias, suponho, estavam cada qual em seu quarto. Algumas, imagino que estivessem dormindo. Nem todas, porque tia Ivone suspirava o tempo todo, e pessoas assim não conseguem dormir à tarde.

Pisando com pés macios, dei dois passos dentro da cozinha e parei escutando o silêncio. Olhei para trás e vi o corredor escuro e vazio, que me incitava à aventura. Avancei silencioso até o armário, que vasculhei com um cuidado cheio de apreensão, fiscalizando a todo momento a porta do corredor. Era um armário estreito e alto, de madeira escura de tão velha, um armário tosco, provavelmente fabricado ali mesmo, por algum antepassado, porque antigamente eles faziam dessas coisas. O armário tinha duas portas no corpo inferior, duas gavetas e duas folhas presas por uma taramela na parte de cima. A proximidade desse armário me atiçou o desejo: o cheiro adocicado traía seu conteúdo. As portas de baixo estavam chaveadas, por isso comecei a inspeção por cima, onde encontrei alguns doces, mas não aquele que procurava. Nas gavetas elas guardavam panos de cozinha, papéis de quase nenhuma importância, além de frascos e vidros de remédio. As quatro solteironas continuavam de pé sustentadas por muitos remédios. Muitos deles caseiros, feitos de ervas do mato.

O casarão da rua do Rosário | 145

Então, me deparei com um problema: portas chaveadas. E a chave, imaginei, andava pendurada, fazendo companhia a algum escapulário. Encaixei as pontas dos dedos numa fresta superior, onde a folha da porta encontrava seu batente. Forcei. A porta se mexeu, mas não abriu. A lingueta da fechadura, pensei, não pode ser tão longa assim. Pus um pouco mais de força e quase consegui. Mas faltava alguma coisa mais eficiente do que as pontas de meus dedos. Secando sobre a pia, os talheres me deram a sugestão: com duas facas enfiadas por cima e pelo lado do batente, não precisei de muito esforço para que a lingueta saltasse fora de seu encaixe.

E ali, bem na frente de todas as compoteiras, os figos verdes e rachados de gordos, intumescidos.

A festa começou com a Dolores e a Irene sentadas na minha cama, cada uma com um garfo na mão. Nos fartamos daquela riqueza, um gosto físico de provocar abundância de saliva, mas também, no meu caso, o prazer de uma vingança.

Foi só isso que aconteceu e foi isso que mais tarde contei a minha mãe, quando ela soube das ocorrências daquela tarde.

Pouco antes das três, tia Ivone passou chamando para a Bênção do rádio e, não nos encontrando no quintal, onde costumávamos ficar antes da hora sagrada e das lições de casa, foi até a cozinha e encontrou a porta do armário aberta. Eu ouvi seu grito, Benvinda, corre aqui!, e me disseram que fiquei pálido. Que merda!, pensei, até que tentei fechar a porta, mas não consegui.

Em poucos segundos o casarão fervia. As quatro vieram direto para meu quarto e me fecharam a saída. Tive de pular pela janela. Ainda andaram correndo atrás de mim, mas nisso de correr a idade não é aperfeiçoamento. Com o início da Bênção, desistiram de me pegar e de me fazer assistir ao programa.

146 | *Menalton Braff*

Perambulei entre as árvores do quintal, assisti a tio Ataulfo podando alguns arbustos, me distraí. Cheguei a esquecer a compoteira de figos.

Eu estava sentado afagando a cabeça do Paco quando senti chegarem por trás duas de minhas tias, que me seguraram pelos braços. Uma delas me deu uma gravata de lutador experiente, coisa de espantar: onde aprendera ela um golpe desses?

Tia Benvinda chegou com um chicote velho, talvez peça de supliciar escravos de um antepassado qualquer, qualquer troglodita que esteve na origem da nobreza de nossa família. E ela visou minhas pernas, porque desprotegidas. Aquilo ardia tanto que pensei estar bem próximo o momento de meu fim. Chorei. Abri no berreiro. As meninas, minhas irmãs, vieram de dentro de casa chorando e pedindo clemência. Mas o modo como chegaram dizendo, Não, tia, não bata mais nele, sua religião manda perdoar, esse modo de misturar o sagrado e o profano irritou ainda mais tia Benvinda, que já vivia perdoando em abstrato, o que se pode chamar de perdão vazio.

Acusada de uma falta, como sentiu a interferência das sobrinhas, empregou ainda maior força no castigo. Muda, que não sobrava forças para que falasse. Quem dizia, Toma, seu ladrãozinho, isso é pra aprender, era tia Amélia, com sua cara maldosa, e seus olhos pontiagudos.

Do meio de suas plantas, alertado pelos latidos de seu cão, tio Ataulfo veio correndo e a menos de dois metros começou a pular, chorando com lágrimas no rosto, batendo com os punhos fechados na própria cabeça. Por fim, arrancou das mãos de uma das irmãs o meu braço e me arrastou para seu quarto na edícula. Seus olhos eram duas chamas vermelhas.

O *casarão da rua do Rosário* | *147*

Fiquei com as pernas cobertas de vergões, que à noite minha mãe tratou antes de chamar a primogênita para a sala. Nunca mais, eu a ouvi de meu quarto, nunca mais. Se você tocar outra vez em um de meus filhos, eu boto fogo neste casarão maldito.

Depois disso, ela foi até a edícula, onde tio Ataulfo ainda chorava. Ele só parou depois de receber um beijo no rosto e ouvir a promessa de que nunca mais haveria castigo naquela casa.

11

Apesar da janela aberta, por onde entravam ar e claridade, tia Ivone mantinha a luz do quarto acesa. Era seu modo de se ver sempre iluminada. Ela gostava de coisas miúdas e macias, por isso seu tempo mais feliz era utilizado na invenção de pontos diferentes, fosse em crochê, tricô ou bordado. Suas horas infelizes ela as passava no tanque mexendo com água e sabão, esfregando e torcendo umas roupas pesadas.

Isaura, sua companheira de quarto, muito menina ainda, além da escola onde se instruía sobre a vida e sobre as ciências, os saberes, poucas obrigações mais lhe eram exigidas. Por isso ela trazia revistas para casa e gostava de usar as horas de ócio brincando com seu irmão, meu tio Ataulfo, ou lendo concentrada uns assuntos de que pouco entendia, na opinião das irmãs mais velhas.

Quando tia Amélia entrou no quarto das duas, uma bordava flores e bichinhos em uma toalha e a outra folheava uma revista procurando assunto que lhe interessasse. Estavam há muito caladas, cobertas de pensamentos, e se assustaram com a súbita aparição da irmã, como se ela pudesse ler seus pensamentos.

Tia Amélia, primeiro examinou a toalha, deu alguns palpites sobre cores, depois foi inspecionar o tipo de revista que a caçula folheava.

Foi tia Ivone quem iniciou o assunto, quase cochichando, com medo de ser ouvida além das paredes de seu quarto. E você, Amélia, você não acha que o Ataulfo tem mesmo parte com o demônio? Isaura largou a revista e empinou o corpo. Tia Ivone, sentada em sua cama, não respondeu logo, voltando a folhear a revista. Não fazia muito tempo que tio Ataulfo tinha sido expulso da Bênção das Três, e a pergunta de Ivone não era inteiramente tola. Largando a revista, tia Amélia respondeu como qualquer jesuíta: perguntando, Mas por que é que você pensa uma coisa dessas?

— Vocês já viram os olhos dele? Eu tenho medo. São uns olhos tenebrosos. Eu não gosto de ficar perto dele, principalmente quando estou sozinha.

Tia Amélia discordou quanto a ter ele parte com o demônio, mas também não gostava dos olhos do irmão quando era atingida por eles. Muito fortes aqueles olhos. Achava até que ele conseguia ver não só a matéria bruta, mas também matérias silenciosas e sutis, como os pensamentos voláteis.

— Quando ele olha, parece que descobre.

Tensa, Isaura assistiu àquela discussão teológica, até ficar estarrecida. Não com o irmão, seu amigo, mas com os pensamentos cheios de sombras de suas irmãs, que variaram entre as possibilidades extremas, pois pessoas que nascem assim, sem tino para a vida prática, uma delas falou, podem ser obra de Deus, os muitos santinhos que

150 | *Menalton Braff*

ele manda ao mundo para provar seus filhos. Mas então pode ser pecado ter medo do Ataulfo? Mas pode ser pecaminosa a atitude do padre ao enxotá-lo? Não, padre não peca. Mas se não peca por que é então que vive pedindo perdão? Elas se enlearam com as próprias ideias, para as quais não encontravam solução. Bom, disse a certa altura tia Ivone, espetando a agulha na toalha, não foi minha a ideia de proibir o Ataulfo de ficar com a gente na Bênção das Três. Pode ter sido um pecado. Será que Deus perdoa tudo quanto é pecado, qualquer tipo?

A partir desse dia, me contou minha mãe, ela passou a observar os olhos de seu colosso irmão, seu amigo, o irmão com quem mais gostava de brincar. Não conseguia, no todo de suas feições, ver mais do que afeto.

Tio Ataulfo, entretanto, tinha olhares que variavam da santidade ao satânico, como qualquer pessoa que anda pelas ruas, faz compras e entra nas igrejas. E entre os extremos, com argúcia, podia-se descobrir a nuance da mediação. Olhar torvo, ele usava raramente, apenas quando tia Benvinda saía ao quintal, e isso pouco acontecia. Tio Romão, de quem sua memória guardava os tapas na cabeça, quando eram crianças, também era alvo do mesmo olhar, com a testa enrugada, as pálpebras espremidas, e uma fumaça escura em torno de seu rosto.

No outro extremo, como seus alvos prediletos, estavam Isaura, crianças quaisquer, plantas e seus bichos. Como duvidar de que ante tais entes ele fosse um anjo? Seus lábios se abriam mostrando duas carreiras de dentes, seu rosto descansava, os músculos relaxados. Nessas ocasiões, suas mãos grossas e grandes eram capazes de delicadezas inverossímeis.

O casarão da rua do Rosário | *151*

Entre os dois extremos, em geral, a indiferença. As outras irmãs quase nunca entravam em seu campo de ocupações. Era um olhar neutro, como se elas fizessem parte irremovível da paisagem.

Havia contudo uma exceção: tia Joana. Quando a via, seus olhos tornavam-se gulosos, seus lábios se abriam cheios de saliva a escorrer pelo queixo. Ele sorria na expectativa da comida. Tia Joana era um seio materno, sua fonte de vida.

12

Por mim, declarou a Dolores na semana anterior, por mim não se fazia festa coisa nenhuma. Era a irmã que eu conhecia, como era ela. Estava sempre com os pensamentos alguns degraus acima do comum das pessoas. Com dez anos a completar dentro de uma semana, estava mais preocupada com o AI-3 e as eleições indiretas, que via a toda hora no jornal, via sem entender, mas com a respiração presa de susto, do que com suas bonecas. Algumas das tias olhavam para a Dolores com receio de que se tratasse de um monstrinho perigoso. Esta menina, elas diziam, esta menina, não sei, não. E não completavam o pensamento porque muito mais medo elas tinham era de minha mãe, por tudo que já acontecera no casarão.

Quem insistia naquela festa era a Irene, que não perdia ocasião para desfilar e ser vista, com seus peitinhos nascentes e os modos de moça completa e assanhada. Pois foi Irene mesma quem planejou e em boa parte executou os arranjos da festa da Dolores.

O casarão da rua do Rosário | 153

Quando as tias mais velhas souberam que o monstrinho preten-dia comemorar seus dez anos na edícula com seus colegas de escola, os primos e mais algumas crianças das redondezas, entraram em pânico. O que não diriam as pessoas conhecidas? Mas a Dolores, de olhar acintoso e o queixo erguido para encará-las, batia o pé rebelde no chão dizendo que, Eu quero e pronto.

A discussão e as gritarias foram ao ponto de se descobrirem suas razões. Seu convidado especial seria tio Ataulfo. Descoberta a causa de seu desejo, só assim foi possível uma negociação. A festa poderia ser na cozinha, bolos e refrigerantes sobre a mesa comprida e larga da cozinha, com a presença do convidado especial. Uma condição: que ele tome banho, faça a barba e vista uma roupa limpa.

Tão conformado com sua situação naquela casa, tio Ataulfo, que eu até então pensava que ele nem percebia o quanto era rejeitado. E, se não percebia, também nada sentia. Descobri meu engano quando fomos em comissão levar a notícia para ele. Ouviu tudo de cabeça baixa até o fim, quando se levantou num tal estado de excita-ção, que, faltando ainda três dias para o sábado, tio Ataulfo já queria começar seus preparativos. Ria com a boca e os olhos muito abertos, com a alma toda despejando-se do rosto mais bonito que ele tinha. Me abraçou e beijou, fez o mesmo com a Irene, em seguida pegou a Dolores pelas axilas e a levantou até o fim de seus braços, Tomou-a contra o peito e a beijou muito, com beijos em que se misturavam lágrimas e babugem.

Na volta da edícula, a Dolores disfarçou, fingiu-se distraída e fu-giu para o banheiro. Sei que foi lavar o rosto beijado. Sua estima pelo tio não evitava o asco pela saliva e por aquelas lágrimas alegres.

O sábado amanheceu muito cedo, bem antes do aparecimento do sol sobre as árvores do quintal: o amarelo. Tio Ataulfo caminhava de

154 | Menalton Braff

um lado para o outro, o Rex o acompanhava por hábito de acompanhar até que resolveu aprofundar-se sozinho no quintal na esperança de encontrar alguma pista, um cheiro qualquer, de elementos estranhos ao quintal. Quanto a tio Ataulfo, veio até a porta da cozinha, que estava ainda fechada, e sentou-se no degrau da escada. Não demorou para que ouvisse ruído de ferro, louça e alumínio, lá dentro, por isso levantou-se e foi caminhar em volta da casa. As janelas continuavam adormecidas e ele enveredou pelo jardim adentro, mas poupando-se de mexer nas plantas para permanecer limpo. O Rex veio dos fundos com festas na cauda e na língua vermelha dependurada para seu amigo, que examinava uns brotos novos, uns botões que ainda não tinha visto, quebrou o galho seco de uma eugênia, andou até o fim, até os últimos canteiros como se uma urgência o esperasse por lá. Voltou pelo mesmo caminho com o descontentamento na testa enrugada: as janelas não se abriam.

Tia Joana acabava de entrar na edícula quando finalmente foi vista. Enfim, o casarão começava a viver aquele dia. Tio Ataulfo, com pressa, andava com passos assimétricos, a perna direita abrindo-se mais do que a esquerda. O Rex ergueu o focinho de cheirar comida e veio correndo atrás de seu companheiro. Era o fim daquela angustiosa espera.

Terminado o desjejum de todos os habitantes da edícula, tio Ataulfo veio até o talude e sentou-se a ouvir o barulho que àquela hora já faziam na cozinha. As pessoas chegavam. As pessoas da casa. A Dolores apareceu à porta e acenou para ele, que apenas sorriu sem mexer os braços.

Por fim, por um gosto, estendeu o corpo todo ao longo de sua estatura na grama para gozar aquele instante. Sentia, meu tio, mais do que pensava, e ouvia o pulsar do coração como se a alegria estivesse

O casarão da rua do Rosário | *155*

dentro de sua cabeça, por isso cresceu-lhe o desejo de que nunca mais precisasse sair dali, daquela distância em que estava das pessoas na cozinha. Isso é como ele sentia um dia de festa. Chegou a cochilar debaixo do céu, ele que tivera uma noite agitada e que abandonara a cama muito antes de o sol aparecer: ainda escuro.

Tia Ivone, que jamais deixara de pensar que o irmão podia muito bem ser das hostes demoníacas, atravessou muito rápida os trinta metros entre as portas da cozinha e da edícula. Tinha um pouco de medo de tio Ataulfo por causa de seu tamanho. Ela passou com a roupa limpa dele, que deixaria estendida sobre a cama, e deu graças a deus por ele estar dormindo. Só na volta, porque alguém fez barulho batendo a veneziana de uma janela, foi que ele sentou rápido e ficou olhando em volta com olhar de desconfiança. Mas então viu tia Ivone e, como conhecia as pessoas por suas tarefas, levantou-se e correu para o quarto.

Sentou-se à mesa, arfante, tentando botar em ordem as instruções que tinha recebido na tarde anterior. Com as duas mãos sobre os joelhos, ficou olhando comovido para as peças de roupa sobre a cama. E banho, pensou devagar: no chuveiro. Roupa limpa depois do banho, lembrou-se depois de algum esforço. Finalmente construiu a sequência e foi até a cozinha pedir o aparelho de barba, que tinham medo de deixar em seu poder. Enfiou a cabeça pela porta e disse, Barba, porque ele era de poucas palavras, mas costumava usar aquelas corretas, que, por si só, no contexto, valessem por frases inteiras.

Em cima da pia, avisou tia Amélia, dentro do estojo de matéria plástica. A Dolores, em pouco tempo, apareceu com o estojo na mão, atravessou a cozinha e se dirigiu com o tio para a edícula. Ela, com sua curiosidade, queria ver um homem fazendo a barba. Ao lado

156 | *Menalton Braff*

do tio, ela caminhava rápido, dando um pulinho para a frente, com o pé de apoio, cada vez que o outro estivesse no ar. Era um modo divertido de andar, ela dizia de seu hábito, coisa que ninguém sabia de onde ela poderia ter tirado.

A espuma cobrindo o rosto era uma diversão para os dois. A Dolores apontou para o rosto do tio e disse que era o Papai Noel. Noel, ele repetiu rindo também. Tio Ataulfo sabia como se barbear graças às lições de seu irmão mais velho, das quais não guardava boas lembranças. Mas sabia e não precisava mais sair à procura de um barbeiro. As irmãs, quando achavam conveniente, exigiam que ele se barbeasse. Como agora.

Começou a raspar a espuma, com cuidado, perto da orelha, até que a face inteira ficasse limpa. Enquanto se concentrava na barba, a Dolores pulava e ria, o Rex entrava e saía do banheiro latindo, o Paco, empoleirado, gritava chamando o Leão, que atiçava nos anus.

No meio de toda aquela balbúrdia, silencioso e sério, tio Ataulfo já estava na outra face, quase terminando, quando um movimento errado, por distração, deixou um risco vermelho em seu rosto. Ui ui ui, ele dizia sacudindo os braços, Ui ui ui e rodava como se estivesse preso em um redemoinho.

Foi minha mãe quem acudiu seu irmão. Terminou de raspar seu rosto, lavou a ferida, pôs mercúrio e cobriu tudo com um band-aid. Da cozinha, onde se preparavam doces e bolos, subiu uma gargalhada grossa e satisfeita quando souberam o que havia acontecido. Vingança a priori por sua participação na festa.

13

O almoço tinha transcorrido com diferenças e promessas de alegria: os balões pendurados em vários pontos da parede, com suas cores de festa. De um almoço como aquele, no limiar de uma festa, ninguém pode esperar reunião de família, suas conversas lentas, espichadas. Ao redor da mesa, todos estão mastigando por obrigação, mecanicamente, para cumprir um ritual do horário. Suas mentes vagueiam excitadas. Nós três, os irmãos, Irene à frente, fomos os primeiros a abandonar a mesa mal tia Benvinda se levantou. Últimos retoques no quarto.

Línguas de sogra, chapéus de cartolina, bandejinhas, garfo de madeira, guardanapos, e as dez velinhas. Tão logo tia Joana liberou seu ambiente, essas coisas todas foram ocupando seus lugares. No centro da mesa, o bolo com as dez velinhas.

Por fim, a Irene deu por concluída sua obra, e descobrimos que era ainda muito cedo. Decepcionados, nos dispersamos por dentro

158 | *Menalton Braff*

e por fora do casarão, os lugares. A Dolores, com o risco de sujar sua roupa nova, foi brincar com o Rex no quintal. A Irene encerrou-se no quarto para esconder sua irritação. Festa tem de ser acontecimento imediato. Coisa boba, resmungava a Irene, ter de esperar a hora. E se não vier ninguém?, ela pensava abrindo feridas. No quintal, brincando, a Dolores não estava lá para responder que havia muitos convidados para chegar: colegas da escola, os primos, alguns vizinhos.

Às duas horas da tarde em ponto ressoou pelo casarão um som mavioso e doce acionado por dedo infantil em um dos pilares do portão. A Irene pulou da cama e correu até a porta da frente, seu bom humor por fim recuperado. Um bando de crianças fazia barulho colorido amontoadas atrás do portão. A festa estava começando. Poderia abrir o portão menor, mas era muita gente, e os fez entrar pela passagem do automóvel. Um bando, gritou alegre para sua irmã, que chegava perseguida pelo Rex. O cachorro, maravilhado com tanta criança, quis cheirar uma por uma, o que era impossível, pois elas não paravam. Por fim desistiu e foi-se exibir, correndo e latindo, achando que espantaria os anus pretos das copas de suas árvores. Até seus latidos eram eufóricos.

Depois da primeira leva de convidados, os colegas da escola, chegaram crianças da vizinhança e foram entrando. O quintal trepidava debaixo de um sol calmo e amarelo. Um sol macio. Tio Ataulfo desceu para o quintal, ao lado da casa, com o rosto escanhoado e um band-aid cobrindo o ferimento. Teve de sentar-se no chão por causa da altura, e não demorou para que estivesse participando de algumas brincadeiras. Mas o que ele queria, mesmo, era estar perto das crianças, aquela multidão, fazendo barulho com elas, rindo, rindo muito, sorvendo com a boca aberta aquela alegria sem respeito pelo

O casarão da rua do Rosário | *159*

vetusto casarão. Jamais em sua vida vira tanta algazarra, com gritos e gargalhadas, com estripulia de crianças correndo, pulando corda, brincando de roda, de cabra cega.

Um menino desconhecido apontou para o band-aid e perguntou o que tinha acontecido. Tio Ataulfo, com algum esforço, conseguiu dizer que tinha feito a barba. Um corte com sangue. O menino, entretanto, não esperou o fim da explicação e já andava bem longe quando tio Ataulfo terminou. Era apenas a curiosidade de um passarinho, bicando para descobrir que não serve.

O Paco, agitado pelo barulho que ouvia, pôs-se a gritar, chamando o Leão, chamando tio Ataulfo, cantando tudo que sabia do Hino Nacional. Uma parte do bando foi para a edícula conversar com o papagaio.

Por fim chegaram os primos. O automóvel de tio Romão despejou os dois meninos, manobrou e voltou por onde viera. A Irene desceu ao encontro dos primos, feliz por finalmente encontrar o Rodolfo, com quem já trocava olhares quentes e muito sedutores.

A balbúrdia não arrefecia, mas então chegou a hora de cantar parabéns a você. Na cozinha, de repente muito pequena, apenas minha mãe e tio Ataulfo, além das crianças. As outras tias fecharam-se no quarto de tia Benvinda, porque, apesar do barulho desrespeitoso, elas receberam sozinhas a Bênção das Três. Nossa vida virou um inferno, disse mais tarde com voz dorida tia Benvinda, depois que vocês vieram morar aqui.

Desde sua entrada na cozinha, Tio Ataulfo sorria e batia palmas. Ele estava muito à vontade entre os pirralhos. Quando começaram a cantar, entretanto, não se conteve e começou a pular batendo as mãos, numa dança alegre e vertiginosa, rodopiando, rodopiando, até cair de tontura. Mas levantou-se incontinente no meio das gargalhadas que sucederam ao susto. Por isso repetiu a cena, pois também sabia alegrar o público. Então, cansado de tanto rodar, encontrou uma cadeira e ficou quieto observando a distribuição do bolo e dos refrigerantes.

A brisa da tarde começava a esfriar quando as crianças, aos poucos, foram-se despedindo. Tio Ataulfo estava extremamente cansado, por isso deitou-se no talude, fechou os olhos, mas deixou à mostra um sorriso de satisfação pela tarde que tivera.

14

Tia Joana amanheceu com febre e não saiu da cama. Sua irmã Ivone, além de cuidar das roupas com delicadeza, não prestava pra mais nada, segundo opinião geral das irmãs Gouveia de Guimarães. Minha mãe ficava na escola o dia todo. A cozinha, nesse dia, ficou por conta de tia Amélia. Não seria um prejuízo assim tão grande a casa ficar um dia sem limpeza.

Na hora de servir o almoço do irmão, destreinada, tia Amélia não levou a ração do Rex, que ficou grunhindo de focinho erguido. Tio Ataulfo, por algum tempo, não tocou na sua comida, esperando, querendo ver a continuação. Sua irmã depôs o prato sobre a mesinha do quarto e voltou para a cozinha. Ela não achava que tio Ataulfo tivesse parte com o demônio, mesmo assim não gostava muito de seu convívio.

Espiando pela porta aberta, tio Ataulfo percebeu que sua irmã tinha dado a tarefa por terminada. Levantou-se, então, até a altura

162 | *Menalton Braff*

de sua cabeça, lento, e desceu na direção da casa. Ele desceu a escada que cortava o talude, e continuou pela calçada de laje que ligava as duas portas. Estava confuso, com pensamentos disparando a esmo, o mundo dando voltas dentro de sua cabeça.

Minhas irmãs e eu tínhamos acabado de chegar da escola com nossas fomes infantis e sentávamos à mesa quando vi, através da janela, aquele tio descendo na direção da cozinha. Ele vinha sério como quem vai dar uma ordem. Subiu a escada e deu dois passos cozinha a dentro. Parado, com as pernas abertas em ameaça, ele era o calafrio de medo que rodeou a mesa.

Não se sabia a causa do comportamento inusitado, por isso ninguém fez o menor gesto, todos atentos, à espera.

Então meu tio abriu a boca e disse com clareza, O Rex não ganhou comida. Tia Amélia misturou um riso desenxabido com o gritinho, Ui, pois não é que eu esqueci?

Tia Benvinda fez um gesto com a mão, ordenando que sua irmã não saísse do lugar. Levantou-se com toda a solenidade, ajeitou os óculos com o dedo indicador, e encarou tio Ataulfo. Pois se quiser comida pra seu cachorro, ela disse simulando uma calma que a voz tremida traía, vá comprar. E agora ponha-se para fora.

Pouco passava do meio-dia e não havia uma só nuvem no céu, mas o dia começou a escurecer, uma noite que caía dos olhos de meu tio. Na sombra de seus olhos, corriam estrias amarelas e vermelhas enquanto ele encarava a irmã.

Foi a única vez em que tive medo de tio Ataulfo. Sua força era lenta como de um boi, e, enfurecido, ninguém naquela casa conseguiria subjugá-lo.

Mas ele não se mexia, vertendo dos olhos sombrios seu rancor contra a irmã.

O casarão da rua do Rosário | *163*

A cena estava congelada, e a respiração tornava-se difícil. A Dolores, súbito, saltou da cadeira e disse, Deixa, tia, eu levo a comida do Rex. Tia Benvinda sentou-se pálida, exausta, e não conseguiu mais almoçar. Com a ração em uma panela velha, como fazia tia Joana, a Dolores subiu na direção da edícula puxando seu tio muito dócil pela mão.

15

Depois de um almoço de domingo, familiar, com conversas longas de um passado de que as crianças recebiam as notícias indiferentes, um almoço com a mesa da cozinha inteiramente ocupada, até cadeira da sala, tio Romão levantou-se com sua cara inteira sofrendo muito por causa do sono e foi ocupar meu quarto para suas flatos e bocejos anunciando os roncos para breve.

Nós, os de idade mais tenra e sadia, não sofríamos daquele peso no estômago, que arrasta a cabeça para o abismo feito de brumas. Meu tio, em pouco tempo, era provável que já estivesse sonhando com altas burocracias da prefeitura, onde acabavam suas ambições.

Tio Ataulfo passou com o cotovelo dentro do balaio, que apertava contra sua ilharga, na direção do jardim. O Rodolfo e eu, além de uma das meninas, não consigo me lembrar direito, mas pelo encaminhamento de nossas vidas depois disso, só pode ter sido a Irene,

O *casarão da rua do Rosário* | *165*

fomos acompanhá-lo porque isso era uma coisa que poderia nos distrair. Tia Benvinda, ao nos ver com aquele tio muito grande indo com suas ferramentas na direção do jardim, chegou à janela para repreender, Domingo não é dia de se mexer com essas coisas.

Ele ouviu, tio Ataulfo. E seus olhos escuros quase desapareceram por trás das pálpebras contraídas. Não disse nada, como se aquela irmã não existisse. Continuou com seu passo lento até encontrar as primeiras plantas. Arrancava o mato com as mãos e guardava no balaio, penteava com o tesourão o globo de uma buchinha, agacha-va-se para juntar as folhas aparadas e as atirava sobre o mato. Demos uma volta imensa por dentro do jardim, nós três inventando brincadeiras.

Rodolfo tinha necessidade de se mostrar muito esperto, por causa da Irene, começou a perguntar a nosso tio por que razão ele guardava no balaio galhos, mato e folhas que não serviam pra nada. Perguntava, mas não obtinha resposta. Tio Ataulfo, às vezes, lançava na direção do sobrinho um olhar que irradiava escuridão. Mal piscava.

Subimos para o arvoredo e debaixo de árvores frutíferas ele se agachava ao lado do balaio para juntar do chão as frutas podres. O Rodolfo começou a rir do jeito de seu tio, O que você está fazendo, tio?

Com o balaio cheio de restos vegetais, tio Ataulfo levantou-se alçando o balaio ao ombro. Atrás dele, dizendo as bobagens como ele gostava de dizer, o Rodolfo ria e gritava, Tio grandão é bobalhão! Na beira do poço de dois metros, nosso tio parou e despejou o conteúdo do balaio lá no fundo. Com as mãos em concha cobriu de terra aqueles restos que havia despejado.

O Rodolfo não se conteve e, pulando em volta do tio, gritava, Tio maluco, lelé da cuca. Tio maluco, lelé da cuca!

166 | Menalton Braff

Já vira o dia escurecer fora de hora, um dia, e percebi que o sol recolhia-se dentro das copas das árvores, e os olhos escuros de tio Ataulfo se abriram nublados e com estrias amarelas. Jogou o balaio para um lado e, com as duas mãos, juntou o Rodolfo pelo peito e foi erguendo meu primo, erguendo à altura de seus ombros, acima de sua cabeça, os braços desenrolando-se, aquele menino lá no alto, esperneando e chorando, cada vez mais alto, e já se fazia noite, estrelas sem a menor luminosidade no céu, além das nuvens, e virando-se para o poço me pareceu que ia jogá-lo por cima dos restos que havia coberto com punhados de terra.

Subitamente me iluminou a ameaça, o perigo que meu primo corria. Puxei tio Ataulfo por trás, pela fímbria de seu casaco, e gritei, Não, tio! Ele ainda segurou o sobrinho um tempo no alto, acima do poço, me procurou com os olhos e os dois começavam a clarear. Por fim, sorriu e largou o Rodolfo a meu lado. A Irene, de longe, ameaçava chorar contra nosso tio.

16

Não adiantava mais o Paco gritar pelo Leão ao ver os anus pretos divertindo-se nas copas do arvoredo. O cachorro mal erguia as orelhas, um ar meio estúpido, meio aborrecido, levantava-se nas patas dianteiras, os quartos, já bem desgovernados, rejeitando qualquer movimento. O Gato rodeava o amigo, a cauda hasteada em movimentos convulsos, enfiava a cabeça e o rom-rom no dorso do Leão, empurrando, e se afastava muito solitário.

Naqueles dias de inverno, tio Ataulfo era visto gemendo, boca fechada, um grunhido de garganta funda, enquanto percorria o quintal do jardim ao arvoredo, concentrado em alguma busca, examinando, uma busca inútil, pois nem ele mesmo sabia o que buscava. Subia e descia até sentir-se cansado, então voltava para sua casa, sentava-se ao lado do Leão e ali ficava um tempo sem medida, quieto, feito estátua.

168 | *Menalton Braff*

Tia Amélia, a enfermeira do casarão, subia duas, três vezes por dia até a edícula e olhava com um pouco de dó para o cão, derreado, sem vontade de nada, a vida nele exaurindo-se lenta, muito lenta, numa fuga quase imperceptível. Tentava usar remédios de farmácia, mesinhas caseiras, tentava socorrê-lo com simpatias, mas intuía tudo aquilo sem utilidade: não levantava mais os quartos.

Apesar de seus treze anos, não era só velhice que pesava sobre os quartos do Leão. Sofria de alguma doença que, na fraqueza da senilidade, aproveitava para invadi-lo. Nos dois últimos anos, o Leão vinha enxergando cada vez menos. Seus olhos branqueavam e dava a impressão de se guiar mais pelo faro e pela memória do que pela visão. Qualquer objeto que fosse mudado de lugar tornava-se obstáculo onde ele fatalmente iria trombar. Dava dois passos para trás e experimentava contornar o objeto por qualquer de seus lados.

Além dos anus pretos, contra os quais não havia muros, no casarão, as irmãs, acordo tácito, preferiam roupas mais escuras. Não que fosse uma espécie de luto — Isaura, mancha colorida entre aquelas mulheres, dizia que sim. Luto pelos muitos filhos apenas em potência, a que o orgulho familiar não permitira atualização. Os filhos que não chegaram a nascer. Um dia, enfrentando as quatro irmãs e tio Romão, no auge da raiva pelas injustiças sofridas por seus três filhos, levantou-se e com voz trêmula insultou-as, Suas megeras, úteros inúteis! Foi um dia memorável, dizia minha mãe, elas nunca tinham ouvido o que ouviram.

O Brasil, na época, andava agitado, com boatos de que se pretendia transferir a capital para o planalto central, roubando do Rio de Janeiro o glamour de capital do país. As irmãs reuniam-se todos os fins de tarde em volta do rádio, algumas delas achando que o demônio tinha um dedo enfiado naquela história, e outras, menos

O casarão da rua do Rosário | 169

pessimistas, achando que Juscelino tinha razão. Mas isso tudo era tratado como um segredo, alguma coisa que só elas soubessem.

Tia Ivone chegou a descobrir perfurações que só podiam ter sido feitas por dente de morcego. Uma doença. Mas doença trazida por morcego, sinal da cruz, não é coisa do demônio? Um tapa na boca. Morcego, com orelhas curtas, olhos redondos, asas, meu Deus do céu, quem não sabe que aquelas asas são a cópia mais perfeita das asas do anjo decaído, agora escuras, encarvoadas, como convém a quem já foi Lúcifer? Rosário na mão, elas buscavam proteção. Urgente, porque o mundo só desandava, perigoso.

Antes de vestir as calças, tio Ataulfo apareceu de cueca parda, com toda sua estatura no pequeno vestíbulo onde moravam seus amigos. Não precisou encostar a mão para descobrir que o Leão estava morto. Frio. Duro como um pedaço de pau seco. Voltou para o quarto e se vestiu, repetindo só para o Paco e o Gato ouvirem, Leão, coitadinho, Leão, coitadinho. Vestido, desceu até a porta da cozinha, em que bateu com as duas mãos, suas mãos grandes, estrondeando no interior do casarão.

Não demorou para que suas irmãs aparecessem de camisola e penhoar, assustadas por causa dos murros que a porta sofria. Quando finalmente a porta foi aberta, ele apontou para a edícula e, chorando, disse, Morto, o Leão, morto, coitadinho!

Para as irmãs, muitas vezes os sentimentos de tio Ataulfo tinham sido assunto de conversas, mas que não chegavam a conclusão alguma. Será que ele sente como qualquer uma de nós? Alguma coisa ele sente, respondia a outra, o que não se sabe é o que ele pensa.

A cena pasmou as quatro a tal ponto que mesmo tia Benvinda teve de tirar os óculos para poder chorar. Uma cena lastimosa. Apesar do frio (o sol ainda não tinha aparecido), as irmãs, em cortejo,

170 | Menalton Braff

acompanharam tio Ataulfo até a edícula, vestidas assim como estavam, decoro nenhum. O Gato veio ao encontro dos irmãos procurando carícias, mas nada conseguiu. No poleiro, o Paco soltava gritos estridentes, na avaliação humana eram gritos de raiva. Batia asas sem querer voar, bamboleava o corpo para um lado e outro, e voltava a soltar seus gritos. Animal tem percepção da morte?, tia Ivone perguntou às irmãs, sem que obtivesse resposta.

Tio Ataulfo juntou o falecido com os braços e, sob o olhar atônito e de repugnância de suas irmãs, carregou os restos mortais do Leão até o poço, onde depositava tudo que não tivesse mais vida. Deixou que o Leão escorregasse até o fundo e voltou para buscar uma enxada. Jogou terra por cima, então, até o corpo desaparecer. Voltou fungando e suspirando pra casa, muito sentido com o que tinha acabado de fazer.

Por mais de uma semana teve um ar perdido, esbranquiçado, sem interesse por coisa alguma. Levantava-se da cama, de manhã, caminhava pelo jardim, entre as árvores mais para o fundo, mas dava a impressão de não estar vendo nada. O Paco e o Gato quase sempre o acompanhavam, compenetrados como se soubessem o que estavam fazendo.

A dor do luto diminuiu, passou, e tio Ataulfo voltou à sua rotina.

17

Tio Ataulfo era indiferente a muitas coisas para as quais dávamos a maior importância. Questões de etiqueta, diferenças de qualidade em geral pareciam não ocupar sua mente. Seus interesses eram diferentes dos nossos. E isso me afetava intensamente, pois queria encontrar uma explicação para seus motivos e só umas poucas palavras engroladas e desconexas não me diziam nada, ou quase nada.

Quando o primeiro avião dividiu em dois o céu do casarão, as irmãs Gouveia de Guimarães esconderam-se dentro de casa, deram-se as mãos e se puseram a rezar. As revistas que tio Romão trazia da rua mostravam cenas aterrorizantes envolvendo aviões como aquele que passara roncando acima das nuvens, um pequeno monomotor vermelho como o sangue. Não havia como separar do avião a ideia das bombas que lançava. As bombas estavam no avião como a essência está na substância. Eram sua pertença.

172 | *Menalton Braff*

Relações dessa natureza não cabiam na cabeça prejudicada de tio Ataulfo, por isso era um medo que ele desconhecia. Saiu para o quintal correndo como se quisesse acompanhar o voo daquele passarinho mecânico. Rente ao muro, dava pulos e gritava de braços erguidos, com medo de que o avião desaparecesse. E o avião desapareceu. Ele voltou para a cozinha com o rosto manchado de decepção. Sentado quieto, os olhos metidos em sua memória, de vez em quando sorria com ar de felicidade, enquanto as irmãs se olhavam assustadas.

A passagem de um avião tornou-se fato frequente, corriqueiro para os demais, não para tio Ataulfo. Aprendeu que avião aparece, passa e desaparece, por isso fazia sua festa abanando para o avião, mas não se entristecia mais com seu desaparecimento. Mesmo depois de não ouvir mais o ronco, tio Ataulfo continuava por algum tempo abanando com sua mão alta, quase tocando as nuvens.

Qual a causa profunda daqueles momentos de alegria, a causa que já estava em meu tio antes de o avião aparecer, era uma coisa que me intrigava sem que luz alguma acudisse meu entendimento.

Um dia, através da janela, vi uma laje imensa onde operários pareciam apressados, cortando, serrando, pregando, conversando alto. Era o segundo ou terceiro andar de um edifício que já se podia ver por cima das árvores. O mundo todo da casa veio para o quintal ver aquela coisa estranha que invadia o espaço dos Gouveia de Guimarães. Susto, curiosidade, medo eram os sentimentos que dominavam a família. Com uma exceção: tio Ataulfo, muito excitado, correu até o muro, escalou-o até onde pode, e se pôs a cantar forte, contra o vento, os braços erguidos e as mãos espalmadas. Era uma espécie de saudação? Mensagem de boas-vindas? Quem pode saber?

O casarão da rua do Rosário | *173*

Nos dias seguintes, tia Benvinda pôs-se em movimento dizendo que impediria aquela construção ali, debaixo de seu nariz. Usou todas as balas de suas relações até desistir prostrada, deprimida, descobrindo o sintoma de várias doenças com as quais desejava escapar-se deste mundo em que se constrói um edifício debaixo de seu nariz, este mundo onde já se podiam ver os sinais do fim.

Tio Ataulfo não escalou mais o muro, não cantou mais como no primeiro dia, mas diversas vezes por dia parava olhando fascinado para aquela coisa que crescia, crescia lenta e irreversivelmente. E enquanto sua irmã definhava ao peso de sua impotência, tio Ataulfo exultava maravilhado com tamanha altura. Um dia, quem sabe, poderia subir até o alto para pegar um avião com as mãos. E ficava alegre.

18

Primeiro vi seu vulto sacudindo o portão. E eu o reconheci porque suas feições, seu tamanho e seus gestos estavam guardados em minha memória. Em seguida ele correu a bater na janela que eu mesmo teria escolhido: o quarto da minha mãe. Ela saiu pelos fundos e apareceu na esquina da cozinha, de penhoar e o cabelo em desalinho. Já me esperava, por isso, apesar da luz ainda azulada que descia do céu, ela veio quase correndo e se desculpou pelo portão preso por uma corrente. Não se pode mais deixar nada aberto, meu filho.

Primeiro abracei minha mãe com toda a saudade que trazia sempre comigo. Só então me virei para tio Ataulfo e não vi mais as feições, o tamanho e os gestos que guardava em minha memória. Meu tio não tinha ainda cinquenta anos e já parecia um velho, faces enrugadas, o cabelo branco, os gestos mais lentos. Me pareceu uma criatura frágil, apertada entre meus braços. Carreguei o dia todo aquela

O casarão da rua do Rosário | 175

sensação de que tinha amassado ou quebrado alguma coisa no peito de tio Ataulfo.

Foi um dia bastante agitado, aquele. Estávamos para sair, minha mãe e eu, à procura da Dolores, quando ela mesma, livre e saudável, ligou para pedir ajuda. E as histórias que ela nos contou, na viagem de volta, me davam agora a certeza de que se tornara uma mulher forte sem a vigilância de meu olhar. Tia Ivone, se não me engano, foi quem veio aflita avisar que a irmã mais velha estava com febre. Eu ainda não tinha descansado da viagem, mesmo assim, tomei um café puro e quente, que me queimou a língua, e a levei para o hospital.

Era pouco mais de meio-dia quando voltei e meus olhos vermelhos, minhas pálpebras descaídas comoveram minha mãe.

Só acordei às três e meia, com o barulho que fizeram no fim da Bênção das Três. Era quem sabe a primeira vez que se assistia àquele programa, no casarão, sem o cetro na mão de tia Benvinda.

Depois do café servido por tia Joana (cabelos brancos, sem rugas no rosto), saí para ficar um pouco na companhia de tio Ataulfo. Debaixo da claridade macia daquele sol, o jardim lamentava sua sorte. Canteiros desfeitos pelo tempo, o mato invadindo o espaço das flores e dos carreiros por onde se andava. Subi por trás da edícula e o abandono era ainda maior. Onde as aleias que percorríamos brincando, a Dolores saltitante, como gostava de andar, tio Ataulfo rindo por estar entre os sobrinhos, todos nós pensando que a vida seria sempre assim?

Voltei e me sentei na grama do talude ao lado de tio Ataulfo. Minha mãe veio juntar-se a nós. Sugeri a ela que se contratasse um jardineiro para cuidar do jardim e do arvoredo. Foi tão triste o olhar que tio Ataulfo me dirigiu que me envergonhei do que tinha dito. Em alguma coisa ele está sempre mexendo, explicou minha mãe, mas já não tem a força de antigamente. É mais velho do que eu doze anos, e isso é uma boa diferença.

Tio Ataulfo sacudiu a cabeça branca, me olhou e disse, Doze anos.

19

O carro funerário, preto com detalhes dourados, era triste, mas bonito, muito sóbrio. Minha única diferença eram aquelas franjas pendentes do teto, fazendo festas na passagem da brisa. Um toque assim de alegria não me parecia decente para a ocasião. Com ele encabeçando o féretro, lento, iniciamos a viagem, a última de tia Benvinda, que tão poucas viagens fizera em vida. Ia tesa e magra como tinha vivido, mas agora tinha os olhos pontudos vidrados e escondidos pelas pálpebras fechadas. Sem óculos. Tenho dificuldade em me lembrar dessa tia sem óculos. Parece que já nasceu com eles.

Tia Ivone, logo atrás do esquife, dirigia um carro mais ou menos novo. O velho Aero Willys da década de 1960 estava provavelmente curtindo a deterioração no depósito de algum ferro-velho. A seu lado ia tia Joana e no banco de trás tia Amélia era acompanhada por duas mulheres cobertas de panos pretos. Minha mãe na direção, Irene, tio Ataulfo e eu vínhamos no carro seguinte.

178 | Menalton Braff

Quando nos preparávamos para sair, tia Joana inventou de deixar seu irmão preso, condenado como sempre fora ao isolamento. Tive de ser estúpido com ela para que o aceitasse no enterro. Tia Ivone correu à edícula e chamou tio Ataulfo já com as peças de roupa que deveria usar: terno, camisa branca, gravata escura e sapato preto. Em dois minutos pusemos aquele meu tio em condições de acompanhar sua irmã naquela viagem. Ele fez questão de nos acompanhar e já se preparava para uma cena terrível quando fui duro com tia Joana.

Não entendo por que esse meu tio fez tanta questão de acompanhar o cortejo fúnebre. Durante a noite toda do velório, manteve-se acordado, choramingando agachado pelos cantos, gemendo como se atacado por alguma tristeza que doesse. Até que amanheceu, então transformou-se: as sombras haviam carregado sua dor. Era outro, o tio Ataulfo, parecendo atento a tudo que acontecia na sala, onde estava armado o esquife. Sem uma só lágrima mas com um brilho de satisfação que não disfarçava nos olhos. Quase não piscava, tio Ataulfo. Mas fez questão de acompanhar o ritual todo até o fim. Como entender? Esse meu tio sempre foi um mistério para mim, cheio de surpresas, de intenções que não se podiam interpretar. Estávamos pela metade do caminho quando ousei pensar muito baixinho que talvez ele estivesse querendo conferir o ato final, para não restar qualquer dúvida. Ideia absurda, ele não teria pensamentos assim complexos. Como saber?

Minha mãe também não conseguiu chorar. A todo momento saía da sala e, na cozinha, providenciava café quente para aqueles que precisavam de estímulo contra o sono. Numa de suas saídas, resolvi acompanhá-la. Você não chora, perguntei surpreso. Ela não fez por merecer, foi sua resposta seca a um assunto que não era de seu agrado.

O casarão da rua do Rosário | *179*

— E o Rodolfo, hein, Irene, não veio se despedir da tia? Ele, que foi sempre o favorito dela, com todas as regalias da situação!

Percebi que a Irene piscou rápido várias vezes, arranjou um pigarro a ser expulso, então repetiu que uma votação muito importante, sabe, não poderia faltar. Sabe, mãe, os compromissos, a senhora nem imagina.

Minha mãe é muito mais esperta do que a filha. Disfarçada me olhou e o movimento dos lábios dizia que não acreditava naquela história.

TRÊS

RODOLFO, O POLÍTICO

1

Talvez já tenha passado da meia-noite. Não consigo ver o mostrador do relógio neste escuro e não estou com disposição de erguer o braço para acender a luz. Só sei que tenho dormido alguma coisa porque acordo tentando descobrir onde estou. Precisaria dar uma segunda lida na tese do rapaz, logo mais é a banca e alguns pontos me pareceram obscuros. Não sei se foi por complexidade ou confusão do pensamento dele. As citações estão boas, uma bibliografia razoável, mas parece que nem sempre ele interpretou corretamente o que leu. Não, bobagem, não vou ler com esta luz moribunda aí de cima.

Aproveito e durmo. Ou tento.

Pois é, e o queridinho das tias, principalmente de tia Benvinda, o deputado federal da família Gouveia de Guimarães, mandou a tonta da Irene representando a família. Continua o cretino de sempre, meu primo Rodolfo.

184 | *Menalton Braff*

Durante nossa primeira infância, éramos desconhecidos um do outro. O centro comercial da cidade fica em torno de uma praça central e é formado por alguns quarteirões da meia dúzia de ruas que desembocam lá. Impossível não nos encontrarmos umas poucas vezes na companhia de nossas mães, mas eram tão frias as relações destas duas famílias que pouco além de uns cumprimentos de passagem ia nosso conhecimento mútuo. O mais, que sabia do Rodolfo, era de segunda mão, de ouvir minha mãe contar coisas vagas que ela ficava sabendo vagamente. De meu pai, nunca ouvi uma só palavra a respeito de tio Romão e sua família. Daquela época me ficou a impressão de que ele não os contava entre os seres humanos.

Algumas compreensões da vida é a idade que vai montando, no tempo certo, sem nenhuma pressa. Aquele primo, um ano mais velho do que eu, era um ser afastado, menos do que amigo. Nossos pais, os dois cunhados, também não eram amigos. Quando um dia perguntei a minha mãe por que nunca visitávamos aquelas irmãs dela que moravam num casarão, ela tentou me explicar alguma coisa, e a ideia que me sobrou era que havia diferenças sociais e políticas entre nós e as tias ricas. Tias ricas — era assim que nos referíamos a elas. Quatro solteironas morando num casarão de outras eras com um irmão fraco da cabeça. Nossas fantasias inventavam histórias tenebrosas naquele casarão, em que se misturavam fantasmas terríveis e seres sombrios, medonhos.

Eu ainda não tinha uma noção muito clara do que poderiam ser diferenças sociais, muito menos diferenças políticas. Mas tomei as duas diferenças por bastante tempo como a bandeira de nossa casa. Eu tinha uma posição social e me orgulhava dela, sem me importar com o que pudesse significar. Posição política já era mais fácil de entender, não o significado, mas a importância, porque meu pai era

O casarão da rua do Rosário | 185

um ativista, fazia discurso contra as injustiças sociais, contra os poderosos e contra o governo. Ele era meu ídolo. Quando o via sobre um palco, um palanque ou uma caixa de maçãs argentinas, ele me parecia um gigante com sua altura, o maior de todos os heróis. Meu pai.

Quando ele, um dia, foi levado de dentro de casa, os punhos presos por uma algema, minha mãe começou sua peregrinação atrás dele. O tempo ia passando e o dinheiro não dava mais para a comida. Então minha mãe reuniu a gente em volta da mesa e disse que era direito dela, que as solteironas seriam obrigadas a ceder uma parte da casa, um canto escuro que fosse, mas não teriam como negar.

Uma aproximação tumultuosa, aquela, a mancha escura do tapete para que as virgens não se esquecessem de quem era a irmã mais nova. Regras da casa, as normas, e o início dos conflitos. Foi nesse ambiente que fiquei conhecendo melhor meu primo Rodolfo.

Houve um tempo em que me recriminei, supondo que minha birra com Rodolfo era pura inveja do tratamento que ele recebia das tias, sobretudo da tia Benvinda. E era mesmo um tratamento acintoso, com o propósito de nos humilhar. Assim nossa infância entendia os agrados da tia Benvinda. As solteironas castigavam a irmã casada recusando qualquer carinho a seus filhos. Beijos e doces, os elogios, isso tudo ficava reservado para uso exclusivo e inequívoco do Rodolfo, na frente dos Fortunatti, esses filhos do imigrante pobre. Um mecânico!, escandalizavam-se as quatro solteironas depois de conhecerem a decisão da irmã mais nova.

Mas não era isso, pelo menos não era só isso. Nossas diferenças sociais e políticas nos botavam em polos opostos. E a descoberta não veio de uma iluminação, de um instante epifânico. A compreensão deu-se lentamente, por acúmulo de detalhes que, costurados uns nos outros, foram mostrando quem era meu primo.

2

Pouco tempo depois de termos sido levados para o casarão da
rua do Rosário por nossa mãe, a despeito do nariz indignado de
suas irmãs, num domingo apareceu por lá tio Romão, com a família, para um almoço domingueiro. E estava certo meu tio quando observou que éramos o que restava de Teodoro de Guimarães e
Leonor Gusmão de Guimarães. Nos olhamos embevecidos com a
notícia de que éramos o que restava deste sobrenome tão célebre.
Tia Benvinda não perdeu a oportunidade de apertar os lábios fingindo um sorriso e de arrumar os óculos no alto do nariz que já
estivera indignado. Bem, há alguns, aqui, sua voz era clara e aguda,
as palavras rolavam em calmaria, que adotaram outro sobrenome.
Um sobrenome de imigrantes. E seus olhos foram apontados para
o alto, suspirosos e angelicais, pois não queria com eles indicar de
quem estava falando.

O casarão da rua do Rosário | *187*

Nunca vi tia Benvinda sem óculos e sem coque, o cabelo liso puxado em linha reta para sua nuca. Seu vestido ou sua blusa fechavam-se no colo, na raiz do pescoço. Uma figura de indiscutível santidade, não fossem os olhos com frequência sarcásticos, e quase sempre sinistros.

No fim da sobremesa, ai aqueles figos pelos quais a Dolores chorando chamaria nosso pai!, ela esperou que o Rodolfo terminasse de se lambuzar com a calda verde e densa, brilhante, para então levantar-se dando o almoço por encerrado. Era um dos regulamentos que tivemos de aprender para morar no casarão. Ela inclinava a cabeça, os olhos fechados e os lábios finos em movimentos imperceptíveis, fazia o sinal da cruz e suspirava. Minha tia Benvinda amava os rituais. Às vezes se traía, São tão chiques estes movimentos todos ensaiados.

Uma larga aleia de saibro separava o jardim do arvoredo e debaixo de um velho fícus ficavam quase sempre solitários dois bancos de ripas. Foi nestes bancos que, fugindo do sol, sentamos os cinco. Nós éramos primos em exercício de reconhecimento. Em situação de tempo livre, todo nosso, curtíamos aquele parentesco pela primeira vez. Sentei em um dos bancos, cercado pela Dolores e o Rodrigo. No outro banco, o Rodolfo instalou-se ao lado da Irene, que, desde a missa onde se encontraram e se viram, vivia suspirando com olhos de ver o céu, e não parou mais de elogiar aquele primo, seus olhos, sua boca, o sorriso, ai, e aquele jeito de quem manda no mundo.

A primeira pergunta que o Rodolfo me fez só aumentou minha antipatia. Queria saber quais os países que já conhecíamos. Ele sabia de nossa pobreza, e a pergunta tinha a intenção de encaminhar o assunto para o espaço onde pudesse exibir suas viagens. Ficou meia hora contando sobre lugares que tinha visitado. Quase lhe dei as

188 | *Menalton Braff*

costas, conversando com a Dolores e o Rodrigo, para expressar minha indiferença. Mas ele tinha uma ouvinte, que, a seu lado, respirava seu hálito com suas palavras. Na última vez que estivemos no Canadá, e Irene suspirou perfume de plátanos e viu, deslumbrada, florestas de sequoias. Me chamou a atenção, Você ouviu, Palmiro, eles estiveram mais de uma vez no Canadá. Virei a cabeça irritado: assunto besta.

Em nosso banco, brincávamos de inventar palavras. Um dos três propunha uma palavra, e saíamos em busca de derivações. O Rodrigo propôs: pescaria. Imediatamente criamos "pescação", "pescamento" e "pescatura". E ríamos cascatas de risos dos absurdos que inventávamos em nosso exercício de vida.

Estávamos empenhados em um trava-língua quando fomos interrompidos pela voz meio fanha de Rodolfo.

— Hein, Palmiro, você já viu neve?

— Vai à merda, respondi.

E continuamos, "Debaixo da pia tem um pinto. Quando a pia pinga, o pinto pia". Na segunda ou terceira vez que se repetia, o pinto começava a pingar e a pia a piar. E isso nos divertia muito.

Tio Ataulfo apareceu esmagando o saibro com os sapatos de sola seca, croc-croc, e na nossa frente ficou quieto, ouvindo aquelas brincadeiras que não entendia. Rex sentou-se a seu lado, o Paco, em seu ombro, entortou a cabeça, muito ouvinte de olhos arregalados, o gato amarelo acariciava-se em nossas pernas.

— Me ensina, ele pediu.

A Dolores foi quem se prontificou a ensinar o tio. Dizia uma oração e pedia a ele que repetisse. De-bai-xo da pi-a tem um pin-to. Dizia a segunda, e tio Ataulfo não esperava sua ordem para repetir. O pinto pia, a Dolores terminava e tio Ataulfo repetia. Fizeram o exercício mais duas vezes e aquele tio meio criança, deslumbrado com a nova brincadeira que tinha aprendido, seguiu na direção da edícula praticando a frase.

O Rodolfo, que tinha ficado observando o que acontecia em nosso banco, levantou-se e veio até a minha frente.

— Meu pai disse que agora os militares vão fazer uma limpeza no Brasil.

O que poderia ele saber a respeito de meu pai? Fiquei quieto, sem aceitar a provocação. Eu também não sabia por onde andava aquele homem de basta barba negra, que usava macacão sujo de graxa durante a semana e nos levava ao cinema nos domingos: meu pai. Senti um aperto na garganta, uma espécie de nó que não me deixaria falar. Melhor assim, pensei.

Depois de ter dito o que disse, meu primo puxou a Irene pela mão e subiram na direção das tuias. Perdi a vontade de brincar e fui até a sala rodear minha mãe, ver sobre o que estavam conversando. Falavam dos pais, pendurados muito sisudos na parede, com os retoques de um retratista ambulante que passara pela rua do Rosário com seus apetrechos numa charrete. Umas histórias de desconhecidos, uns assuntos com bastantes pigarros, alguns risinhos despropositados. Rodeei a mesa, passei a mão pelo ombro de minha mãe, e voltei para o quintal.

O domingo começava a me encher de tédio.

3

Há certos predicados em uma pessoa, físicos ou morais, que a tornam atraente para os outros. Isso não tem explicação. É dessas áreas do ser humano em que jamais penetramos, sombras permanentes — os enigmas. Aquela atração que o Rodolfo exercia sobre a Irene desde o primeiro dia em que se viram sempre me pareceu um mistério. Malcrescido, para a idade dele, um rosto apenas regular (sem as harmonias que minha irmã inventava), um sorriso mais para o chato, como todo seu comportamento. Ele era um adolescente em permanente glória de viver. O dono da vida.

Mas tinha qualidades. Exatamente aquelas que mais faltavam na Irene: as qualidades intelectuais. Eu evitava me confrontar com ele, que, na escola, estava um ano à minha frente. Percebendo isso, explorava essa sua superioridade.

Quando um dia, à mesa, minha mãe disse que eu era o primeiro da minha classe, as irmãs dela debocharam, rindo de minha mãe e

O casarão da rua do Rosário | 191

olhando umas para as outras, até que a tia Amélia perguntou se já tínhamos visto os boletins do Rodolfo.

Seria então a capacidade intelectual do primo que fascinava Irene?

Como fosse fisicamente mais fraco do que eu, o Rodolfo usava as palavras como armas contra mim, competindo comigo sempre que me encontrava.

Algumas semanas depois daquela primeira visita de domingo, era inverno, estávamos todos os primos sentados na grama debaixo do sol e perto da edícula, conversando como bons primos, e rindo das brincadeiras, exercitando nossa sociabilidade. Quebrando aquela alegria de crianças, sem ligação nenhuma com o que se fazia, o Rodolfo sentou perto de mim e perguntou:

— Você sabe a extensão territorial do Brasil?

Eu sacudi a cabeça, que não sabia. Ele não disse e me veio com outra pergunta:

— Onde é que nasce o rio Amazonas?

Podia estar enganado, mas naquele momento julguei ter comprovado a causa do fascínio exercido pelo Rodolfo sobre a Irene: a superioridade intelectual. A capacidade verbal de meu primo me encantava, mas foi segredo que jamais revelei a ninguém. Ele articulava muito bem seus pensamentos, tinha um vocabulário que me causava inveja, enfim, era um garoto dotado de qualidades linguísticas que, em outras circunstâncias, teriam feito dele um grande amigo.

Mas estávamos em lados opostos.

Evoluindo daquelas perguntas escolares idiotas, me atacou novamente.

— Você sabia que uns bandidos sequestraram o embaixador da Alemanha?

— Por que bandidos?

Ele sorriu malévolo antes de continuar, sem levar em conta minha pergunta.

— E o governo vai mandar os trinta e nove baderneiros colegas dos sequestradores pra Argélia.

— É uma ação política, retruquei, pensando ainda na qualificação de bandidos.

Ele entortou uma cara de nojo para meu lado, um deboche que pretendia me atingir, não sei por quê.

— Seu pai também não passa de um baderneiro e assassino.

Foi um empurrão muito aquém da minha vontade de esmagar a cabeça dele, mesmo assim, caiu embrulhado na sua roupa nova e rolou na terra. Tentou levantar-se com jeito de quero mais, enfezado, me assassinando com os olhos. Um pontapé nas suas pernas ainda encolhidas e ele desistiu de me enfrentar.

Ajoelhado sobre seu corpo, cheguei minha cabeça quase roçando seu rosto e disse com o ódio que me provocara a ofensa a meu pai, Uma palavra lá dentro e te arrebento ao meio.

Mais tarde, assisti à repreensão de sua mãe, onde já se viu um marmanjo deste tamanho brincando de rolar na terra. Minha mãe, à noite, quando relatei o que havia acontecido, fingiu-se zangada, não é coisa que se faça com um primo. Então, desmentindo as palavras, deu-me um beijo na testa.

A Irene passaria, depois do incidente, boa temporada sem falar com o Rodolfo. Chamar nosso pai de bandido pareceu-lhe uma falta bastante grave de seu ídolo.

4

Me tornava cada vez mais amigo da Dolores. Nos entendíamos muito bem nos assuntos sérios, como os valores morais ou os destinos da humanidade. Comungávamos também nas ditas traquinagens. Me dava imenso prazer ficar com ela por perto, respondendo quando perguntava, propondo questões que ela procurava responder. O Rodrigo, o irmão do Rodolfo, também se agradava de nossas conversas, mas principalmente de nossas brincadeiras, as existentes ou as que inventávamos. A Dolores era uma fábrica de inventar e nos divertíamos muito com ela.

Quase todos os domingos, agora, tio Romão vinha com a família para o almoço de tia Joana. Ela tem mão antiga e conhece as ervas, ele dizia, e acrescentava, ninguém cozinha como a Joana. A mulher dele ficava muda, olhando o chão com olhos ressentidos, mas calava, certa de que essas questões de família eram muito complicadas:

194 | *Menalton Braff*

certas preferências. Os filhos deles, principalmente o Rodolfo, lambuzavam-se em caldas: caldas verdes, amarelas, rosa.

Foi por causa daquela frequência que nos tornamos primos conhecidos e fomos crescendo sem perceber as diferenças que aconteciam.

Tínhamos dois lugares preferidos para ficar. Nos dias de sol e calor, sentávamos nos bancos debaixo do velho fícus. Quando fazia frio e o sol se tornava muito relutante, ficávamos meio sentados, meio deitados sobre a grama do talude, onde ele era menos íngreme, e onde batia menos vento: abrigados.

Os dois estavam muito quietos, mas desatentos à nossa conversa. Eles pareciam estar com algum problema para resolver. Tinham falado baixo bastante tempo, de modo a não serem ouvidos, e aquilo não me cheirou assunto de primos, a Irene com o rosto colorido de vermelho, suas duas faces. Houve um ano em que ela dizia nunca mais querer falar com o Rodolfo. E chorava. Ele tinha dito que nosso pai era um assassino, e naquela época nem sabíamos ainda onde poderia andar seu Bernardo, sem notícia nenhuma. E corriam histórias, muito medo. Ofensa como aquela nos deixou magoados por alguns meses. Me lembro de que, no primeiro encontro em que ficaram juntos, sentados sozinhos naquele banco, a Irene ficou a maior parte do tempo assim: rosto rubro, de brasa, a cabeça baixa, embotada.

Minha irmã não tinha habilidade em disfarces, por isso fiquei prestando atenção nos dois. Não eram mais implicâncias com o Rodolfo porque ele procurava conversas neutras, como futebol e automóvel, assuntos de que pouco entendia, mas entendia o suficiente para perder algumas horas conversando com ele, como primos

O casarão da rua do Rosário | *195*

civilizados. Fiquei atento por nunca ter confiado na competência da Irene para administrar direito sua vida.

Deitado na frente do banco, o Rex dormia, pois é uma coisa de que cachorro velho gosta muito de fazer. E o Rex já mostrava nos pelos brancos em volta do focinho que tinha cumprido a maior parte de sua existência. Me agachei a seu lado e fiz cafuné em sua ilharga, uma coceirinha, coisa que fazia muitos anos provocava nosso riso, pois ele movia a perna traseira como se brigasse com alguma pulga. A Dolores e o Rodrigo desceram do banco e vieram para perto. Eles também queriam provocar aquele movimento automático, meio maluco.

Espiei por baixo do braço e não encontrei a Irene e o Rodolfo sentados no outro banco. Mesmo agachado, cobri trezentos e sessenta graus com meu olhar e não os encontrei. Não me agradava o modo como se isolavam, como se constituíssem uma família à parte. A predileção de um pelo outro era coisa muito antiga, vinha dos tempos de crianças, um sentimento natural entre primos, mas agora, os dois com os órgãos reprodutores prontos para o trabalho, pensei, sabe-se lá o que não andam tramando. Me sentia no dever de cuidar de minha irmã.

A passo lento, passeando, rodeei a casa, espiei os lugares mais afastados do jardim, me embrenhei pelo arvoredo. Bem no fundo, perto do muro, ficava a cerca de tuias atrás das quais havia um talude gramado largo e suave. Minha mãe contou um dia que era plano de tia Benvinda construir lá a casinha de tio Ataulfo, tal era a aversão dela pelo irmão com defeito de cabeça. Alguém argumentou que seria uma indignidade afastar o louquinho para tão longe, e ela desistiu. Foi então que a edícula apareceu na ideia de todos como a

196 | *Menalton Braff*

solução do problema. Ficaram abandonadas aquelas tuias solitárias e absurdas numa clareira cercada de árvores nativas.

Quando apareci no portal das tuias, os dois ficaram feito bobos de tão atrapalhados. Acho que não faziam nada de mais. O Rodolfo, deitado, fazia as pernas da Irene de travesseiro, ela sentada, os dois acho que conversando.

— Por que não ficaram com os outros lá perto de casa?

— Com aquelas brincadeiras idiotas?

A Irene dificilmente teria reservada tanta coragem pra me responder daquele jeito. Sacudi os ombros pra resposta dela. Mas ela estava com uma cara de quem não quer confessar e isso me assustou um pouco. Minha irmã puxou o Rodolfo para cima, e ele se levantou com bastante coragem por causa da irritação.

— Não vai me dizer que também acredita naquela história idiota de que o exército foi quem matou aquele bandido, como é mesmo o nome dele?

— Que bandido?

— Aquele falso jornalista que se enforcou na cela, arrependido de tudo que fez.

— Quem, o Herzog?

— Tá vendo como você conhece?

Agora, sim, agora eu começava a ficar com raiva. Aquela conversa sem sentido, toda ela fora de contexto, aquela história tentava disfarçar, desviar minha atenção, por isso ele me provocava. Subindo na direção do Rodolfo, respondi que sim, conhecia, e qual era o problema de conhecer alguém?

— O problema é que era um bandido como o teu pai.

Acertei o lado esquerdo do rosto do Rodolfo com um tapa de mão aberta e o chamei de filho duma puta. Foi mais fácil do que

O casarão da rua do Rosário | 197

pensava dar uma gravata no meu primo e apertar seu pescoço com meus braços. Quem é que é filho da puta, hein? Ele esganiçava a voz, o rosto vermelho de raiva e por causa do pescoço apertado, o sangue sem modo de circular direito. Quem é que é filha da puta, hein? Mas ele estava dominado, por isso não me interessei mais pela luta.

Livre dos meus braços, o Rodolfo sentou perto da Irene e me ameaçou:

— Vou te processar por agressão, pode esperar.

Ele estava no primeiro ano de Direito.

À noite fui relatar à minha mãe o que tinha acontecido lá nas tuias do fundo do quintal. Ela me ouviu sentada em sua cama bem quieta como quem estivesse ouvindo uma gravidade. Quando terminei, ela suspirou com o peito e ergueu a cabeça na minha direção. Escute aqui, Palmiro, não pense que você vai ocupar o lugar de seu pai. Ela é só dois anos mais nova que você e sabe muito bem o que faz. Deixe sua irmã em paz.

Voltei para meu quarto resolvido a deixar minha irmã em paz.

5

No refeitório da pensão, onde ficava o telefone, recebi a notícia de que o Rodolfo tinha sido eleito presidente do Diretório Acadêmico. A Dolores falando. E me senti mal. Estava um dia bonito, o sol entrava pelas janelas empurrando as cortinas, havia claridade e ar, bastante ar, mas me senti sufocando. E as tias já pensavam até em comprar televisão, porque as pessoas, depois da missa, vinham dizer que, Vocês viram, o sobrinho de vocês!? Tudo que é jornal, emissoras de rádio, e até televisão.

A voz da Dolores imitando as beatas convencia porque ela conseguia uma voz espremida, de velha exultante, como algumas das amigas das tias que fomos obrigados a conhecer por uma questão de norma da casa. No casarão só quem tinha o direito de não ir às missas era tio Ataulfo. Um dia, o Brasil acabava de declarar guerra à Alemanha, ele se levantou durante a homilia e se pôs a cantar o Hino Nacional. O padre pediu, sabe, este moço.

O casarão da rua do Rosário | 199

— Eleito?, perguntei com a garganta fechada em atitude de recusa.

Minha irmã deu mais alguns detalhes e fui obrigado a tomar um copo de água. Meu rosto começou a arder sobre a fogueira onde me supliciavam. Aquilo, a notícia que me chegava de mais de quinhentos quilômetros, era mais uma vitória deles. Mais tarde meu espírito racional faria a análise dos subsumidos todos que coubessem ali. Na hora, o coração meio gelado, meio seco, não estava para pensamentos claros e muito menos profundos. Vitória deles, os do lado de lá, não importando quem fossem, eram os meus inimigos.

Voltei para o quarto tropeçando em farrapos de pensamentos, porque um pensamento claro, logo em cima da notícia, eu não conseguia. Quando já contávamos com o fim próximo da ditadura, insidiosa ela penetrava ainda até o fundo de nosso corpo estudantil. Já não bastavam aqueles músicos jovens, alguns propondo a passividade com suas atitudes desinteressadas, outros ajudando a exaltar a ideia do Brasil Grande. De onde poderia estar vindo a água para aquele rio, que não se esgotava nunca? E que tipo de água era ela, limpa ou lodosa, em forma de corredeira ou de remanso?

Precisava estudar, mas preferi ficar na minha cama, deitado, com as pálpebras cobrindo de escuro os olhos, sem pensamento fixo nenhum, com algumas lembranças misturadas ao que teria de responder na prova do dia seguinte. Nem os tapas e pontapés do passado no quintal do casarão me consolavam. Coisas de crianças. Agora ele tinha o apoio de políticos ligados ao governo. Não estávamos mais brincando de gente grande em seus ensaios para a vida. Agora a vida era pra valer.

O edifício cresceu e foi habitado ali, logo depois do quintal de tia Benvinda, que adoeceu de tanto pensar que o mundo estava acabando. Depressão por ter compreendido que estava acabando de fato?

200 | *Menalton Braff*

Mas qual a relação entre o edifício e o Rodolfo, tendo tia Benvinda no outro vértice? Olhei pela janela e vi com rancor um céu limpo, azul sem mancha, como se aqui embaixo não vivêssemos no vale da sombra e da morte. Era um azul indiferente, alienado. Fechei novamente os olhos e me virei para a parede.

Quando meu companheiro de quarto chegou fazendo barulho, acordei sem saber onde estava. Me senti agredido por aquela alegria de quem vai tomar uma ducha antes de jantar, por isso tentei estragar seu bom humor. Pedi que sentasse em sua cama e contei a novidade sobre meu primo, a quem ele conhecia de palavras aviltantes.

Iniciamos, nós dois, a elaborar um plano de eliminação física do crápula. Primeiro tínhamos de comprar dois revólveres e uma caixa de balas. Alugaríamos um carro num "rent a car" por dois dias. Sairíamos logo depois do café da manhã, dizendo que iríamos à praia. Tomaríamos o rumo oposto, uma viagem de umas seis horas, e ficaríamos de tocaia dentro do carro a uns quarenta metros da casa de tio Romão. E Rodolfo, sem imaginar o que o esperava, logo depois viria assobiando o "Brasil, eu te amo" e passaria distraído pelo carro, sem perceber seus algozes escondidos. Andava tão cheio de si, meu primo, que já não olhava mais para os lados. Ele se bastava. Dez passos à frente, sairíamos sorrateiros e pregaríamos quatro tiros pelas costas, para que ele não levasse para o túmulo a imagem de quem o matou. Mesmo depois dos tiros, e durante uns cinco minutos, a rua se manteria silenciosa, as pessoas assustadas. O bico de nossos sapatos investigariam o corpo e, constatada sua morte total, entraríamos no carro, faríamos uma volta bastante grande para dormir ainda naquela noite em um hotel do litoral. As fichas preenchidas na portaria seriam nosso álibi.

Morto meu primo, soltamos gargalhadas de alegre vingança e fomos tomar banho.

6

Eu já esperava pela notícia, só não imaginava que viesse com tanta pressa. A empolgação que me descreviam de casa com que ele se jogava à frente de qualquer câmera não tinha outro sentido: uma carreira política. Sempre tive esta intuição. Até para contar alguma das bagatelas de suas viagens, o Rodolfo fazia pose, tinha uns gestos amplos de tribuno, impostava a voz. Enquanto não suspeitei de que aquilo tudo fosse preparação para o futuro, seus ensaios, pensava que ele era apenas um garoto ridículo, afetado até os ossos. Com o tempo comecei a desconfiar. Ele imitava gestos e palavras de políticos em evidência.

O Rodolfo e eu tínhamos pouco mais de dez anos quando começaram os encontros de duas, três vezes por mês: as tardes de domingo, geralmente azedas por causa do almoço. E que acabavam arruinadas com nossas desavenças. Ele parecia sentir prazer em me provocar,

202 | *Menalton Braff*

não tanto por mim, que desde cedo tinha aprendido a não falar de política, mas por causa de meu pai, que, nas palavras de minha mãe, causava repugnância aos membros da família Gouveia de Guimarães. E ela entortava a boca, desbeiçando, e tremia as pálpebras, para mostrar como era a repugnância.

A dona da pensão, completamente viúva, de acordo com a maledicência estudantil, era corpulenta e gostava de vestidos estampados com flores. Pintava os lábios de carmim, usava um molho de chaves, símbolo do poder, pendurado à cintura e não admitia moças em seu estabelecimento. Com isso, pretendia controlar melhor seus pensionistas. Querem fazer porcaria, vão pra rua. Aqui é lugar de gente séria. E não mentia. Além de uns dez estudantes, todos universitários, um casal com uma criança, um sargento reformado, uns rapazes do comércio, e a Vilma, que além de moça era bonita. Não tive como dizer não, se é minha afilhada e perdeu os pais há dois anos. Mas é a única exceção. Mulherio em pensão é encrenca na certa.

Sentei na sala de estar, na frente da televisão, bem aborrecido com aquela carta chorosa de minha mãe, cheia de suspiros pelo marido que se tornou fumaça em suas mãos, cheia de detalhes a respeito da vida do casarão (gripes e resfriados, o envelhecimento de tio Ataulfo desde que as crianças começaram a desaparecer, o pólipo retirado dos intestinos de tia Joana). Nos dois últimos parágrafos ainda relatava sua vida como vice-diretora e dava notícias dos rumos escolhidos pelo Rodolfo. O sargento e um dos estudantes começaram a dar umas opiniões muito ríspidas a respeito de regimes de governo. Mais aborrecido ainda fiquei.

Desconfiando de que poderiam se atracar como dois cães raivosos, resolvi ler alguma coisa no quarto. Meu companheiro tinha ido ao cinema com uma namorada recente, portanto ficaria sozinho e tranquilo para ler. Não consegui me fixar na leitura, que se tornava

O casarão da rua do Rosário | *203*

muito tediosa, verdadeiro purgante, pois as letras riam com os lábios e os olhos do Rodolfo, dançando na frente de meus olhos e me ameaçando de um processo ridículo. As palavras oscilavam como o convés de navio em mar agitado, aquele povo despejando-se pela boca.

Conheço a Vilma de todos os ângulos, pelo perfume e pelos passos ressoando no interior da casa, que ouvi como suave canção passando pelo corredor. Provavelmente vindo da cozinha, não me viu na sala de estar e imaginou que eu estivesse estudando. Passou mais lenta em frente à minha porta, chegou a parar, mas continuou até os fundos. A Vilma era meu primeiro caso mais ou menos constante e bastante clandestino. Descobertos, seríamos expulsos os dois da pensão, mesmo assim arriscávamos.

Depois de seu quarto, ficava a porta do banheiro coletivo. Tirei a camisa, joguei uma toalha no ombro, a escova de dentes na boca e saí.

O corredor estava deserto quando arranhei sua porta: nossa convenção. Acho que ela já me esperava, pois em três segundos eu estava do lado de dentro. Nosso amor era declarado aos cochichos, por isso trabalhavam muito mais nossas mãos, nosso corpo todo.

— Você está muito tenso, ela reclamou.

Contei a ela que tinha recebido carta de minha mãe. Algum problema?, a Vilma sempre demonstrava interesse por minhas histórias. Então despejei pela boca a história do Rodolfo, meu cunhado que ela já conhecia de desabafos anteriores, e arrematei com a notícia recém-chegada: ele acabava de assinar ficha de filiação na Arena. Um dos defeitos da Vilma era que nada entendia de política. Fez cara de espanto, não por causa da notícia, mas por minha reação a uma coisa tão insignificante.

Me deu vontade de rir, mas já estávamos nus, e não me lembrei mais de parente algum.

7

Esse casamento da Irene com o Rodolfo estava anunciado desde o primeiro encontro, quando se imantaram no quintal do casarão. Mas houve turbulências, minha mãe e eu contra todos os outros parentes em um conselho familiar.

A gravidez da Irene estava escancarada em todo seu corpo. De repente, um volume extraordinário no ventre, os lábios e as pernas inchados, o andar mais lento e bamboleado, era impossível continuar escondendo o que acontecia. Alguém jogou uma pedra na casa dos marimbondos, e as tias, alvoroçadas, convocaram o conselho familiar.

A pureza não convive com a sujeira, elas cochichavam nas sombras de seus quartos virgens. Debaixo do mesmo teto.

Só eu, com apenas dois olhos para tanta leitura (me preparava para o vestibular), não via o que estava acontecendo. Foi a Dolores quem me contou o motivo da reunião, depois de a Irene ter passado em choro livre pelo corredor. Reunião de família, ela me disse, um conselho. Até tio Romão.

E lá na sala, os gritos. A voz da minha mãe era a que mais se ouvia. Logo depois ela vinha bater à minha porta.

— Palmiro, vem cá. Eu queria que você ouvisse o conselho familiar. Aquele inferno.

Enfiei a camisa por cima da cabeça, lá fui eu atrás de minha mãe, como réu com uma corda no pescoço.

Quando entrei, ficaram me olhando severos, sem abrir a boca. Todos sentados com seus corpos devidamente suados prontos para continuar a luta, minha mãe me resumiu assim o que já tinha acontecido:

— Seus tios, Palmiro, exigem que a Irene seja expulsa desta casa, pois foi desonrada.

Respirei fundo perante o conselho e perguntei qual era a desonra e quem a tinha desonrado.

As quatro solteironas começaram a falar ao mesmo tempo e no mesmo atropelo. Que isso agora não interessava, não era o caso. Tia Ivone foi a última a falar sob uns olhos de aprovação de tia Benvinda. Não podemos dormir debaixo do mesmo teto onde dorme uma criatura ordinária, capaz dos pecados mais sórdidos.

Minha mãe saltou da cadeira e, de pé, ao lado da irmã, gritou furiosa:

— Você, sua cretina, pensa que ninguém a viu fazendo sexo com aquele cachorro do papai? Pois eu vi. Sexo com o próprio primo é menos pecado e mais limpo do que com o pastor alemão, não acha?

Essa exposição daquilo que todos sabiam, mas fingiam desconhecer, botou fogo na mesa. A gritaria tinha gargalhadas histéricas

206 | *Menalton Braff*

acompanhadas de palavrões, tia Ivone tentou esbofetear sua irmã, que se defendeu, pulei da cadeira e empurrei seu corpo latejante para a cadeira.

Cessado o tumulto, ficamos algum tempo respirando arfantes, abismados com o comportamento de que éramos capazes. Depois de um silêncio em que descansávamos, foi tio Romão quem recomeçou.

— Mas então, como é que ficamos? O Rodolfo diz que não casa.

Foi minha vez de enfurecer, não porque meu primo se recusasse a casar, mas pelo acobertamento do pai.

— Pois é bom que não case mesmo. A gente dá um jeito, a Irene aborta esse monte de sujeira que carrega no bucho, e fica tudo resolvido. Seu filho é um canalha, meu tio.

Novo tumulto. Agora quem principalmente me assassinava com olhos pontiagudos era tia Benvinda.

— Sua irmã é quem foi assanhada, está me ouvindo? Ela seduziu o próprio primo. Esta menina não presta.

— Bando de urubu, gritei, velhas recalcadas.

Eu tinha visto a cabeça disfarçada da Dolores no início do corredor e isso me dava mais vontade de botar fogo na casa. Tia Amélia levantou-se tesa, muito digna, e disse em voz que lhe vinha do fundo do estômago.

— Me recuso a continuar participando desta palhaçada. Eu me retiro. Vocês resolvam o que resolverem, não quero mais participar de uma farsa grotesca como esta.

Houve sugestões para então, uma vez que ele não queria casar, fazer-se um aborto. Entre sinais de aprovação, minha mãe e eu nos opusemos. Pelo menos contra a vontade da menina, afirmou minha mãe, ninguém vai encostar um dedo nela, estão me entendendo?

O *casarão da rua do Rosário* | *207*

Fomos dormir tarde, aquela noite, depois de uma cena digna de qualquer família sem sobrenome de bandeirantes. Nem o Rodolfo casava, nem a Irene seria expulsa de casa.

8

Estava desfazendo a mala enquanto as tias ouviam Lourenço dos Reis, com voz cansada, transmitir a Bênção das Três, pela PRH-7, a sua rádio, quando minha mãe entrou sem fazer baralho, me assustando. Ela entendeu que meu rosto todo era uma pergunta, então me contou que havia muito tempo deixara de assistir à Bênção, autorizada pelo argumento de que o locutor, Lourenço dos Reis, fora envolvido em um escândalo sexual. As tias não diziam nada ao engolir aquele caroço duro, mas já estavam treinadas a se postar de joelhos aos primeiros acordes da vinheta com que se identificava o programa.

Sentou-se ao lado da mala, com os olhos lá dentro. Por baixo da roupa estavam três livros em inglês e uma resma de papel almaço. Expliquei serem livros que eu estava traduzindo para uma editora. Ia aproveitar as férias para reforçar o caixa. E sorri. Não se assuste,

O casarão da rua do Rosário | 209

só vou trabalhar quando não tiver mais o que fazer. Durante o ano já vinha trabalhando nas horas de folga. Não ficaria rico, traduzindo, mas ganhava quase o suficiente para dispensar a ajuda da mãe. Ela me abraçou a cintura e me beijou a barriga.

Perguntei pela Irene, que ainda não tinha visto.

— Ela vive se escondendo, coitada, morrendo de vergonha com aquele barrigão, bamboleando feito uma pata.

Olhei pela janela os dezesseis andares do edifício já ocupados, a seu lado começava a construção de um supermercado, o bairro ia perdendo aquele ar ingênuo de zona rural.

— Bobagem, mamãe, o mundo já é outro. O homem já foi à lua, começam a aparecer pílulas anticoncepcionais, a mulher não é mais o que suas irmãs pensam. E a senhora é um exemplo disso.

Ela concordou comigo, mas a Irene ainda não tinha percebido as mudanças. O sonho dela era casar. E com o Rodolfo, é claro.

E por falar nele, perguntei por meu primo, o que era feito dele. Nenhuma vez, desde que a Irene tinha engravidado, ele aparecera no casarão. Mesmo o pai pouco aparecia e assim mesmo só em dias de semana para fazer o relatório das aplicações e trazer algum dinheiro. Em domingo, nunca mais ele veio. Às vezes telefonava para saber das irmãs, em alguns domingos, raros, levava as solteironas para o almoço dominical em sua casa. Pelas conversas, quase sempre o padre ia junto.

Insisti querendo saber sobre o Rodolfo, e minha mãe contou que tinha embarcado em um cruzeiro, e, àquela hora, deveria estar divertindo-se em Nápoles. Queria muito visitar a Itália para conhecer programas e métodos dos neofascistas italianos. Aquilo era uma curiosidade que seu pai não desaprovava. E viajou, com certeza, sabendo do estado de sua prima.

210 | *Menalton Braff*

Minha mãe suspirou e calou-se por algum tempo. Acabou confessando que preferia não ter o Rodolfo como genro, mas sentia muito dó da Irene, que nem conseguira terminar o Magistério. A gente ajuda, suspirou novamente e mais fundo ainda, enquanto pode. E quando não puder mais?

Fiquei pensando numa reposta que reanimasse minha mãe de asa quebrada. Quando não puder mais, minha mãe, a gente inventa um jeito de poder. Até lá o mundo não para e a Irene, apesar de meio tola de tanta ingenuidade, vai ter o filho dela, assim como a senhora teve os seus. Nós vamos inventar a roda, vamos inventar a chuva e a horta, nós vamos vestir armaduras e vamos enfrentar o dragão. Creia em mim, dona Isaura, até lá, quando a gente não puder mais, estaremos aptos a reinventar o mundo.

Eu ia responder o que tinha pensado, mas um tufão acabou de entrar no quarto: era a Dolores.

— Cara, você preferiu nossa companhia a passar as férias na Itália!

O mesmo tom de brincadeira, a mesma voz, e os gestos. Linda, minha irmã, como deveria ter sido lindo meu pai. O que me restava dele era pouco mais do que as fotos guardadas por minha mãe. Às vezes não conseguia me lembrar de seu jeito, as feições, os gestos, entonações, mas bastava encontrar nossa caçula para que ele novamente habitasse minhas lembranças.

9

Tia Benvinda desligou o telefone, olhou em volta e, entre os móveis dormitando à claridade que descia das janelas abertas, encontrou tia Amélia concentrada na limpeza da sala: o espaço mais que todos sagrado. Sentou-se à cabeceira da mesa e chamou a irmã.

— Amélia, quero todos aqui na sala em cinco minutos.

Eram os últimos dias das férias de fim de ano, e todos significava mesmo quase todos, pois tio Ataulfo estava dispensado dessas reuniões. Tia Amélia, curiosa, ficou ainda dando voltas na mesa, querendo ouvir mais.

— Anda logo com isso, Amélia. É assunto importante.

Tia Amélia saiu batendo às portas que davam para o corredor, da janela da cozinha gritou por tia Joana, arqueada sobre o canteiro de cebolinha e salsa, movimentou a casa toda na direção da sala. Um atropelo.

212 | *Menalton Braff*

Foram encontrar a matriarca com os dedos cruzados sobre a mesa e a cabeça baixa, os olhos fixos na mancha de café do tapete. Quando parou o movimento, ergueu a cabeça, conferiu os presentes e explicou, com o cetro na mão, que tinha recebido uma ligação. Seu irmão acabava de chegar do aeroporto, onde fora buscar o Rodolfo, que tinha voltado da Europa de avião. Com suas três malas de couro. Então tia Benvinda afrouxou o rosto numa tentativa de sorriso para dizer que o sobrinho morria de saudade de todos do casarão, mas principalmente de sua madrinha. O sorriso queria ser um sorriso de modéstia, e tia Benvinda conseguiu.

Esperou que o tumulto provocado por suas palavras terminasse e, de voz novamente dura e pontuda, ordenou que nós, a família de minha mãe, não causássemos o constrangimento de aparecer. Cada um no seu quarto, ela decretou olhando para a Irene numa diagonal aguda.

Passamos um dia de murmurejos, um dos piores dias de nossas férias. Passávamos de um quarto a outro, atravessando o corredor como ratos, até que resolvemos sumir, a Dolores e eu, para os fundos do quintal. Ela, a mais exaltada. Quem esta velha coroca pensa que é? Ao lado do berço, a Irene fazia beiço e segurava o choro. Nossa mãe, depois de dizer tudo que pensava, fechou-se na leitura de um livro. Não tinha vontade de ver o irmão e muito menos o sobrinho. Que a irmã nem precisava ter dado a ordem, pois era melhor a gente não se misturar àquele mofo malcheiroso. E ponto final.

Cansados de Rodolfo e sua viagem à Europa, nos tornamos calados, taciturnos, sem vontade de continuar trocando opiniões. Nenhum membro de nossa família, a família de nossa mãe, compareceu à Bênção das Três, na voz de Lourenço dos Reis, naquele dia. Era uma declaração de que aceitávamos a guerra declarada por tia

O casarão da rua do Rosário | *213*

Benvinda. Ela deve ter entendido nossa ausência, por isso não mandou ninguém, nenhum pregoeiro, à nossa procura.

Ainda havia uma claridade tênue, o dia agonizando em umas nuvens do poente, quando o carro do tio Romão estacionou na frente da casa. Vimos tudo, nós todos, disfarçados por trás de cortinas. A única diferença era a roupa. O Rodolfo estava muito bem dentro de um terno cor de mel e tinha uma gravata vermelha pendurada no pescoço. Quase uma cópia perfeita de seu pai. Os quatro foram recebidos com festas exageradas, mas os abraços principais foram reservados ao Rodolfo. Lá na frente do casarão, mesmo antes de entrarem. Quando sumiram de vista, na direção da porta da sala, a Dolores e eu corremos para ver como estava a Irene. Continuava com o queixo e os lábios tremendo. Seu filho mamava de olhos fechados, recebendo vida.

Risos e exclamações chegaram da sala até nós. Eles tinham acabado de entrar. E a festa continuava.

Súbito a Dolores tomou o sobrinho nos braços e saiu pisando com pressa as tábuas largas do corredor. Ouviam-se seus passos retumbarem no casarão. Saí atrás, preocupado com o que poderia acontecer. As quatro tias chegaram a tentar uma barreira de proteção ao Rodolfo, mas ele percebeu o que a prima trazia naquele embrulho de cobertor e rompeu o cerco. Era seu filho. A esposa de tio Romão pediu para segurar o neto, o Rodrigo também queria ver, todos eles rodearam encantados aquele menino robusto e saudável, uma criança linda. As tias se encolheram envergonhadas, engolindo suas fúrias inócuas.

O Rodolfo, empolgado com o filho, declarou que só esperava a formatura para casar. Disse que a Irene seria sua esposa. E pronto.

214 | *Menalton Braff*

Corri até o quarto e encontrei a Irene sentada na cama, o queixo e os lábios tremendo, então lhe dei a notícia do que tinha acontecido na sala. Ela se jogou pra trás, na cama, e seu choro gritado alagou a casa toda. Era um choro aos solavancos, um desespero de muitos meses vomitado pela boca, que me assustei.

Em seguida, quem eu vejo abrindo a porta? O noivo. Veio dizer à prima o que acabava de declarar na frente da família toda. Minha mãe soube de tudo depois, pois naquele dia ficou fechada no quarto, lendo até tarde da noite.

10

Quem mais insistiu, dias e dias sem descanso falando naquilo como uma doença, foi tia Amélia. Na casa de uma amiga, tinha visto coisas maravilhosas. Sua irmã mais velha ajeitava os óculos com o dedo médio, um dedo pálido como um susto, abria os lábios finos até que seus argumentos chegassem, então dizia que televisão, nesta casa, não. Só se mostram imoralidades. Sacudia o coque e ficava muito severa e negativa. Que não e pronto.

As outras duas, muito mais solteironas por ideologia do que por idade, ficavam quietas, fingindo que nem estavam ouvindo, era certo, porém, que estavam era do lado de Amélia. Mas guardiã é guardiã. E tia Benvinda era guardiã dos bens materiais bem como dos bens morais. Ir-re-du-tí-vel. Não se deixava contaminar pelos apelos do demônio.

— Já não basta a Isaura com seus filhos para enlamear o nome da família? Vocês também vão querer cair na lama, é?

216 | *Menalton Braff*

Tia Amélia, entretanto, não via na televisão a fonte do mal. Por isso insistia. Ninguém era obrigado a assistir a programas indecentes, ela argumentava. Basta torcer um botão.

Que não e pronto. Além do mais, é um gasto desnecessário, e o Over vem rendendo uma ninharia. Tia Benvinda, assessorada pelo irmão, acompanhava o comportamento dos capitais financeiros da família, suas idas e vindas e o que rendiam nesses movimentos. E ela sabia muito bem que a chave do cofre é símbolo de poder. Que não.

Depois do almoço, na volta da missa, tia Amélia sorria sorrateira com aquela pinta preta logo abaixo do olho, enfeitando a maçã do rosto. Quando tia Benvinda levantou-se, liberando a saída dos demais, ela encostou na irmã e saíram pelo corredor conversando baixo, como se conversa na sombra.

Tia Benvinda sacudia a cabeça, Que não, mas foi diminuindo a violência dos movimentos, cada vez menos inflexível. Bem, se é assim.

Sua irmã tinha trazido novidades que ouvira na igreja. Duas novidades que abalariam as convicções da irmã. Uma delas, a novidade com que amoleceu a dura moleira de tia Benvinda, foi que a televisão transmite missas até do Vaticano. As duas estavam sentando à mesa maior da sala, e tia Benvinda ergueu as duas sobrancelhas, formando arcos de pura dúvida. Sei lá se a gente pode, ela quase resignada.

Foi a vez do argumento definitivo. E andam dizendo que o Rodolfo faz o maior sucesso nas entrevistas que ele dá à televisão. Neste momento, seus olhos se iluminaram e seu brilho era o sinal de sua rendição.

A loja enviou um técnico que veio ao casarão ensinar às irmãs como controlar aquele aparelho. O rapaz quis saber onde deveria

O casarão da rua do Rosário | 217

instalar a televisão. Existem perguntas bastante simples que podem desencadear discussões prolongadas e sem acordo possível. Foi o que aconteceu. Esta sala, exaltou-se tia Benvinda, é um lugar sagrado. É aqui que recebemos a Bênção das Três e onde mantemos nosso oratório. Nesta sala eu não admito. O jovem técnico coçou a cabeça incrédula, sem imaginar que trouxera uma máquina do inferno, que, mesmo desligada, era símbolo de impureza.

Como não conseguissem convencer a mais velha de que a sala seria o lugar ideal para assistirem às missas e às entrevistas de Rodolfo, acabaram concordando em levar o aparelho para a cozinha, onde o espaço era suficiente, e um console trazido da sala resolveria o problema.

Depois de instalar a televisão e treinar as irmãs no manejo daqueles botões, o técnico pigarreou, esfregou as mãos nas calças e não conseguia se despedir. Abordar o assunto da gorjeta assim, descaradamente, ele nunca tinha abordado, mas elas não estavam entendendo sua hesitação. Ofereceram café, que ele aceitou, conversaram sobre banalidades, perguntaram sobre sua família, até que o rapaz, criando coragem, disse que costumava receber uma gratificação pelos serviços. Tia Benvinda foi até seu quarto e voltou com uma cédula novinha de cor mais ou menos agradável. Cada um dos presentes, em comemoração, comeu um figo em compota.

Nos dois primeiros meses, jazeu sobre o console, ao lado da televisão, uma tabela de horários que se deixava observar com soberania, pois era incontestável. A primeira infração foi da tia Ivone. Ela aproveitou que sua irmã mais velha estava resfriada na cama e ligou a televisão por curiosidade, à procura de qualquer coisa, apenas por curiosidade. Ouviu quatro, cinco frases de uma discussão e pareceu-lhe que elas próprias, as irmãs Gouveia de Guimarães, bem mais

218 | *Menalton Braff*

jovens, é certo, apareciam na tela. Deixou de rodar atrás de qualquer programa, apenas por curiosidade. Não entendeu muita coisa, mas ouviu tudo, concentrada à exaustão, os sentidos acesos.

Contou o que tinha visto para tia Joana, pois sabia de sua tendência para estados de euforia, sempre concordando com todos, mesmo com os contrários. Não deixava de ser incoerente, às vezes, mas respondia, Eu penso como eu quero e quando quero, ninguém tem nada a ver com isso. E não se sentia mal quando classificada de incoerente, nem um pouco. Chegava a pensar que era sua marca, e que isso lhe dava certo glamour, que suas irmãs invejavam.

E tia Joana foi a segunda a acompanhar a novela das oito.

Passado algum tempo, aquele som e os raios luminosos que penetravam no corredor tornaram-se habitantes da casa, como eram os móveis, as manchas, como era o fogão à lenha, utilizado apenas para fazer doces.

Num fim de tarde, uma das irmãs correu a chamar tia Benvinda. Era uma entrevista com o Rodolfo. O sobrinho ficou uns quinze minutos no ar, e todas elas, emocionadas, enxugavam lágrimas de alegria. A estampa de Rodolfo, seus gestos, o modo fluente com que dava suas respostas. Tudo com um sorriso cativante, um homem nascido para comandar, um verdadeiro Gouveia de Guimarães. Depois da entrevista vieram alguns anúncios, um noticiário rápido, uma novela, um noticiário longo, uma reportagem sobre o rio Amazonas, nunca tinham visto um pirarucu, será que isso, um peixe tão grande, não é mentira?

Todas elas foram dormir depois das onze horas da noite.

No dia seguinte não jazia mais tabela de horários ao lado da televisão.

11

O carteiro era uma função, ser hipotético, uma ideia. Nunca vi o carteiro, que passava pela pensão na parte da manhã, enquanto me debruçava sobre a matéria do ser humano. Era na hora do almoço, quando almoçava no refeitório da pensão, que recebia as cartas da minha mãe. E ela me escrevia com frequência, pois tinha gosto pela escrita e um estilo de me fazer inveja. Se ela gostava de escrever, mais ainda eu gostava de ler suas cartas. Foi recebendo as cartas das mãos da Vilma que nosso caso começou. Eu brincava de pegar a carta junto com alguns dedos dela. E ríamos cúmplices todas as vezes, até que não rimos mais e continuei com seus dedos na minha mão.

Estranhei o peso de uma dessas cartas, que veio mais condecorada de selos do que as demais. Deixei o envelope gordo intato à espera sobre a mesa do quarto e fui almoçar. Ele podia esperar uma meia hora para ser aberto, eu não, que não comia nada desde o café

220 | Menalton Braff

da manhã. Mas não perdi tempo em conversa digestiva, pois estava curioso.

Depois daquelas notícias indefectíveis em cartas maternas, um relato completo sobre a campanha de Rodolfo e sua eleição.

Seu primo, filho querido, em pouco tempo de atividade política já se tornou uma das principais lideranças da Arena local. Não sei se por méritos próprios ou deméritos alheios. Por aqui, ninguém do partido do governo faz nada sem que ele seja consultado. Imagine os orgasmos múltiplos de suas tias. Você acredita que, durante a campanha eleitoral, elas chegaram a sair de carro à noite para fazer visitas pedindo votos? Pois foram, meu filho. Nunca tinha imaginado que se tornassem cabos eleitorais. E isso, depois do que aconteceu antes de o Rodolfo ser homologado candidato por uma convenção.

Uma noite, sem telefonar antes. Seu primo veio conversar com as tias. Ele tem vindo com certa frequência pra ver a noiva e o filho. Mas sempre avisa sobre sua vinda por telefone. Ele chegou muito sério. Nunca vi o Rodolfo formal assim com minhas irmãs. Pediu que nos reuníssemos na sala, como sempre ao redor da mesa.

Ele pigarreou e disse, Minhas tias, vim fazer um pedido muito grave. Os membros do Diretório Municipal da Arena me pressionam para que eu saia candidato a vereador. Não estou conseguindo resistir à pressão deles. Por isso venho aqui pedir seu apoio.

Sua tia Benvinda, a megera, ajeitou os óculos, mirou o sobrinho com ar sombrio, e lascou esta pérola do conservadorismo idiota que sempre comandou esta casa. "Rodolfo, meu sobrinho, os Gouveia de Guimarães sempre foram chamados a ajudar nas decisões mais difíceis, do município e do estado, algumas vezes do país. Seus antepassados foram homens de comando. Homens fortes e sábios. O posto de vereador, meu caro, avilta a memória de seus ascendentes. Pense nisso antes de tomar uma decisão."

O casarão da rua do Rosário | *221*

Mas o Rodolfo mostrou por que se tornou tão importante. Ouviu em silêncio, os olhos sobre as mãos de dedos cruzados sobre a toalha, sem mover nada do rosto a não ser as pálpebras. Sua tia terminou o curto discurso e ficou esperando a reação do sobrinho. Ele descruzou os dedos, abriu as mãos, quase um Jesus pregado na cruz. E sorriu. Você sabe o que é um sorriso cativante, que tenta seduzir? Pois foi esse o sorriso do Rodolfo. E começou: "Minha muito querida tia Benvinda, no tempo em que nossos antepassados viveram, a Monarquia precisava de homens como nossos ancestrais, e eles exerceram muito bem o comando sobre as pessoas. Depois disso, na República, o exercício da democracia era ainda muito incipiente, e durante muito tempo eles ainda eram úteis à sociedade, que os aceitava como poder legítimo. Mas a democracia, minha tia querida, está mudando tudo, e não entender tais mudanças pode se constituir em suicídio político e social. O mundo mudou, está mudando, e é preciso entender em quais sentidos."

Bem, ele disse muito mais do que a minha memória conseguiu guardar e que aqui te relatei. Além disso, ele, de corpo presente, com as mãos dizendo coisas, sua voz inventando melodias, ah, sim, Palmiro, ele convence.

E minha mãe, que não queria o Rodolfo para genro, me escandalizou com esses elogios entusiasmados. Ou não. Precisava saber dela a causa de tamanha mudança. Até o fim da carta, ela descreveu o dia da eleição, a correria de um batalhão sob as ordens do Rodolfo. Boca de urna, uns presentinhos de última hora e pouco valor, alguns telefonemas, transporte para eleitores necessitados, reposição de cartazes arrancados pela oposição, enfim, uma data para ninguém mais esquecer.

Terminei de ler a carta um pouco desenxabido. Coloquei as duas mãos por baixo da nuca e apaguei os olhos para o lado de fora. Assim fiquei quase uma meia hora, quando a lembrança da tradução de um prefácio caiu na cama a meu lado.

Me levantei e fui trabalhar.

12

Uma gota de suor escorregou-me pelo pescoço e fez um risco de cócega até se tornar pequena mancha escura em minha camisa azul. Parado na porta da sala, as costas para o jardim, abri e fechei os olhos sujos de sol e as nuvens coloridas pintadas na retina esmaeceram e sumiram. Minha mãe me chamava, mas sua voz já estava em mim desde a infância, e na hora fiquei em dúvida se a cena era real ou não passava de um delírio meu. Na cabeceira da mesa, descobri a Irene, que sorria me observando com felicidade. A seu lado, o noivo que o filho, sem culpa, tinha-lhe proporcionado. Larguei a mala no soalho de tábuas largas e fui ao encontro dos dois, com a mão estendida antes do tempo de maneira ridícula. A presença ali, instantânea, de meu primo me atrapalhou um pouco.

A Irene se levantou primeiro e rápida, estabanada para apertar aquela mão que se oferecia desde longe. Mas passou pela mão e me

224 | *Menalton Braff*

abraçou com os dois braços em volta do meu pescoço, pendente, com a perna direita erguida, o joelho dobrado em noventa graus. A nosso lado o Rodolfo esperava sua vez, um tanto desenxabido com as efusões de sua noiva.

Nosso barulho desentocou de seus quartos duas das tias: Ivone e Amélia. Minha mãe nos atingia com olhares de orgulho, o sorriso firme e permanente no rosto alagado de satisfação.

Um abraço sem muita convicção, quando chegou a vez do Rodolfo. Por cima de sua cabeça assisti à chegada das tias e percebi que eu continuara crescendo naqueles meses todos, deixando meu primo estacionado em estatura, suficiente, entretanto, para ser um homem com seus negócios de família e de política. O vereador.

As tias também quiseram abraços barulhentos, e, apesar do suor secando na minha camisa, abracei e fui abraçado, com braços e palavras doces perto do ouvido. Olhei em volta e não encontrei a parte da família que ainda faltava, minha irmãzinha, tia Benvinda e tia Joana. Ela saiu, respondeu minha mãe, manifestação no centro.

Fui até a cozinha, de onde chegava pelo ar uma notícia doce, coisas da tia Joana, pensei. E era verdade, ela estava em volta do fogão à lenha, mexendo o fundo do tacho com uma colher de madeira. Foi só me ver, largou tudo para vir receber seu abraço. De todas as tias, sempre achei tia Joana a mais próxima de nossa família. Era geleia de abóbora borbulhando dentro do tacho que perfumava a casa inteira e me trazia de volta a sensação de estar em casa, uma sensação de conforto. Então acabei de chegar.

Tia Joana me largou de lado e correu para seu fogão, exclamando que gruda no fundo, menino, e embolota. Atravessei a cozinha e fui procurar meu tio Ataulfo. Estava suado, cavando uma valeta para desviar a água da chuva, que enxurrava sobre seu jardim. Tempo de

O *casarão da rua do Rosário* | *225*

aguaceiros violentos. A pouca distância, o Rex, de orelhas em pé, olhava para o fundo da valeta, curioso, a cauda viva. Quem primeiro me viu foi o Paco, que se pôs a gritar com escândalo, excitado. Acima de nós, a metade ocidental do céu, azul limpo, aquela ideia de eternidade. Do outro lado, as copas das árvores, velhas conhecidas. Saudei todas as coisas, os seres de alma e os seres sem alma, antes de voltar para dentro de casa.

Minha mãe me esperava na cozinha com um pote de doce de abóbora, que devorei, apesar de quente. Eu tinha pressa.

Convidei o Rodolfo para uma volta pelo jardim, e os dois, ele e a Irene, se olharam com algum pasmo que eu não soube interpretar e que me pareceu a confirmação de algum assunto recente entre eles. Não, você fica lá com a mãe, eu disse para a Irene.

Fomos em silêncio até o talude das tuias, então segurei o Rodolfo pelo braço e com arrogância dos direitos que sempre me inventava, disse pausada e firmemente, Você vai casar com a minha irmã, mas tome cuidado, porque se eu souber de maus-tratos, quaisquer que sejam, você vai-se ver é comigo. Está entendido?

Ele, primeiro, muito surpreso, como se tivesse levado um tombo, disse que sim, que estava entendido. Em seguida, me pareceu que se lembrando da edilidade, sacudiu o braço se desvencilhando, e com o rosto furioso, disse que não aceitava ameaças de ninguém. Então, o que era que eu estava pensando? Andamos cinco passos em silêncio, lado a lado, as mãos nas costas, nossas atitudes adultas. Bem, recomecei depois dos cinco passos, eu só quero que vocês sejam muito felizes, você e a minha irmã. Ela tem quem cuide dela. O Rodolfo me garantiu que agora quem cuidava dela era ele, e que eu podia ficar sossegado que os dois se dariam muito bem.

Selamos a conversa com um aperto de mãos. Já não éramos mais primos, como eu pensava, mas cunhados com suas prerrogativas.

13

No palco, ocupando quase toda sua largura, a mesa coberta com uma toalha da cor do rubi e um arranjo de flores no centro, escondendo parte das personalidades (reitor, diretor, professor, patrono, paraninfo, representantes das autoridades civis, religiosas e militares). Em diagonal à plateia, querendo saliência, um conjunto de cadeiras de alto espaldar com os formandos embecados e felizes por serem a atração daquela gente toda: um salão completamente lotado.

Depois do lento desfile de becas recebendo canudos vazios e cumprimentos, cada um deles ouvindo aplausos mais ou menos intensos, dependendo da popularidade e do tamanho da família, o mestre de cerimônias anunciou o discurso do orador da turma, Rodolfo Alves de Guimarães. Entre os colegas foi recebido com gritos de entusiasmo, pelos quais ele agradeceu com o braço erguido e a mão espalmada invertendo o pêndulo de um relógio. Tem jeito pra

O casarão da rua do Rosário | 227

coisa, este meu primo. Cochichei isso ao ouvido de minha mãe, em cujo rosto rolaram umas poucas lágrimas bem discretas. Primeiro ela retocou a maquiagem com um lenço ínfimo de linho bordado com suas iniciais, aproveitou para reforçar o batom, que já perdera o brilho, então me cochichou que tinha a impressão de que jamais seríamos amigos.

Acariciei a mão de minha mãe, sorrindo. Reconhecer seu talento ainda não significa grande coisa. Ela me chamou de bobo e rimos os dois. Ninguém em volta percebeu esse diálogo rápido, que iniciava mudanças em nossa família.

Depois daquela conversa nos fundos do quintal, com começo eriçado, cada qual tomando conta de seu território, mas que terminou com um aperto de mão, começamos a nos tratar um pouco mais fraternalmente. Era acordo tácito que não se falava de política, pois nisso jamais poderíamos estar do mesmo lado. Jamais, eu pensava. Com algum tempo de vereança, entretanto, o discurso do Rodolfo sofreu uma inflexão inesperada. Dizia que a luta pela democracia era mais producente lá, do lado de dentro. Mas que a democracia pela qual pugnava (o vocabulário do meu primo sofreu modificações com o exercício da vereança) tinha um modelo diferente da que se praticava no país.

Como descobria cinismo no sorriso com que eu ouvia essas ideias de lutar pelo lado de dentro e a implantação de uma democracia de modelo diferente daquela sindicalista, que já existira no Brasil, poucas vezes abordava o assunto. Além do mais, poucas vezes nos encontrávamos durante um ano, cada qual mergulhado em seu curso.

Nas férias do ano passado, ele passou uma tarde tentando me doutrinar a respeito do corporativismo, pensando que eu fosse totalmente leigo no assunto. Depois de uma exposição em que ele quase se exaure, eu sorri e perguntei qual a diferença entre o que ele

228 | *Menalton Braff*

pregava e o que se tinha tentado no Estado Novo. Mas o Getúlio era um ditador, foi sua resposta.

Não falou de combate ao comunismo porque agora tinha a obrigação de respeitar a memória de seu sogro. Então falávamos de futebol e automóvel, que são assuntos comuns e mais ou menos tranquilos entre brasileiros. De mulher não falávamos porque éramos futuros cunhados.

Minha mãe cochichou alguma coisa que não entendi, distraído com meus pensamentos. Ah, sim, respondi sem saber a quê.

O Rodolfo estava começando seu discurso. A plateia ouvia em silêncio a introdução com suas saudações a excelentíssimos dos mais variados naipes, mas, depois do introito, o Rodolfo começou dizendo, Há momentos na vida de uma nação, em que é necessário que tome remédios até os mais amargos. O salão movimentou-se entre pigarros e sussurros, pois as posições políticas do Rodolfo eram conhecidas: vereador pela Arena. E continuou seu discurso desenvolvendo uma arenga em defesa do que vinha acontecendo no Brasil desde 1964. Os sussurros tornaram-se rumor e alguns ensaios de vaia foram ouvidos. Eu estava gelado e com as mãos úmidas, sem conseguir imaginar o que poderia acontecer.

Com extrema habilidade, o Rodolfo pulou para o capítulo das despedidas, cada um tomará seu rumo na vida, e o convívio de todos estes anos não passará de recordações que levaremos pelo resto de nossa existência. E nesse diapasão ele continuou ainda por alguns minutos. Finalmente a plateia aquietou-se e meu primo encerrou seu discurso. O orador seguinte foi o patrono da turma, prefeito da cidade, advogado famoso, e político da oposição ao governo.

Apertei a mão da minha mãe prevendo uma tempestade, mas o patrono tinha seu discurso preparado na mente e não se desviou dele. A tempestade não aconteceu.

14

Hoje nem tanto, fui me desbravando aos poucos nos últimos anos, mas naquela época era avesso a multidões, me sentindo mal em qualquer tipo de aglomeração. Tinha aversão, principalmente, ao rumor de pessoas em festa. Minha fobia me deu esta fama de insociável, um tipo esquisitão. Mas era um mal-estar que acabava em dor de cabeça, às vezes seguida de náusea, e eu tinha de me afastar, me esconder, fingir alguma ocupação longe do burburinho. Jamais comentei essa neurose com ninguém. Considerava uma falha do meu psiquismo e me sentia envergonhado. Trabalhei sozinho a deficiência e posso dizer que alcancei a cura ou, pelo menos, me aproximei dela.

O casarão nunca viu tanta gente nem ouviu tanto barulho. Depois da cerimônia bem simples no cartório, a que compareceram apenas as testemunhas, que chamávamos de padrinhos do civil, viemos todos para o casarão, onde o padre nos esperava com um altar na sala

230 | Menalton Braff

enfumaçada pelas velas (o mau gosto de tia Benvinda), uma toalha branca sobre a mesa, um livro de rezas e outro para os registros da paróquia.

A Irene me procurou para perguntar se eu estava gostando. Disse a ela que mais ou menos, porque aquela fumaça na sala com cheiro de espermacete, um cheiro de velório, me enjoava e por isso preferia ficar na cozinha, onde o cheiro de bolo era minha festa. Ela me deu um beijo na testa, disse muito obrigada e voltou para seus convidados na sala. Usava um vestido discreto, cor de abacate com apliques brancos na gola e no ombro direito. Me contara, no dia anterior, que as velhas se opuseram em falange ao uso de vestido branco. E aproveitaram para ofendê-la pela última vez, dizendo que ela não era mais pura, não adiantava fingir que desconhecia a tradição.

Eu não tinha dado ainda meu abraço no marido da minha irmã, meu cunhado muito político, por isso fui até à sala, e me ocorreu que, não fosse pelos semblantes alegres, poderia pensar que se tratava de um velório: a mesma fumaça com seu cheiro misturado ao cheiro de flores murchas.

O Rodolfo estava conversando com dois amigos, ambos políticos como ele, e, como ele, defensores do regime militar. Eu os conhecia de jornal e televisão. Com alguma repulsa interrompi a conversa, apertei a mão dos dois políticos e abracei meu cunhado. Desejei felicidade e todas as coisas que se desejam numa hora destas. O terno escuro do Rodolfo era de uma alpaca importada, confeccionado, provavelmente, em um dos melhores alfaiates da cidade. Ele me abraçou sem nenhum entusiasmo, obrigação social, talvez costume de candidato. Eu não conseguia mais ver o Rodolfo sem me lembrar de que ele fora eleito e já assimilara todos os cacoetes tão ridículos de todo candidato. Ou quase todos: seus cumprimentos,

O casarão da rua do Rosário | *231*

que, apesar do esforço e da máscara que usam, pode-se ver que é sempre uma tentativa de conquistar votos.

Senti que estavam ficando aflitos por recomeçar assunto interrompido, pedi licença e voltei à cozinha. Tia Joana estava radiosa. Ia começar o transporte de sua obra para a sala, onde a mesa de reuniões familiares ficaria coberta de doces, salgados, bolos e bebidas. Minha mãe, suspirando a cada minuto, não me enganava. Trabalhava sem parar porque era sua filha e porque assim seu desgosto não aparecia.

Me sentei à cabeceira da mesa, lugar de tia Benvinda, e me servi de um cafezinho. Súbito, quem vejo surgir à porta, a cabeça enfiada pra dentro?: tio Ataulfo de terno e gravata. Insisti para que ele entrasse, queria tomar o cafezinho em sua companhia. Ele sacudiu a cabeça triste e disse que não. Entendi o que o trouxera ali, fui até a sala, enchi uma bandeja para ele, com tudo que consegui.

Eu estava confuso, com a obrigação de estar alegre, sem conseguir, e a sensação incômoda de estar perdendo alguma coisa naquele dia. Saí para o quintal, sumi entre as árvores e subi até o talude das tuias. Os dois, a Irene sentada e o Rodolfo estirado de corpo inteiro na grama, tratavam clandestinamente de suas vidas. Quando me viram, eles deixaram de ser dois primos — o susto nas fisionomias. Irritado, o Rodolfo me provocou e levou um tapa no rosto.

Minha mãe, na véspera do casamento, quando cheguei cansado da viagem, veio a meu quarto dizer que ganhava mais um filho, mas suspirou com as sobrancelhas erguidas e eu entendi que ela estava convencida de que perdia uma filha.

A Dolores, que poderia estar curtindo comigo aquele sentimento de solidão e perda, cumpria entre os convidados e ajudava a casar a Irene. Naquele dia, a Dolores executou com facilidade o papel de

232 | *Menalton Braff*

mãe provisória do sobrinho. O menino viajava suas pernas entre as pessoas, sem nada entender do que se passava, mas feliz, inteiramente dedicado a comer e brincar.

Ouvi meu nome descendo meio abafado das copas das árvores e resolvi descobrir por que me chamavam. Era a Dolores, para me dizer que os próceres, palavra que ela mastigou com gosto e ironia, estavam reclamando minha presença para as despedidas. Fui encontrar os próceres me esperando na porta. Ao me ver, vieram sorrindo na minha direção, cheios de mãos para apertar e braços para me abraçarem. Me deram um endereço e me recomendaram que visitasse a sede do partido e me entregaram um pedaço de papel com o nome que deveria procurar. Prometeram telefonar me recomendando ao chefe do partido. Me abraçaram aliciantes mais uma vez e desceram para seus carros.

Nesse tempo todo da despedida, não proferi mais do que duas, três palavras, e o restante do que eu disse foi sacudindo a cabeça, que é uma forma enganosa de concordar ou discordar. Pelo jeito, eles saíram satisfeitos e não viram quando joguei a bolinha de papel com um nome escrito em cima de um canteiro de boca-de-leão.

Já não via mais a hora de voltar para a pensão, onde teria os braços e os perfumes da Vilma com a faculdade de me reconfortar.

15

Sentada na poltrona, a dois passos dos meus pés, sorrindo sem parar: há bastante tempo não nos encontrávamos. Seu tamanho e desenvoltura, o riso aberto e corajoso, aquele cabelo curto, uma certeza nos olhos grandes, tudo isso era tão forte que não me deixava lembrar a Dolores que eu praticamente, pelo menos na minha opinião, tinha ajudado a criar. Mas havia nela uma fisionomia que não me enganava. Era assim que me aparecia meu pai quando vinha passear em minha memória.

A Dolores entrou no apartamento com passos demorados, olhando para os lados, examinando, erguendo o queixo para ver o teto, curiosa — era a primeira vez que entrava no meu apartamento. Foi até o quarto, enfiou a cabeça na cozinha, voltou à sala e me disse, Bem instalado, hein, cara, mas roupa jogada em cima das cadeiras, livros no chão e a pia com louça de três dias, isso já é fazer

234 | *Menalton Braff*

gênero, meu irmão. Apartamento de solteirão. Lugar-comum, cara. Por que não bota uma mulher pra cuidar das tuas coisas? Ou casa logo duma vez.

Esses assuntos domésticos, eu sabia, era o modo da Dolores se conectar comigo ali, ao vivo, pois parecia emocionada. Seus rodeios não me enganavam. Ela viera pra me expor seus planos de fazer a pós-graduação na Europa, dispêndio com que minha mãe não podia arcar sozinha. Mas isso já era assunto praticamente resolvido, tínhamos combinado alguma coisa por telefone. O que ela queria ouvir, me vendo a dois metros e à sua frente, era tudo sobre o comício das Diretas já.

Me fiz de tolo e alonguei conversa usando a parentalha. Me fez um relato sem muitos detalhes sobre as questões financeiras, as velhas tias cada vez mais escuras em suas roupas de velhas tias guardando tostões em potes que escondiam enquanto os investimentos continuavam mistério para todos, exceto tio Romão. A mãe, começando a falar em aposentadoria, continuava a mancha da família, só que uma mancha alegre, pensamentos e vestidos de moça colorida e moderna. Tio Ataulfo, pobrezinho, cada vez mais triste e encolhido. Os cabelos secos e brancos e os olhos opacos. Apenas o Paco em sua companhia. Nem Rex, nem Gato, ele sozinho sem crianças. O Rodolfo não deixava que o filho brincasse com tio Ataulfo, nas visitas rápidas. Ele se queixava, mas não sabia se queixar direito, aquelas frases obscuras dele que ninguém tentava entender.

Minha irmã falava o mínimo e com atropelo por causa de sua ansiedade: ela queria mudar de assunto.

Por fim ela me pegou distraído com as recordações, o Rodolfo no alto batendo as pernas às vésperas de ser jogado no poço, lá no alto se debatendo, e a Dolores perguntou no presente, nós dois

O casarão da rua do Rosário | 235

conversando no meu apartamento, Mas então, Palmiro, como foi o comício das Diretas?

A pausa não foi retórica nem tinha o propósito de criar clima e expectativa. A pausa era uma necessidade minha porque a emoção desmedida ataca o corpo, endurece o queixo e a garganta, molha os olhos com lágrimas quentes. Quando comecei a falar, comecei falando de minha emoção: uma das maiores que já senti na vida. Um milhão de pessoas, Dolores, mais de um milhão, e eu, que não suporto aglomerações, parado na orla da avenida e só me lembrava da noite em que invadiram nossa casa e levaram nosso pai dando a ele apenas o tempo de pegar uma escova de dentes e umas roupas. Então, percebi que eu não estava sozinho, como quase a vida toda pensei. Eu sei que a alegria me chorava o corpo todo aos soluços e aquilo era minha vingança.

A Dolores percebeu que eu estava novamente com a emoção presa na boca porque parei de falar na minha vingança. Precisei enxugar os olhos e ela se ofereceu para passar um café. Ela sabia que o intervalo me faria bem. Nos levantamos e fomos para a cozinha. Sem dizer nada, abri os armários onde guardava o pé e os apetrechos. Os movimentos me desfizeram os nós e enquanto a Dolores lidava em volta do fogão, sentei à mesa olhando aquela mulher quase estranha e repetindo, Foi lindo, Dolores, você não pode imaginar como foi lindo. Uma inundação de cabeças na avenida, e lá, muito longe, quase não se podia ver as pessoas sobre o palanque. Mas o som, que poder, batia nos prédios e subia pelas fachadas, subia, passava além das nuvens. Era o clamor de milhões vingando o desaparecimento de nosso pai.

Minha irmã serviu-me de café e sentou-se a meu lado. Encheu sua xícara e, na pausa em que tomei o primeiro gole, me perguntou

236 | *Menalton Braff*

se tinha notícias do Rodolfo. Muito raras e ralas, respondi. Me contou alguma coisa do que eu já sabia, como a eleição do meu primo para a Assembleia Legislativa, onde continuava a desenvolver seus dotes de liderança e oratória. Já é o maior defensor dos generais em seu partido, ela me disse rindo, mas com uma ruga feia na testa. O canalha, completou. Uns dias atrás, latiu da tribuna da Assembleia como um dobermann furioso um discurso que terminou mais ou menos assim, Um grupo de baderneiros, minoria atuante, diz que está preparando uma manifestação contra o governo. O que eles querem é espaço para a ilegalidade e o ambiente para instalar em nosso país o comunismo ateu. Mas nossa resposta já está pronta: as grades para os defensores da desordem. Cada brasileiro que ama este país tem o dever de denunciar todos os representantes da baderna, os inimigos do cristianismo.

Na meia hora seguinte satisfiz a necessidade de minha irmã, contando detalhes dos discursos ouvidos, discorri sobre as bandeiras brasileiras misturadas às bandeiras vermelhas que saudavam os oradores, as cores da cidade e do céu, das pessoas que se aglomeravam na avenida pedindo democracia.

A Dolores acendia um cigarro no outro, sem intervalo, e ouviu quieta minhas críticas. Ouvir tudo isso, alegou, me deixa muito ansiosa, apesar de que agora estou convencida de nossa vitória. Ela se sentia parte da história, pois o movimento, que era um mar de vontades, tinha uma gota chamada Dolores.

Mais tarde resolvemos passear pela cidade, mostrei a ela meu consultório e a Dolores novamente disse que tinha a minha cara, sisudo como eu. Discutimos sua ida para continuar os estudos na Europa e ela deu um pulo para me abraçar e me beijar quando declarei que

O *casarão da rua do Rosário* | 237

suas despesas seriam por minha conta. Eu estava em condições de sustentá-la estudando. Nos despedimos na rodoviária, ela cheia de esperança; eu, com o coração murcho, conhecendo a solidão que me esperava.

16

A Vilma nunca me falou em casamento, convencida, me parece, de que transformaria nosso caso numa transação comercial. E esperou por mim durante o tempo todo em que morei na pensão de sua tia. Acredito agora que desejava minha iniciativa porque, meio ano depois de minha mudança para o apartamento, fiquei sabendo que ela havia aceitado a proposta de um novo hóspede da pensão. Casou e me deixou confuso, sem saber se o que sentia era ciúme, inveja ou satisfação por vê-la seguir seu caminho sem precisar de meus pés. Talvez eu combinasse esses sentimentos todos para dar à minha solidão um sentido de castigo, uma expiação da culpa por tê-la abandonado com tanta naturalidade.

Depois da Vilma, jamais tive outro caso mais ou menos firme, poucas vezes me relacionando com a mesma mulher por mais de alguns meses. Às vezes, quando penso nisso, gostaria de ser como

O casarão da rua do Rosário | *239*

o Rodolfo e a Irene. Os dois se escolheram crianças, num tempo em que não podiam ter noção de que era uma escolha fechada, sem volta. Em minhas relações sinto certa claustrofobia. A palavra irreversível me tirava o sono quando criança e nunca me deixou muito confortável. O Rodolfo, em todos os sentidos, vive a irreversibilidade. Ele não admite a volta. Seu caminho é uma linha reta, o olhar dirigido para a frente e não quer saber o que existe às margens da estrada. O mundo, pra pessoas como ele, não contém descontinuidades nem tropeços.

A história do Rodolfo chegando ao casarão no momento em que as cinco irmãs se concentravam na televisão com as notícias a respeito de Tancredo Neves foi uma história que me chegou fragmentada, um pouco pelo telefone, algumas partes por cartas. Mas, quando me lembro dela, torna-se linear e coerente, com os espaços vazios todos preenchidos. Isso é um trabalho do meu entendimento sobre minha memória, porque esta costuma ser caótica e aquele busca dar ordem ao caos.

Sua ambição propalada era agora a Câmara Federal e à tarde avisara tia Benvinda de que ia fazer-lhes uma visita rápida: assuntos importantes. Encontrou as tias todas rezando na frente da televisão. A reportagem era sobre o mal que tinha atacado o presidente eleito pelo Colégio Eleitoral.

Mais desatenta à reportagem do que as demais, foi minha mãe quem lhe abriu a porta. Ao desembocar na cozinha, Rodolfo estacou muito estranho, e cumprimentou as tias a distância. Sua percepção do que acontecia foi instantânea, pois já vinha irritado com o que via dia e noite na televisão e pensando que só me faltava essa, meus parentes também?

— Alguém pode me explicar o que se passa nesta casa?

240 | *Menalton Braff*

As tias largaram ao mesmo tempo seus rosários e interromperam a corrente de fé com que tentavam salvar a vida do presidente eleito do Brasil. Mudas e de olhos bem abertos elas aguardaram que o sobrinho deputado esclarecesse a causa de seu espanto. Minha mãe, que tinha esquecido todas as rezas e nem rosário empunhava mais, sentou-se para ver o que acontecia na tela da televisão, sem medo nenhum de seu genro, que ela suportava em benefício da própria filha. Um olho na tela, o outro nas irmãs, teve de se esforçar para que uma gargalhada não lhe explodisse da garganta para cima, principalmente na boca. As quatro pareciam as quatro estátuas das irmãs solteironas assustadas.

— Minhas tias — o Rodolfo resolveu-se a falar muito compassivo —, vocês estão mesmo querendo salvar o chefe da baderna? Então não perceberam que a oposição está querendo destruir um Brasil que nós vimos construindo há mais de vinte anos? Este homem é um traidor.

Tia Ivone ousou defender-se, Mas ele venceu a eleição. Para essa ferida, Rodolfo tinha a resposta usada tantas outras vezes, com formato e conteúdo prontos, Se os comunistas se tornarem maioria, vocês abandonam o barco de Deus e aceitam a companhia desses ateus?

As tias foram embrulhando seus terços na concha da mão com semblante descaído e os olhos medrosos de criança pega em falta.

17

Fazia tempo que não falava com a Irene, todos nós sempre beirando os afastamentos, e ela foi muito sincera ao dizer que tinha levado um susto. Esperava notícia ruim. Mas não, criatura, eu tinha telefonado porque me lembrei de que era seu aniversário. Bem, não só por isso, pois também queria saber como levava a vida ao lado do Rodolfo. O aniversário era o pretexto de que eu precisava.

A Irene ficou muito feliz e sua voz era pura emoção quando disse, Mas você se lembrou do meu aniversário!

Nunca fui direto aos assuntos com a Irene como suponho que fosse com a Dolores. Questão de afinidades. Por isso, não quis perguntar sobre sua vida e fiquei à espera de que ela se abrisse comigo. Enquanto isso, era necessário manter a linha em funcionamento e usei coisas de menor importância da minha vida para manter o canal aberto.

242 | *Menalton Braff*

Acredito que a Irene soubesse muito pouco sobre mim, o que eu fazia e como vivia. Contei a ela sobre alguns de meus casos com mulheres, a dificuldade que tinha de me manter constante num relacionamento. A Irene me deu conselhos ridículos de quem lê dessas populares revistas de fofocas. Deixei que falasse a gosto expondo sua sabedoria de bolso. Do lado de cá me dava vontade de rir de suas bobagens e da seriedade com que as dizia. Contei a ela sobre meus horários, o trabalho que me ocupava, as músicas que ouvia. Até de filmes falei, sempre na esperança de atingir uma brecha qualquer que a fizesse falar dela.

Ao me lembrar de que assunto preferido de mãe é filho, finalmente, perguntei sobre os filhos, já eram dois, como iam passando. Aos poucos a Irene foi soltando por dentro da linha tudo que eu queria saber. Não existiam crianças mais lindas nem mais inteligentes do que seus filhos no país todo. Me vi obrigado a suportar as histórias que toda mãe conta com orgulho, pensando que são histórias únicas. Entre uma façanha e outra, fui descobrindo que o Rodolfo era um marido amoroso e pai amantíssimo.

O Rodolfo, ela me relatou, passa todos os momentos de folga, que não são muitos, você sabe como é isso de política, com as crianças e comigo. Os dois meninos têm verdadeira adoração pelo pai.

E você?, perguntei como quem dá um murro no peito. Ah, meu irmão, para que a minha felicidade fosse completa, ao lado do Rodolfo, bastava que você e a mamãe fossem mais amigos dele. Ele se queixa de que vocês apenas o toleram.

O que a Irene disse era verdadeiro, o Rodolfo era tolerado por nós dois e graças à Irene. Tentei, no passado, ser seu amigo. Sem sucesso. Nossa infância teve incidentes que nos afetaram até os ossos. Era impossível esquecer o que tínhamos sido. Respeitava meu

O *casarão da rua do Rosário* | 243

cunhado, a distância, contudo. Jamais sentiria seu peito aquecer o meu. Entretanto, mais ou menos alheio a questões políticas, conservava em relação a ele um sentimento entre a indiferença e a repulsa. A Dolores, entretanto, detestava o primo com intensidade, como tudo que ela sentia. Era seu energúmeno preferido, às vezes promovido a calhorda, sobretudo por causa de suas posições no caso da campanha das Diretas já e na eleição de Tancredo Neves.

Para não mentir, fiquei em silêncio quando a Irene aludiu ao fato de apenas o tolerarmos.

Desligado o telefone, continuei sentado ao lado da mesinha. Era noite, eu estava só e um pouco confuso. Eu oscilava entre a decepção e a satisfação. Saber que minha irmã e meus sobrinhos estavam sendo bem tratados pelo pai e marido, isso me causava uma sensação boa, por eles, pela parte que lhes tocava, mas meu lado diabólico preferiria saber que era um monstro para a esposa e um pai desatento e brutal.

Ainda não tinha acendido as luzes da sala e na semiobscuridade me voltou do fundo da memória a cena em que o Rodolfo repetia Tio grandão é bobalhão!, Tio maluco, lelé da cuca! Depois as pernas agitadas no ar e a ameaça de ser despejado no poço por cima do monturo.

A Irene pode estar mentindo, pensei como se um raio me atingisse. E liguei imediatamente para minha mãe.

Conversamos um tempo mais longo do que o usual. Como sempre, começou pelos meses que ainda lhe restavam de trabalho na escola antes da aposentadoria. Já tinha pedido a contagem de tempo e refazia comigo seus cálculos e falava de seus projetos para o tempo do ócio. Uma de suas promessas era vir passar uma temporada no meu apartamento. Depois falou sobre suas irmãs, cada vez mais

244 | Menalton Braff

solteiras, e cegas e surdas e miseráveis. Envelheciam rapidamente. Um capítulo especial foi sobre o tio Ataulfo, sem vontade de mais nada. Sem suas crianças, ele se queixava, sem seus amigos bichinhos, nem com as plantas tinha os cuidados antigos. Ele já passou dos sessenta, é certo, mas parece que tem oitenta.

Finalmente e antes que esquecesse, perguntei como a Irene tocava sua vida. Minha mãe disse que se viam com muita frequência, pois agora o casal tinha dois carros e a Irene, com algumas mordomias a mais, vingava-se das tias com sua presença quase diária. Os filhos estavam lindos que nem pareciam filhos do pai que tinham. Aproveitei para contar o que tinha ouvido da Irene, sobre o marido e os filhos. E ela confirmou tudo. Era assim mesmo. A Irene, ela disse, a Irene não podia ter tido maior sorte no casamento. O Rodolfo, quando não sabe mais o que fazer para agradar a esposa, inventa. E com aquelas crianças, então, uns grudes que é impossível imaginar naquele menino arreliento que ele foi.

Fui dormir pensando no Rodolfo, naquela noite. Mas decidi, enquanto fechava os olhos, que jamais conseguiria gostar do meu primo.

18

Acuado por culpa de seus próprios atos, foi ingênuo a ponto de conclamar o povo a sair às ruas vestido de verde e amarelo. O povo saiu às ruas, mas vestido de preto. Era um país inteiro de luto por ter confiado em quem não devia. Nos grandes centros urbanos, onde quase sempre as maiores manifestações populares acontecem, mas também nas pequenas cidades perdidas nos fins de estrada, em todos os lugares havia manifestações de revolta. Haviam mexido no pé-de-meia da classe média.

Minha mãe me ligou exultante. Meu filho, parece que finalmente o povo se politiza. Não a quis decepcionar, mas estava convencido de que não foram razões políticas que levaram o povo às ruas. Reuniram-se os que tinham votado nos candidatos perdedores com os que tiveram o bolso assaltado e os jovens que respondem prontamente a tudo que a televisão sugere, e as ruas ficaram apinhadas de preto. Ah, minha mãe, minha mãezinha, por aqui, pelo menos em nossos tempos, o que move a multidão é o interesse imediato e não as ideias ou os projetos para um futuro que ninguém sabe onde fica.

Concordei com minha mãe, mas sem nenhuma ênfase para mais tarde não ser acusado de ter contribuído para seu engano. É, mamãe, acho que é, sim.

Quem andou escondido em casa sem vontade de aparecer foi o Rodolfo. Suas ambições políticas colidiam com as tendências do eleitorado. Fugia das câmeras olhando para o lado de lá, fingindo que não ouvia quando era chamado, enfim, fazendo de tudo para não se expor. E assim ele se comportou até o *impeachment* do presidente em quem também não confiava, apesar de algumas afinidades.

19

Não me assustei ao ver o outdoor crescendo na minha direção, mostrando um rosto cada vez mais conhecido. Era terça-feira, manhã bem cedo, e eu rodava pela avenida que termina logo depois do portão de entrada para o campus da Universidade. Ia distraído com meus assuntos que o trânsito livre daquela hora não atrapalhava. Principais sintomas do transtorno bipolar.

De longe, me pareceu uma cabeça conhecida. Não estimada, mas conhecida. Mais perto, adivinhei os traços que subiam das extremidades da boca até as aletas do nariz, dois sulcos profundos no vértice dos quais repousava uma protuberância forte e arrogante, e acima, uma dureza no olhar que pouca gente conhecia além de mim. RODOLFO DE GUIMARÃES — Deputado Federal.

A notícia de sua candidatura me chegara meses antes por carta e telefone. O casarão se agitava todos os dias, trepidava sob as

248 | *Menalton Braff*

ordens da tia Benvinda, comandando seu grupo de cabos eleitorais formado principalmente pelas beatas pobres da paróquia. Mulheres a soldo, soldadeiras que nas campanhas eleitorais aproveitavam para reforçar o combalido orçamento da família.

Ergui as sobrancelhas para abrir mais os olhos, como se assim fosse ver melhor, funguei com desconforto e diminuí a velocidade. Abaixo de seu nome a sigla PDS que não abandonara durante as articulações para a eleição de Tancredo Neves. Mantinha-se fiel a suas origens. Costumava dizer, Eu não mudo de ideia como o vento, de rumo. Aceitou um governo civil porque não tinha alternativa, mas se confessava saudoso dos tempos em que existiam ordem e progresso neste país.

De repente um repelão no pensamento. Campanha para a Câmara Federal era pesada, precisava cobrir o estado. Quantos outdoors teria meu primo contratado? E as outras despesas, quem poderia me dizer a que alturas subiam? Havia patrocinadores, eu sabia, mas quanto de nossa herança, nossa, pois tínhamos ele e eu os mesmos direitos sobre bens e títulos, mas quem os controlava era o tio Romão. Não dependia das aplicações do tio para viver, mas me sentia esbulhado ao pensar que uma boa parte da nossa herança estaria sendo investida na carreira política do Rodolfo.

Cheguei à Universidade mastigando um gosto azedo entranhado entre os dentes, que só foi dissipado quando comecei a falar sobre os sintomas do transtorno bipolar.

Logo depois do almoço, liguei para minha mãe e falei do meu desconforto com a ideia de que estávamos sendo roubados pelo tio Romão. Minha mãe achou que roubados era um termo muito forte, mas que tinha exigido de seu irmão um relatório das aplicações dos últimos meses, tudo com comprovante, e ele respondeu com a

O *casarão da rua do Rosário* | 249

ameaça de cobrar os proventos a que tinha direito pelos anos todos de administração das contas.

Ela não insistiu com medo de que ele cumprisse a ameaça. Mas então por que não dividiu os valores entre os irmãos e cada um que administrasse a sua parte? Pois é, foi a resposta da minha mãe. Pois é.

Em janeiro, minha irmã com seus dois filhos e o marido estavam morando na capital da república, depois de chorosas e quase desesperadas despedidas. Tão longe!

20

Acordo com o barulho da chuva, que não vejo, as cortinas fechadas, mas sinto pelo ruído na vidraça e no teto do ônibus, estes milhares de estalidos secos que são acompanhados pelo ronco do motor. Avançamos devagar pela serra por causa das curvas, este perigo principalmente noturno.

Se o ônibus chegar no horário previsto, ainda tenho umas duas horas para repassar alguns trechos da tese. Causas bioquímicas da depressão: psicoterapia e medicamentos. A mocinha aqui do meu lado não acorda e tem o pescoço praticamente dependurado torto no corredor. Ela não se imagina roncando quando dorme. Ela não se imagina enquanto dorme. Ela não sabe, neste momento, que estamos viajando debaixo de chuva, que as horas estão passando por cima de seu sono e que vai acordar procurando seus pensamentos, querendo saber onde está, tentando alguma coisa na memória que

O casarão da rua do Rosário | *251*

lhe devolva a identidade. Agora ela descansa talvez em paz nesta morte provisória.

A primeira se foi, minha tia Benvinda, nascida lá pelo início do século. Três de suas irmãs tinham cara de quem perdeu suas referências, como é, então, que vai ser a vida sem a Benvinda? Tio Ataulfo chorava agachado pelos cantos algum tempo, então, subitamente se punha muito sério, mas com a fisionomia descontente de quem não consegue entender direito o que aconteceu. Na hora da saída do féretro tive de brigar com as tias, que não queriam a companhia do irmão. Ele botou terno e gravata, um nó que nem era direito um nó, uma volta e uma laçada. Mas nos acompanhou.

Minha mãe trabalhou o tempo todo. O café com biscoito e bolo na cozinha, a substituição das velas, o tapinha nas costas, Onde é que fica o banheiro?, os apertos de mão, de tudo ela dava conta como quem gosta do próprio trabalho. Acho que cheguei a ver umas duas lágrimas em seu rosto, mas tenho a impressão de que foram cavadas com muito esforço.

Ela chegava perto de mim, Vendo só, Palmiro, o esquife leva apenas o que restou de uma velha. Nada mais. Sabe-se lá o que juntou em vida. Amanhã vamos reunir os irmãos e abrir tudo no quarto dela: secretária, armários e o cofrezinho na parede.

Minha mãe piscou e foi atender o marido de uma das beatas, o qual olhava com desespero para os lados e só podia estar procurando o banheiro.

O que se agarrou em mim, grudado em minhas narinas, foi aquele cheiro de espermacete misturado com flores murchas. Tive de tomar uma dose de Dramin por causa da náusea.

A chuva diminuiu. Ou parou. Não se ouvem mais aqueles estalidos secos tamborilando no teto e nas janelas. Minha vizinha de banco se remexe, endireita um pouco o corpo, por causa da mudança dos sons que entravam por seus ouvidos. O mundo de fora trazendo-a para dentro da vida. Seu joelho esbarra no meu e ela não sente. Me encolho um pouco, me afasto pudicamente contra a cortina da janela.

Tento dormir novamente e minha mãe me aparece lépida tomando conta do velório de sua irmã mais velha.

QUATRO

ISAURA, A VIÚVA

1

O inverno tinha descido na geada à noite e subia no bafo da menina, pasta na mão, no caminho da escola. Estava na primeira série do ginásio, ela dizia a todos com orgulho, sentindo-se importante, o mundo feito para ela, seu domínio. A rua de terra atravessava hortas e pomares, tinha cicatrizes de carroças, patas de cavalos e de uns poucos pneus. A guerra há pouco terminara e a escassez de quase tudo só agora ia aliviando.

Em casa, as irmãs percebiam assustadas que o mundo girava, e não discutiam mais a inutilidade de mulher na escola depois de ler, escrever e entender as quatro operações. Os pais tinham sido enterrados com pequeno intervalo de tempo logo depois do início da guerra. Elas, agora, regiam a vida por conta própria, com seus próprios saberes.

Ocupando uma carteira de dois lugares, esfregava as pernas roxas uma na outra para tirar calor da fricção. Terminou seu exercício

256 | *Menalton Braff*

e ficou espiando o lento progresso da vizinha, que mais apagava do que escrevia. Por fim, não resistindo, apontou para um sinal e disse baixinho, Aqui é sinal negativo.

De pé atrás da mesa, o professor chamou com potência na voz, Isaura, cuide do seu exercício e deixe a colega em paz. O cabelo curto da menina dançou quando ela ergueu a cabeça na direção daquele homem alto em cima de um estrado alto, e sem tremer replicou, O meu exercício eu já terminei. Então com dois dedos jogou uns fiapos de cabelo para cima da cabeça, sempre encarando o professor, e em seu gesto um pouco abusado ela entendia que se desfizera daquele homem alto.

Bem, disse o homem alto, acho que não preciso perguntar quem terminou primeiro. Dona Isaura, venha resolver o problema na lousa. A menina levantou-se estabanada e se encaminhou para a frente da sala sem levar o caderno, mas também sem titubear. O silêncio só se interrompia com vozes que as paredes abafavam e faziam parecer vozes mais distantes do que eram. Em algum lugar houve aplausos e gritos, depois o silêncio retornou criando uma observação concentrada dos colegas, querendo saber se a menina do casarão seria capaz.

Foi com a ponta dos dedos delicados que Isaura pegou o bastão de giz e, erguendo-se na ponta dos pés, escreveu na lousa o problema que teria de resolver perante a classe atenta e encontrar um resultado correto, se não quisesse cair em ridículo. Era o professor com metade dos alunos duvidando de que ela já houvesse resolvido de maneira correta o problema, e ela, segura de si, fingindo-se pensativa, tendo a seu lado a outra metade, que não tinha certeza, mas torcia por ela.

A brisa carregada de sol entrava e saía pelas janelas sacudindo as cortinas.

O *casarão da rua do Rosário* | *257*

A classe estava pendurada na mão de Isaura, que escreveu uma expressão numérica, ergueu a cabeça, recuou dois passos para ver melhor o que tinha feito exatamente quando a brisa afagou seus cabelos. Um sorriso maroto, sorriso de interpretação impossível, assanhou o professor. E então, Dona Isaura, está difícil? Como resposta, ela começou a escrever rapidamente, ao mesmo tempo que ia dizendo o que fazia.

No canto direito da lousa, lá perto da porta, a menina escreveu a resposta e passou dois traços por baixo. A sala se remexeu impaciente, mas ficou à espera do veredito do homem alto. Ele, por fim, disse engolido, pra dentro, Está certo. Pode sentar.

Na hora do intervalo, Isaura percebeu que havia conquistado amigos novos, que vieram conversar com ela, e que, outro tanto, havia perdido, pois não se alcança qualquer vitória impunemente. Ela jamais esqueceu a lição que tão cedo a vida lhe ensinou.

2

O rádio, na sala, brilhava como um altar cinco minutos antes da Bênção das Três e as cinco irmãs invadiram a sala em bando, procurando ajeitar as cadeiras e poltronas na posição de escutar. Era primavera e nenhuma delas sentia frio ou calor, respirando forte o ar parado e aprazível. Benvinda, com seu coque pousado sobre a nuca e os óculos encarapitados em cima do nariz, olhou para os joelhos de Isaura e disse, E você não é mais nenhuma criança pra andar com essas pernas de fora.

Isaura levantou-se abrupta, em sua altura, e Benvinda a cercou com olhar severo. Aonde você pensa que vai? Vou trocar de saia. Agora não, que a Bênção já vai começar. A menina, insistente, disse que ninguém mandava nela, por isso ia trocar de saia. Levou um tapa no rosto e ficou chorando ao receber as bênçãos.

No dia seguinte, pouco antes das três horas, Isaura sumiu. Ivone saiu à cata da irmã, que foi encontrada no quarto de Ataulfo. Com

O casarão da rua do Rosário | 259

as duas mãos, Ivone prendeu um braço de Isaura e a foi arrastando para ser abençoada. A casa toda encolheu-se para ouvir menos os guinchos de Isaura dizendo que não ia, mas ela estava indo.

A entrada na sala foi feita com barulho acima do que suporta um ambiente sagrado. Benvinda, a guardiã dos bens morais e materiais da família, veio até perto da boca do corredor, onde empacara a caçula e, toda ela severa — voz e olhar com vidraças e rosto e coque, até mesmo sua magreza —, ameaçou, Está querendo levar uma surra? Isaura deu um passo para trás, mirou o rosto da irmã de lábios finos e disse, Aqui ninguém manda em mim. Você é mais velha, mas não é minha mãe.

Joana e Amélia, acomodadas na frente do rádio, riam com gosto bem profano da cena que a caçula fazia. Uma surra viria em boa hora, comentavam felizes. Ela tem parte, elas disseram, e as outras repetiram, Tem parte com o demônio, esta menina.

Isaura estava sozinha, mas não estava com medo. Se o Ataulfo não pode assistir à Bênção, ela disse, então também não posso.

Ouviram só? Ela quer ficar como o Ataulfo.

Apesar de bem criança, Isaura se lembrava das interrupções de Ataulfo, tanto na Bênção das Três, em casa, como na igreja, na hora da homilia. Depois, aquele domingo famoso, a guerra estertorando, quando seu irmão levantou-se no ofertório e, com a mão direita sobre o coração, cantou guerreiro o Hino Nacional. O padre pediu a suas irmãs mais velhas que evitassem trazer o irmão fraco da cabeça às missas. Enfim, ele teria dito, o coitado não entende nada do que acontece aqui.

Não demorou para que o conselho familiar o expulsasse também da Bênção das Três por comportamento inconveniente. Falou-se, na época, que ele poderia ter parte com o demônio e o assunto foi

260 | *Menalton Braff*

levado ao padre com pedido de conselho. O pároco falou, falou, e falou, mas não deu uma resposta que deslindasse a questão: Ataulfo tinha ou não tinha parte com o demônio? Não há como saber, minhas caras, não há. Por causa dessa resposta, as quatro irmãs mais velhas se reuniram ao redor da mesa da sala com Romão e decidiram que Ataulfo tinha, sim, parte com o demônio. Foi então que fizeram aquela limpeza na edícula e lá montaram o quarto de Ataulfo. E para lá ele foi, para o convívio dos seus bichinhos.

— Sente aí e fique quietinha porque senão te dou uma surra que você nunca mais vai esquecer.

O rosto de Isaura incendiou-se, mas ficou quieta por algum tempo. Finalmente, não resistindo mais ao crescimento de seu ódio, explodiu no meio da Bênção de Lourenço dos Reis, Se você me bater, eu me mato.

Isaura era uma criança querendo ser madura, impondo suas condições para que a vida merecesse ser vivida. As irmãs mais velhas se olharam, se cutucaram e, abismadas com o que acabavam de ouvir, fingiram prestar atenção no radialista até o fim do programa.

3

Foi muito difícil convencer as quatro solteironas, já na fase de ir perdendo o gosto pelas mundanidades, que nelas nunca fora muito intenso, de que o aniversário da caçula merecia uma festinha para os amigos de sua classe. Foi com muito argumento e um ror de promessas falsas, tantas e tais não cabiam em seu projeto de futuro, que por fim Joana concordou em fazer um bolo, uma travessa de brigadeiros, outras tantas de beijinhos, cajuzinhos, olhos de sogra para cobrir a mesa maior, onde reinaria soberbo o bolo com as velinhas e os copos. Os refrigerantes continuavam amontoados na geladeira. Na mesa menor, coxinhas, empadas, cachorros-quentes, bolinhos de bacalhau, um deleite para os olhos. Foram dois dias de trabalho para Joana com alguma ajuda das irmãs, sobretudo de Amélia e Ivone, que adoravam doce.

Três de seus amigos e uma amiga chegaram de carro, os pais abanando lá de dentro, pela janelinha estreita, cinco meninos vieram,

262 | *Menalton Braff*

com intervalos de cinco minutos, pedalando suores montados em suas bicicletas, alguns Isaura não viu como chegaram, mas a maioria, ela repetiu à noite para irritação de suas irmãs, veio foi a pé mesmo, porque em sua sala, a terceira série do ginásio, ninguém fazia conta de classes sociais.

Aluno de terceira série, quando mais avançado em vida, já começa os primeiros ensaios de flerte, saber quem sustenta um olhar, aquelas secadas sem muita mensagem sensual, mas não isentas de algum desejo ainda malcompreendido. Em posição intermediária ficam os esquisitos, quase sempre bem poucos, que sentam fechados em rodinhas e ficam discutindo os caminhos da humanidade. Geralmente têm espinhas no rosto, ruga na testa e um ar enfadado de quem já atravessou os últimos séculos e sabe tudo sobre a Terra e as galáxias. O terceiro grupo, o mais numeroso, ainda brinca de dar tapa na cabeça e fugir correndo.

Não por ser a aniversariante, mas por índole, Isaura passava de um grupo a outro, sorrindo, fazendo seus gracejos, agradando a seus convidados. Sua preferência, ela já conhecia suas diferenças, seria ficar com o segundo grupo, apesar de não ter espinhas no rosto nem ruga na testa, além de seu ar não ser de enfado e não saber tudo sobre a Terra e as galáxias. Não gostava daquelas brincadeiras mais infantis nem sentia vontade de flertar. Por isso circulava.

As irmãs mais velhas, escondidas em seus quartos, saíam ao corredor, sorrateiras, espiando aquelas crianças turbulentas, arriscavam chegar à sala e à cozinha, mas sempre com extremo cuidado, pois a casa, toda ela, tornara-se bastante perigosa, com crianças correndo aos gritos e gargalhadas, pulando, ameaçando derrubar móveis e vasos, Ai, nossos vasos herdados de nossos bisavós, gemia Benvinda em seu quarto, a única que não ousara em momento algum assistir ao rebuliço dos colegas de sua irmã caçula.

O casarão da rua do Rosário | 263

Assim estava a tarde do sábado: balbúrdia por dentro e por fora do casarão. Às três horas, minutos antes, as irmãs trancaram-se na sala, com portas e janelas viradas de costas para o mundo de fora, e ouviram a Bênção das Três, deixando Isaura livre para cuidar de seus convidados. Uma exceção.

Foi às quatro que Joana liberou a cozinha para a alegre e colorida invasão, quase todos com rosto tingido de vermelho e os olhos brilhando como sóis, cheios de apetite os colegas de Isaura. Neste momento ela se lembrou, estalando o dedo médio na barriga do polegar. E saiu correndo para os fundos do quintal. Quando voltou, puxava pela mão Ataulfo, o irmão adulto, mas infantil que estivera até aquela hora consertando uns disparates da natureza em algumas mudas de magnólia que ele havia plantado.

A menina soube entender a exceção daquela tarde e introduziu o irmão na cozinha. Ele haveria de festejar como todos os outros. As irmãs mais velhas vieram com seus passos de gato pelo corredor até a porta da cozinha, esgueirando-se, coladas à parede. Depois se reuniram no quarto da mais velha, conversando baixo, com fisionomias graves. O que se pode fazer? Uma surra poderia ser o corretivo adequado, mas, e se cumprisse a promessa de suicídio? Estavam espantadas com a caçula, aquela raspa de tacho, sete anos mais nova do que a Ivone, a penúltima. Tinha vindo quando ninguém mais esperava que a família aumentasse, e contra a recomendação dos médicos. Tinha vindo para acabar com o sossego da família? E o Romão, numa hora de tanto desassossego, só queria saber de noivar com o coração cheio de egoísmo?

Uma brisa branda, leve e fresca, passando entre os ramos das árvores de dedos longos, anunciou a proximidade da noite. Os colegas começaram a se retirar, contentes por ter vindo, porque agora

264 | *Menalton Braff*

poderiam dizer aos amigos e vizinhos que conheciam o casarão por dentro, com seus lustres, seus luxos e suas bruxas. Em menos de meia hora entre o primeiro e o último, todos tomaram o rumo de suas casas.

Isaura deixou seu peso sobre as pernas meio abertas no meio da cozinha, os punhos fechados cravados nas abas do ilíaco. Olhou em volta descrente de que tamanho estrago tinha sido feito por eles, seus amigos da escola. Restos de bolo, pedaços de salgadinhos, copos com restos de refrigerantes por cima e por baixo das duas mesas. Fazia sua avaliação quando Joana chegou pelo corredor. As duas se olharam sem palavras. Então foi a vez de Amélia aparecer.

— Você não dorme esta noite antes de limpar toda essa porcaria que vocês fizeram. Entendeu?

Por sorte, Joana se condoeu da irmã caçula e foi buscar um balde com água e um pano de chão.

Quando as solteironas se reuniram para jantar, Isaura estava terminando de lavar o assoalho da sala, que, grudada nos sapatos dos amigos, muita migalha de bolo foi parar lá.

Terminado o trabalho, veio triunfante à presença das irmãs. Tudo pronto, ela avisou com certo orgulho. Benvinda, então, ordenou que ela sentasse e comesse alguma coisa que prestasse, não essas porcarias que a Joana inventou. Em seguida começou seu curto mas cortante discurso. Esta foi a última festa de aniversário que você realiza nesta casa. Aproveitou a presença dos convidados para romper com todas as normas da casa. Jamais volte a pedir, porque essa de hoje foi a primeira, mas também a última.

Isaura ouviu tudo em silêncio e com olhos desafiadores grudados no rosto de Benvinda. No fim do discurso, nada disse, apenas pensou sozinha, sem demonstração nenhuma do que se passava na parte de dentro de sua cabeça.

4

No inverno de 1940, com diferença de dois meses, morreram a mãe de pneumonia e o pai de tristeza. A Europa se estraçalhava danada e no Brasil se dizia que era "mais fácil uma cobra fumar do que o Brasil entrar na guerra". A Isaura se ensaiava na compreensão da morte, sem interpretações místicas nem religiosas, mas a morte como fim, o adeus para sempre, um futuro inteiro sem o outro. Num inverno apenas despediu-se para sempre da mãe, sua proteção, a fonte; e do pai, o bigode severo que muitas vezes fez cócegas em seu rosto. Nas revistas que entravam no casarão da rua do Rosário, mortos amontoados na carroceria de caminhões. Na primavera daquele ano, Isaura escondia-se debaixo das mesas toda vez que ouvia o ronco de um avião cortando o céu. A morte lhe entrava sorrateira pelo entendimento e ensinava-lhe o medo.

Muito vagas as lembranças que guardava da mãe e do pai. E a lembrança mais forte era dos dois deitados no ataúde sobre a mesa

266 | Menalton Braff

da sala, as quatro velas enfumaçando o ambiente. O rosto de pedra esbranquiçada, um ser que já não faria mais carícias, uma vida que já se extinguira naqueles corpos medonhos. Dos rostos rígidos de cera, desses é que guardava as lembranças mais nítidas.

Com o tempo caminhando sobre si, a mocinha Isaura esqueceu o medo que a fez chorar horrorizada no colo das irmãs que lhe exigiam um beijo de despedida naquelas máscaras de pedra. E, quanto mais distante daqueles dias, mais compunha para seu uso a imagem de seus primeiros protetores, mais detestava a aridez do tratamento das irmãs.

Logo depois de lavar a casa quase toda, a ajuda de Joana não tinha ultrapassado os limites da cozinha, seu império, e depois de ouvir em silêncio rancoroso o discurso de Benvinda, a Isaura trancou-se no quarto e, sentada na cama, deixou que as lágrimas lhe rolassem pelo rosto. Um choro sem voz, mas com lágrimas que se misturavam à baba que lhe escorria da boca enquanto o peito era sacudido em espasmos. Então chamou baixinho pela mãe e pelo pai, mas tão baixinho que nem os dois, guardados no mausoléu da família, poderiam ouvir.

No domingo de manhã, quando nós duros de dedos magros bateram à sua porta para a missa, a Isaura respondeu que estava doente. Passados alguns minutos, aquelas batidas secas insistiram e a Isaura gritou, Eu já disse que estou doente, me deixem em paz.

Ouviu o tropel de saltos grossos e duros nas tábuas do soalho, a pancada seca da porta da sala, depois o ruído do motor, lá fora, com as quatro irmãs no exercício de conquistar o céu.

Isaura esperou ainda algum tempo, deitada, olhos grandes no escuro tentando decifrar o teto. Jogou o lençol para o lado e brusca levantou-se. Agora a casa era sua. Foi o que sentiu ao sair para o

O *casarão da rua do Rosário* | 267

banheiro, nua, a camisola jogada ao lado da cama. Ter o próprio corpo à disposição, sem disfarces, convenceu a Isaura de que já estava mulher: a cintura fina, as coxas robustas, os seios empinados e os pelos pubianos já crescidos. Olhou-se no espelho enquanto escovava os dentes. O único rosto realmente belo daquela casa, então enamorou-se de si e, pela primeira vez, debaixo do chuveiro, suas narinas abriram-se, a respiração acompanhou os batimentos acelerados do coração e a mocinha atingiu o orgasmo.

Depois de vestir-se e tomar o café, a Isaura saiu para o quintal à procura do Ataulfo. Ele estava no jardim, cercado de suas flores, com quem tagarelava sem esperar resposta. Cumprimentaram-se contentes e sem qualquer rodeio a adolescente perguntou, Taulfo, você se lembra da mamãe e do papai? Ele sacudiu a cabeça confirmando, com esplendor no rosto e disse, Sim, papai e mamãe. Lembro, sim. A mocinha continuou, E eles te fazem falta? Ataulfo, de rosto fechado, enrugou a testa. Não soube o que responder ou simplesmente não quis. Fungou um pouco, esfregou as costas de uma das mãos nos olhos, e enxugou umas lágrimas antigas que ameaçavam despencar rosto a baixo.

5

Ataulfo era amigo da chuva. Ele sabia que as plantas ficavam mais verdes e soltavam brotos, ele via suas folhas lavadas brilharem. Raramente botava um casaco grosso nas costas e se afundava no jardim para corrigir o curso de algum córrego que ameaçasse seus canteiros mais fofos. Quase sempre ficava sentado entre seus animais, olhando encantado a chuva cair. Nesses dias, mais que nos outros, ele se isolava nos limites de seu mundo, e as pessoas, que, submersas nos cômodos sombrios do casarão, só pensavam e mexiam em coisas secas e macias, esqueciam-se inteiramente do irmão, a não ser Joana, que o visitava por baixo de um guarda-chuva nas horas das refeições.

Pouco mais de meio-dia, quando a Isaura chegou da escola, a capa e as galochas molhadas, a Joana lhe contou que o Ataulfo estava na cama com febre. A caçula desceu os degraus da cozinha num

O casarão da rua do Rosário | 269

pulo só e correndo enfrentou o chuvisqueiro até a edícula. Sentou-se na beirada da cama e perguntou ao irmão o que estava sentindo. As costas da mão já tinham percebido que a febre era braba. O Ataulfo apontou a garganta e reforçou a indicação dizendo em voz bem estragada, A garganta.

A Isaura agasalhou melhor o irmão, deu meia-volta e encontrou as irmãs preparando-se para o almoço. O coitado quase morrendo de febre e vocês aqui, só pensando em comida! Eu quero a chave do carro. Vou buscar algum remédio. As quatro solteironas, ainda que assustadas com os modos bruscos da mais nova, soltaram em coro uma gargalhada estrepitosa. O Austin, ainda com cheiro de borracha, nunca recebera condutor além de Benvinda.

— E você sabe guiar? — perguntou a irmã mais velha.

— Se você consegue por que eu não vou conseguir!?

— Já que você quer fazer alguma coisa, telefone para o Dr. Almeida e lhe diga que estou pedindo a ele que venha até aqui.

Depois de combinar com o médico sua vinda ao casarão, a Isaura preparou seu prato, que cobriu com uma tampa de panela, e foi almoçar na edícula. Da porta ainda ouviu que uma delas comentou com sarcasmo, Eles se dão muito bem, os dois.

— Inflamação muito forte na garganta, disse o médico à dona Benvinda, que, para parecer muito preocupada com o irmão, sentara-se à mesa, de onde o prato sujo de comida ainda não fora retirado.

Por cima da primogênita, a Isaura retirou o prato e deu uma ajeitada bem rápida na mesa, pois o médico precisava de espaço para emitir a receita.

Ao se despedir, o médico recomendou que a injeção fosse aplicada sem demora e que o restante dos medicamentos fossem sendo ministrados de acordo com as indicações. Despediu-se e saiu,

270 | *Menalton Braff*

deixando as duas irmãs medindo-se, antes que Benvinda se resolvesse a atirar seu Austin para a chuva.

A semana passou assim: a Isaura chegava da escola, jogava suas coisas sobre a cama e corria até a edícula para ver o Ataulfo. Insistia para que ele tomasse bastante água, conferia os remédios e seus horários, deitava as costas da mão na testa do Ataulfo para descobrir que a febre se atenuava. Todos os dias ela preparava seu prato e ia almoçar ao lado do irmão, e era lá na edícula que gastava suas tardes, mesmo quando tinha tarefas de casa para fazer.

— Eles se dão muito bem, os dois.

No sábado, porque não tinha aula, a Isaura levantou-se pensando em passar o dia todo na edícula, fazendo companhia ao irmão. Tomou seu café com pressa e saiu para o quintal. Na entrada da edícula estranhou a ausência dos bichinhos com que o Ataulfo se divertia. No quarto, também não encontrou o irmão. Sorriu com medo de estar pensando errado e saiu à procura do irmão. Lá para os fundos, perto das tuias, ouviu os latidos do velho pastor alemão, herança do pai.

No fim do terreno, perto do muro, a Isaura encontrou o Ataulfo ainda pálido, caminhando com pés lentos, Saudade, ele disse, e seu gesto abrangeu as árvores, o céu, tudo que era vivo ao redor.

6

Sabendo ler, escrever e fazer contas, mulher não precisa mais de escola para viver. Assim criaram-se pensando as irmãs Gouveia de Guimarães, de tanto ouvirem falar seu pai, a cabeça cheia de assuntos antigos. Cinco mulheres em casa e dois homens. O mais velho frequentou escola, colocou-se bem na administração pública. O segundo saiu falhado, para tristeza de seus pais.

A Ivone, que ainda suspirava por cima de suas rendas e bordados, foi quem mais insistiu com a Isaura para que fosse à formatura. Enfim, era a única mulher da família a cursar uma faculdade, e isso merecia comemoração, quem sabe até uma festinha aqui em casa para os colegas. Aquela birra era sua vingança. A Isaura não se esquecera da proibição da Benvinda. Pois bem, estava sendo obediente, não estava?

272 | *Menalton Braff*

Na noite da formatura, a caçula fechou-se no quarto para não ser vista chorando. E seu choro tinha fisionomia: rosto fino, olhos severos por trás de lentes redondas, um coque fechando a nuca.

Assim foi no Ginásio e, três anos mais tarde, a birra ainda viva, a Isaura também não compareceu à solenidade de entrega dos canudos para os dezoito formandos do Científico. E ela fazia parte do grupinho de cinco gênios da classe, Estes vão entrar na faculdade que quiserem. O próprio diretor um dia convocou a menina para sua sala, tentando convencê-la. Por fim, sem mais argumentos válidos, a Isaura contou a verdade àquele homem que poucas vezes tinha visto nos corredores durante o curso: era uma vingança. O diretor ficou espantado, tirou os óculos e limpou as lentes no lencinho de camurça, recolocou os olhos e focou o rosto da menina. Uma vingança, então, hein! A senhorita quer me dizer que depois de tantos anos ainda guarda rancor de sua irmã?

— O senhor por acaso conhece minha irmã mais velha?

O diretor não atinou com o que pretendia aquela menina de rosto suado e colorido sentada à sua frente. Pensou um pouco e disse que conhecia, pois frequentavam a mesma paróquia.

— E ainda se admira do meu rancor?

O diretor desistiu. Uma pena, pois um ato de rebeldia desses poderia servir de modelo para outros alunos, pior ainda, para classes inteiras, desprestigiando a escola, sem formatura no fim do ano. Os pais não entenderiam a atitude de seus filhos e espalhariam pela cidade que a juventude atual está perdida.

Uma tarde silenciosa, estudando em seu quarto, a Isaura teve um momento epifânico e se deu conta de que, com sua idade e no último ano da faculdade, não devia mais obediência a ninguém. Soltou livros e cadernos sobre a mesa, abriu a porta e encheu o casarão de

O casarão da rua do Rosário | 273

sua alegria, Ninguém mais manda em mim! Ouviram, suas beatas! Ninguém mais! Nenhuma das portas foi aberta, mas a mensagem reboou por quartos, salas, banheiros e cozinha, e não houve ouvido que não ouvisse a descoberta da Isaura.

Partidas as rédeas em pedaços, a caçula tomou conta de sua vida com os dois braços. No fim do ano, subiu ao palco e recebeu seu canudo, sob os aplausos inclusive dos cinco irmãos. O Ataulfo pediu para ficar em casa, pois não gostava de sair à noite.

7

O velho e conservado Austin não saiu da garagem. Porque foi uma notícia inesperada, aquela, no próprio dia da formatura: a Isaura chegou do quarto para o jantar numa roupa que nunca se tinha visto naquela casa de sombras e suspiros, de costumes piedosos e contidos, muito mais perto do céu do que da terra. Era um vestido longo, cor de vinho, com decote generoso. Um broche do lado do coração, um colar de pérolas e o penteado simples, de cabelo escorrido, completavam a imagem da Isaura que arrancou exclamações das irmãs, indecisas entre a invídia e o assombro.

Quando perguntaram o que estava acontecendo, só então Isaura contou que estava saindo para o baile de sua formatura, e que o Austin, elas o socassem onde quisessem, pois já tinha chamado um táxi. As quatro, pasmas, não podiam acreditar que a moça fosse sair de casa sozinha, à noite, num carro dirigido por um desconhecido. Mas calaram com suas línguas geladas, rígidas de medo.

O casarão da rua do Rosário | 275

Às onze horas de uma noite escura e repleta de ciladas, o táxi buzinou em frente ao casarão. As quatro irmãs procuraram janelas de onde pudessem assistir àquele salto no despenhadeiro. A Isaura pisou de propósito com a dura ponta do salto alto fazendo um ruído seco ecoando no casarão: anúncio de sua independência. Em pouco tempo o táxi sumiu nas sombras, levando aquela que tinha nascido para ser a mancha do nobre nome da família.

Em frente ao clube vários colegas vieram rodear a Isaura, gritando seu nome. Espantada quis saber o motivo daquela recepção, mas no mesmo instante ela foi arrastada a cumprimentar um dos colegas que chegava. Só quando, conferindo, descobriram que todos haviam chegado, foi que, de braços tramados, se embolaram pela porta principal e invadiram o salão. Eram os donos da festa.

Depois da valsa dos formandos, que a Isaura dançou com o pai de um colega à guisa de padrinho, ela saiu passeando pelas laterais do salão, procurando sua mesa. Nem o ar condicionado aplacava o incêndio de seu rosto. Sem muita prática de dança, ela estava ofegante. Por fim reconheceu a mãe da colega com quem tinha comprado a mesa de sociedade e jogou-se estafada na cadeira. O que a senhora está tomando?, ela perguntou com sede. Era meia de seda. Isso esfria ou esquenta? A mulher riu da pergunta ingênua e disse que esquentava e muito. A moça ergueu o braço para um garçom e pediu água tônica gelada.

— Gostando?

A mãe da colega era uma pessoa de cujos poros jorrava simpatia, uma simpatia que ela fazia questão de exibir. A Isaura percebeu que se tratava de pessoa habituada àquele ambiente e agora estava querendo agradar a colega da filha. Confessou que era sua estreia em baile, mas que estava a-do-ran-do. Mas como, estreia?! E as

276 | Menalton Braff

solteironas beatas dos Gouveia de Guimarães foram retratadas sem qualquer dó, sombrias e solitárias, todos os dias pensando acima de tudo em que fazer para merecer o céu.

Quando a colega chegou com o pai, ambos suados, as duas riam muito das caricaturas inventadas pela formanda para pessoas que circulavam no salão. A colega reclinou-se sobre a Isaura e perguntou, Você já reparou naquele rapaz que não tira os olhos de você? Daqui a pouco ele te engole. Isaura virou-se na direção indicada e percebeu que um barbudo disfarçava olhando para outro lado. Eu acho que é o primo da Raquel, a colega ainda cochichou.

— Vá devagar.

A Isaura tinha pedido também uma meia de seda. Isto é docinho, mas pega, menina. A colega advertia com voz de sorriso experiente. A caçula dos Gouveia de Guimarães começava a se desprender das inibições, solta na euforia da bebida, tão à vontade como se a vida toda a vivera entre aquelas paredes. O palco com a orquestra, os lustres, as imensas janelas, todas as pessoas ostentando alegria e amizade nos semblantes. Outros tempos, lugares diferentes não tinham mais existência em sua memória. Sua vida era o presente, era o salão.

A colega tinha pedido uma garrafa de água e um copo. Vai, Isaura, tome bastante água, se você não quiser dar vexame daqui a pouco.

A primeira tontura foi lavada pela água, e a Isaura percebeu que o mundo parava de girar. Fiquei meio tonta, ela disse para a alegria de seus companheiros de mesa, que a viram momentaneamente salva.

Ao rir de si mesma, alegre, a moça virou o rosto e seus olhos se encontraram. Foi uma tempestade provisória, mas de uma violência absurda. Era ele, um homem, o homem, um homem cujo olhar a desejava em sua qualidade de mulher. Os dois sorriram como saudação

O casarão da rua do Rosário | *277*

inicial, sinal de aquiescência aos mútuos propósitos. Em menos de cinco minutos estavam dançando no meio do salão.

Os pés latejando, o corpo sofrendo, mesmo assim a Isaura não quis mais descansar, a não ser nos intervalos da orquestra, que ela mesma precisava de descanso.

Às quatro horas da manhã, quando a maioria das pessoas já fora embora, Bernardo perguntou à Isaura com quem ela viera.

— Então eu te levo pra casa.

Aqui?, ele quis que ela repetisse, neste casarão? Quantas vezes passei por aqui sem jamais poder imaginar que neste jardim se cultivava a mais bela rosa do mundo.

E outras bobagens sublimes como essa, de apaixonado, ele despejou no rosto da moça, que ouvia tudo encantada, sua cabeça fora, muito fora deste mundo. Por fim, despediram-se com um beijo sideral, de cravo e rosa, que era também um selo e uma promessa. Marcaram o próximo encontro e, às cinco horas da manhã, sem muito cuidado com o silêncio, a caçula da casa deixou-se engolir pelo casarão.

8

Na sala de espera, enquanto aguardava a diretora da escola, veio-lhe à boca uma saliva mais grossa e salgada, que a Isaura engoliu, não sem sentir alguma repugnância. Estava sozinha e com frio na sala de espera e poderia ter jogado porta fora aquele líquido morno, mas, olhando ao redor, não descobriu onde sua boca poderia ter despejado a saliva. A diretora abriu a porta envernizada e ocupou seu vão com o corpo inteiro. A Isaura estremeceu para conter abaixo da garganta a golfada que sentiu subir incendiando o esôfago. Em resposta motora ao arco reflexo, levou a mão à boca e maravilhou a mulher que ocupava o vão da porta.

— Casada?, ela perguntou.

A professora apenas sacudiu a cabeça para dizer que não, sem coragem de encarar aquele rosto grande e satisfeito que a examinava.

— Então trate de casar logo.

O casarão da rua do Rosário | *279*

À noite, Bernardo ficou sabendo que em breve seria pai e tratou de convencer a namorada da necessidade do casamento. Aquilo não era hora para procurar emprego, e ele tinha toda a assistência do IAPI. Era preciso casar e logo, antes que o volume do ventre aumentasse.

Na manhã seguinte, depois do café, a Isaura pediu que as irmãs se reunissem na sala. Elas percorreram o corredor tentando adivinhar qual o assunto que a caçula tinha inventado desta vez, porque reunião na sala só se fazia para tratar de gravidades.

Sentaram-se as cinco e a caçula declarou sem rodeios, Vou casar. As mais velhas se olharam abismadas, pois nem sabiam que ela tivesse um noivo. E como dizia aquilo, Vou casar, sem que o noivo viesse formalmente pedir sua mão em casamento? Então não estava mesmo o mundo descendo abismo abaixo?!

A Benvinda, querendo dar demonstrações de que naquela casa quem mandava ainda era ela, perguntou, Mas pode-se saber com quem nossa irmã vai casar?

A Isaura esperava por aquela pergunta, por isso ergueu a fronte para que todas a vissem mulher, sem medo, dona de si e de seu corpo. E contou tudo que sabia sobre Bernardo. Mecânico, ginásio completo, um fusca em boas condições, bom emprego e militante político de um partido clandestino. Neste momento sentiu muita vontade de rir do espanto com que as quatro abriram a boca e não sabiam mais como fechá-la. Foi a Benvinda, a guardiã, quem primeiro superou o pasmo e fez a pergunta definitiva, E qual é o sobrenome do felizardo?

Havia tanto sarcasmo no felizardo bafejado por aquela boca de lábios estreitos como sobrancelha recém-aparada que Isaura ficou

280 | *Menalton Braff*

algum tempo indecisa entre parar ali a entrevista ou continuar. Continuou. O sobrenome dele é Fortunatti.

— Pois fique sabendo que nós te proibimos tal casamento. Pode tirar isso da cabeça.

Um repuxo quase imperceptível dos músculos no entorno dos olhos, um fiapo de cabelo que a Isaura tirou da testa para o alto da cabeça, um suspiro rápido foram as primeiras respostas da caçula. Uma resposta muda em que havia muito desprezo pelo que acabara de ouvir. Encarou as quatro, uma de cada vez e demoradamente. Elas não se arriscavam, não diziam mais nada. Então, escandindo as poucas sílabas de que necessitava, ela disse, Eu vou casar no mês que vem.

E levantou-se, encaminhando-se para o corredor. Atrás de si, como uma pedrada, o grito agudo da Benvinda, Pois, se casar, nunca mais volte a esta casa.

O grito ficou ecoando no ar parado da sala, inutilmente, porque a Isaura não olhou para trás e foi para o quarto satisfeita com a reunião e cheia de planos para uma vida diferente, o futuro em suas mãos.

9

O mundo ficava lá do outro lado, depois do lago, das árvores, onde ruas e avenidas corriam com vertigem seu rumor. O mundo era o inexplicável. Nós três, entretanto, estávamos protegidos por nossa mãe, que, sentada à sombra de uma pálida magnólia, de onde o tempo tinha colhido todas as flores, nos contemplava de rosto contente. Cheguei mais perto da água para jogar um cascalho num bando de gansos que navegavam sossegados só porque o sossego deles me perturbava e queria vê-los bater as asas grasnando, desesperados. A Irene correu atrás de mim de pura vontade de me imitar, por isso nossa mãe gritou o nome dela, Você, não! Ela parou sobre o gramado sem entender por que ela não. Por fim, jogou o cascalho no chão e voltou correndo. Então percebi que o assunto podia ser comigo também, pois nossa mãe, ralhando, me disse, Deixe os bichinhos em paz, Palmiro! Só a Dolores, por trocar ainda mal as pernas de sulcos profundos, não participou daquela aventura.

282 | *Menalton Braff*

O bando de gansós, sentindo-se ameaçado, afastou-se gritando irritado para o meio da lagoa. Senti-me orgulhoso de meus poderes: aquele deslocamento todo tinha sido provocado por mim. Eu sozinho.

A Irene tinha perdido quase todo aquele sotaque infantil, deixado de lado para que a Dolores aprendesse a falar mais palavras com suas significações, mas conservava ainda certas maneiras de antes, de quando era menor, que eu corrigia, como essa de dizer, Papá!, que tanto me irritava.

— Ele não veio, minha querida, porque foi a uma reunião encontrar os companheiros dele.

— E fale direito, Irene, senão a mãe não te responde mais nada.

Nossa mãe me puxou e me prendeu entre seus joelhos. Escuta aqui, mocinho, você é mais velho, mas não é o pai da Irene, entendeu?

Fiquei emburrado com a testa e com os olhos.

— Entendeu?

Ela me segurava pelos ombros e me olhava exigindo uma resposta. Eu até podia não responder, mas não gostava de desagradar minha mãe. Entendi, e fiquei olhando o chão, perto de meus pés.

— E o que eles fazem na reunião?, perguntando eu mostrava que não tinha guardado mágoa nenhuma.

Muita coisa do que nossa mãe nos disse, naquela manhã de domingo, nós não entendemos. O que guardei na memória nublada foi que eles se reuniam exigindo coisas, como salários mais altos e outras melhorias. Além disso, me ficou a sensação difusa de que nosso pai era um homem importante, que lutava pelos outros, mas que isso podia ter algum perigo.

Minha mãe se levantou e tomou as meninas pelas mãos. Beiramos uma quadra, onde um grupo jogava futebol de salão. Cortávamos

O casarão da rua do Rosário | *283*

um córrego por cima de uma ponte em arco, e eu parei com muita vontade de ver os peixes. O que eles ficam fazendo quando não estão mordendo os anzóis, hein, mamãe? Ela parou esperando-me, Anda, Palmiro! Hein, mãe, o que eles ficam fazendo? Na minha opinião, os peixes só ganhavam existência quando fisgados por um anzol, mas vi uns reflexos de movimentos rápidos e angulosos e gritei de alegria. Eu vi, mãe, eu vi. Minha mãe ainda me esperava, Anda, Palmiro. A Dolores começava a chorar pedindo para fazer xixi e, como eu gostasse muito de minha irmã, abandonei os peixes e seus movimentos debaixo da água, e corri à frente do grupo.

Enquanto a Dolores cumpria seus deveres para com o corpo, descobri um pequeno pilar de cujo topo, apertando-se um botão, jorrava água fresca. Subi e desci da pedra ao lado do bebedouro diversas vezes porque era a primeira vez que via um pequeno pilar de cimento de onde saía água. Ajudei a Irene, que também quis tomar daquela água, e ela fez a água jorrar com força em seu próprio nariz e, assustada, desistiu. Voltei a exibir minhas habilidades até que nossa mãe apareceu à porta de um prédio no meio do parque. Ela conduzia a Dolores pela mão.

O primeiro alarme da fome, quem deu, foi a Irene, que ainda não sabia guardar sentimentos e sensações só para si, como eu sabia. Por isso, continuei calado, e Irene a cada dez passos repetia que estava com fome. Era o cheiro de lanchonete, passávamos pela frente de uma à beira da aleia que terminava na avenida. Minha mãe acalmou a Irene com voz calmosa, prometendo nossa casa pra dali a pouco. A notícia me alegrou, mas continuei calado, que era meu exercício de ser, que ninguém soubesse. Então eu tinha meu canto de ver em volta sem ser visto. Era como estar escondido enquanto os outros estivessem debaixo de holofotes.

284 | *Menalton Braff*

Quando o ônibus parou, era domingo. Ajudei a Irene a subir, a mão esquerda agarrada ao balaústre, e, lá de cima, do corredor, assistimos à subida de nossa mãe com a Dolores sentada em seu braço direito. Finalmente juntos, e o ônibus em movimento, tivemos muita vontade de rir com felicidade, e rimos até encontrar dois bancos vazios, que ocupamos bem cidadãos andando de ônibus.

Pelo vidro da janela, eu vi quando passamos pela frente da nossa casa. Tinha um muro da minha altura, na frente, com umas lanças de ferro viradas pra cima. O jardim, entre o portão e a porta da sala, não consegui ver, mas é como se visse, pois eu me lembrava dele. Algumas vezes ouvi meu pai pedindo à minha mãe que fosse pagar o aluguel na imobiliária, por isso já sabia que a casa não era nossa, mas era nossa porque nós é que a ocupávamos, e nós é que sabíamos tudo sobre ela, seus desvãos, cantos escuros, o lugar onde cortei meu dedo, a sala onde um dia entrou um passarinho que caiu tonto depois de bater de frente na vidraça, e essas coisas todas que fazem de um lugar ser de alguém.

Do ponto de ônibus até o portão, a Irene e eu viemos correndo e pulando, pois era uma calçada tão nossa como a casa. Ela, quase todos os dias, de triciclo pra esquerda e pra direita, devagar nas curvas. Eu, de patinete, metros e metros os dois pés no chassi, rompendo o vento com minha testa até a esquina.

— O papai não vem almoçar?

A Irene nunca se conformou com as ausências de nosso pai em dias que ela já sabia serem nossos, os dias de suas mãos grossas nos erguerem até nossa cabeça bater nas nuvens, aquele tamanho. E ele sabia inventar umas brincadeiras que só ele sabia inventar: de cantar, de cavalinho, de bicho peludo, além das mágicas, todas muito engraçadas.

O *casarão da rua do Rosário* | 285

— O papai não vem almoçar?

Enquanto o frango terminava de assar no forninho do fogão (o macarrão já estava pronto), nossa mãe botou a Irene sentada sobre suas pernas e explicou que nosso pai estava em uma reunião que só ia terminar à noite. E que era muito importante ele estar lá. Deu-lhe um beijo estralado e a soltou no chão.

Nós éramos nossa família.

10

Fomos dormir, naquela terça, e deixamos os dois conversando na cozinha. Meu pai e minha mãe estavam muito preocupados, mais ainda, estavam muito assustados com as notícias. Um levante em Juiz de Fora, tropas nas estradas, manifestos em emissoras de rádio. Não sei o que ficaram conversando, mas imaginei que fosse a respeito dos últimos acontecimentos políticos, por isso também meu sono demorou bastante para chegar. Eles falavam baixo, na cozinha, não sei se para não afugentar nosso sono ou para que não soubéssemos do que falavam, segurando-se as mãos em cima da mesa.

Na quarta-feira de manhã, fomos os três para a escola: entre as duas, eu segurava suas mãos. Depois, quando chegamos para o almoço, nossa mãe estava ao lado do rádio e suspirava a cada notícia. Adesões de forças militares e civis, um presidente acuado, esperança de reação, medo, muito medo. Isso atrasou um pouco nossa refeição,

O casarão da rua do Rosário | *287*

mas só a Dolores reclamou, pois ainda não sabia ler a fisionomia de nossa mãe.

Mais tarde, ela estava lavando a louça do almoço quando a Irene entrou na cozinha chorando porque não emprestei a ela meus patins. Eu vinha atrás com a intenção de me justificar com a fragilidade dos joelhos dela, mas parei antes de chegar à porta, pois nossa mãe armou uma tempestade para que ela desaparecesse dali com o barulho dela. Ora, justamente na hora do noticiário, Irene! Minha irmã parou de chorar e veio a mim com seus olhos arregalados, para dizer que não queria mais patinar. Deixamos nossa mãe com seus nervos prejudicados e fomos para o quintal, à procura de alguma coisa para fazer.

A Dolores ficou sentada na varanda, lendo. Ela vinha lendo seu primeiro livro todos os dias já fazia um mês e não enjoava.

— A mãe tá braba?, me perguntou a Irene.

Eu disse que não era bem aquilo, braba, mas que estava preocupada porque o presidente do país tinha sido expulso.

— E o que é que tem isso?

Eu não sabia explicar. Para meu gasto, tinha uma intuição bastante nebulosa de que uma mudança de governo, assim, com tanque nas ruas como se fosse uma guerra, afetava a vida de todos nós. Mas eu não estava entendendo bem por quê, por isso disse à Irene que deixasse de ser boba e não se metesse em assunto de gente grande. Minha irmã é dois anos mais nova do que eu, e teve uma época em que eu tinha o dobro da idade dela. Agora não, agora nossa diferença de idade diminuiu bastante, mesmo assim, ela continuava me tratando como a um irmão com o dobro da idade dela. Por isso a Irene ameaçou chorar e eu dei um beijo na face dela e disse que não, que não era boba não.

288 | *Menalton Braff*

No fim da tarde, nossa mãe pediu que ficássemos dentro de casa um tempo, tomando conta da Dolores. Saiu pela porta da cozinha, que ficava nos fundos da casa, com dois sacos de plástico e foi até perto do muro, onde ela cultivava umas verduras numa horta pouco maior do que eu. Pela janela, eu vi que ela desmanchou o canteiro de rúcula, fez um buraco e enterrou os dois sacos de plástico. Antes que ela entrasse de volta, pulei da cadeira e fui conversar com minhas irmãs.

Nossa mãe abriu a porta suada, com cabelos soltos grudados na testa, e nos fiscalizou olhando com força. Eu acho que fingi muito bem não ter visto nada, e as meninas, por não terem visto nada mesmo, não precisaram fingir.

Mais tarde descobri que faltavam alguns livros na estante de meu pai.

11

Minha mãe ficava na sala esperando, sentada lendo, porque a casa precisava de silêncio para que as crianças dormissem. Meu sono era agitado pelas coisas que ouvia em toda parte, por isso acordava e ia espiar. Quando chegava meu pai, trocavam algumas palavras, às vezes iam até a cozinha, ele com fome, outras vezes iam direto para o quarto porque era preciso descansar. Muito difíceis os contatos, ouvi-o comentar uma noite com minha mãe. Não se pode vacilar. E ele ensinou alguns códigos à esposa, de gente que poderia chegar com notícia. Alguns dos presos poderiam não resistir às torturas e entregar os companheiros.

Quando num domingo, depois do almoço, eles se distraíram conversando perto de mim, que fingia interesse num livro qualquer, demorei a entender, mas penso que ele teria explicado a situação à minha mãe de maneira bem simples. Tem o governo de um lado,

290 | *Menalton Braff*

que atropelou a democracia com o apoio da Igreja, uma parte do povo e a maioria dos grandes empresários; tem o povo do outro, principalmente os estudantes, os trabalhadores em seus sindicatos e o Partido, a esta altura agindo na clandestinidade. Dias depois descobri no dicionário que clandestino é escondido, ilegal. Mas dentro do Partido havia duas correntes brigando entre si. Uma ala só acreditava na luta armada para se derrubar o governo da ditadura; a outra defendia uma luta mais longa, dentro do pequeno espaço deixado pelos militares. Uma luta política de organização do povo, esclarecimento com jornal próprio e distribuído clandestinamente. E coisas assim. Os primeiros chamavam os segundos de covardes, e os segundos chamavam os primeiros de irresponsáveis e sonhadores, aventureiros. Não descobri a que ala pertencia meu pai.

Numa daquelas manhãs de sol claro e céu escuro, chegamos da escola e encontramos nossa mãe muito agitada. Eu só de ver já sabia que ela não estava bem. Os cabelos emaranhados, com fiapos grudados na testa, era o sinal que eu reconhecia. Depois do almoço ela contou que estivera em nossa casa um homem que perguntou, A senhora é a companheira do Bernardo? Ela quase desmaiou na hora, quando ouviu aquela pergunta. Então ele disse que não se preocupasse, que apenas desse a ele um recado. E o recado para ele era No H3A110. A senhora decorou? Se quiser pode escrever. No H3A110, ela respondeu.

À noite, quando nosso pai chegou, finalmente minha mãe se aliviou daquela carga imensa ao dizer, No H3A110. Meu pai olhou o relógio e disse, Então ainda dá tempo de jantar. E jantou calado, depois pegou um chapéu que ele usava somente à noite, deu um beijo em cada um e se atirou para o H3A110 no seu carro.

De madrugada, quando ele voltou, ouvi dizer à minha mãe que dentro do exército um oficial e alguns sargentos organizavam um

O casarão da rua do Rosário | *291*

levante. Contou que alguns de seus companheiros tinham sido presos e aproveitou para assinar o recibo de venda do carro. Qualquer coisa, ele disse. E foram dormir, se é que conseguiram.

Nos meses seguintes, era raro o dia que eu deixava de pensar nos riscos que meu pai vinha correndo por querer um governo diferente. Ele chegou a se ausentar quatro dias aproveitando um feriado e uma ponte para fazer uma viagem longa, imagino que longa, porque saber, nem minha mãe podia. Na partida, ele tinha dito, não se aflijam. Vou pra longe, mas não é missão muito perigosa. Quando ele voltou, chegou em casa quase noite, e já era como se fosse outro pai, com fisionomia de outro pai. Depois de receber seu beijo, fui para o banheiro chorar e chorei bastante tempo por causa da saudade que eu tinha sentido. Aos poucos ele foi mudando e se transformou em nosso pai, como sempre tinha sido.

Minha mãe, nestes tempos de céu escuro, foi criando confiança em mim, na minha compreensão do que acontecia. Eu fazia muitas perguntas a ela e ela a nem todas respondia, dizendo que isso eu também não sei. Criou-se, então, nesse tempo, uma cumplicidade entre nós dois, que até segredos ela me contava, por isso, de repente, me senti um homem adulto. Nós dois, minha mãe e eu, estávamos muito contra o governo.

12

A casa toda acordou com aqueles murros de meia-noite na porta da frente. A segunda saraivada de estrondos foi seguida da ordem em voz que se agarra na memória com as duas mãos. Eu não sabia se o melhor era me esconder debaixo do edredom ou saltar do beliche para conferir o que se passava na sala. Então ouvi os gritos de minha mãe, que ainda não tinha saído do quarto e mesmo assim já tinha o entendimento exato de quem poderia estar trazendo àquela hora uma ordem com voz de fogo.

Acendi a luz e corri para perto das minhas irmãs. Ouvi a voz de meu pai vindo da sala, que dizia, Podem procurar, não tenho nada a esconder. Sou um trabalhador. Se quiserem conferir, aí está a Carteira Profissional. Nossa mãe chegou chorando, beijou as meninas, que se acalmassem, mas ela mesma não conseguia a calma que tentava transmitir, aumentando o desespero das duas. Aproveitei para espiar

O casarão da rua do Rosário | 293

a sala e vi meu pai de pé, e, a seu lado, um homem de arma na mão. Como desejei, naquele momento, ter a força e a esperteza dos super-heróis meus conhecidos. Com a insignificância que me cabia, nada podia fazer. Um homem armado dentro de nossa casa. Os outros dois vasculhavam cada canto dos aposentos. E tive a impressão de que alguém fumava lá fora, além da porta, no meio da noite.

A casa, em suas partes de dentro, já estava irreconhecível. Portas de armários abertas, latas sem tampa no chão, gavetas arrancadas de seus lugares, guarda-roupa, baú, cômoda, criado-mudo, livros espalhados sobre a cama com o colchão furado em vários lugares e a espuma vazando como vísceras de uma barriga.

Minha mãe já não sabia quem proteger, se as filhas desesperadas ou seu homem, impotente, sem poder reagir. Na sala ela quis agredir o policial, mas foi contida por meu pai, Sossega, Isaura, ele tem uma arma na mão não é para brincar.

Exaustos e sem nada terem encontrado, os outros dois, os que revistaram e reviraram a casa quanto quiseram, voltaram à sala para receber ordens do chefe, que não largava o revólver.

Minha mãe trouxe roupa mais quente para meu pai, pasta e escova de dentes, e se agarrou com a cabeça enfiada em seu peito, gritando sozinha dentro da noite escura. Tive a impressão de ver um pouco de vergonha no semblante sombrio de meu pai. Ele dizia, Pare com isso, Isaura, eu volto logo.

Nós três, os seus filhos, abraçamos nosso pai, que também nos abraçou antes de pegar a sacola onde levava seu enxoval. Ao sair, parou na porta com uma tentativa de sorriso animador nos lábios, que mais me pareceu sua máscara bem malfeita. Muito deformada, sua fisionomia. Então ele disse, Não fiquem com medo, o papai logo, logo vai estar de volta.

13

O tempo que não estivéssemos na escola, minhas irmãs e eu, andávamos por dentro de casa, como zumbis, a cabeça erguida e os ouvidos abertos, esperando um ruído que fosse diferente, um passarinho que soltasse um bilhete do bico na frente da nossa casa. Éramos calados, sem apetite, sem forças para um sorriso, mesmo dos amarelos.

No primeiro mês, minha mãe deixou de pagar a prestação do carro. Por isso ela se transformou muito, mostrando um humor azedo de tanta preocupação. O dinheiro que meu pai tinha deixado não era muito, e começamos a cortar despesas. Foi difícil convencer as meninas de que sorvete, nem pensar, estava fora de nossos hábitos de consumo, assim como chocolates toda semana, e tantas coisas mais sem as quais podíamos viver e muito bem. Cortes cada vez mais fundos. Nas primeiras semanas, elas choravam, pedindo. Depois entenderam ou apenas esqueceram e pararam de chorar.

O *casarão da rua do Rosário* | *295*

Esperávamos notícias como o ar que se vai rarefazendo. Elas não chegavam. O segundo mês se passou e minha mãe tomou uma decisão. Foi até o banco e explicou que já deixara de pagar duas prestações e não podia dar garantias de que as próximas seriam pagas. Teve de conversar com chefe de carteira, foi explicar mais uma vez, agora ao gerente e, depois de consultas em demorados telefonemas, finalmente fecharam um acordo: nós ficaríamos sem carro e ainda teríamos dinheiro para mais um mês.

Desde muito pequenos nos divertíamos passeando de ônibus. Ficamos um pouco tristes sem nosso carro, mas não nos pareceu um desastre.

Uma tarde, nossa mãe nos convocou. Há dias já ela vinha lutando contra uma ideia, mas achava que não teríamos outro jeito. Enquanto nosso pai não voltasse, teríamos de viver no casarão daquelas tias solteironas. Perguntou se a gente concordava, nós, sua gente, umas pessoas em potência, pessoinhas.

Estávamos sentados os quatro nas poltronas e no sofá da sala, quietos e desanimados pelo cansaço, pois nada cansa mais do que esperar, e tínhamos esperado alguns meses. Então, começou a instruir-nos sobre normas de conduta: sem gritarias, correr dentro de casa nem pensar, jamais usar palavrão, comer apenas o que nos oferecessem, nunca pedir nada, e o mais importante, em hipótese alguma falar do Bernardo, ouviram bem? O pai de vocês deve ficar guardado no coração jamais chegando até a boca. Por quê? Ora, suas tias solteironas, elas imaginam seu pai como o anticristo, enviado de satanás para destruir a Terra.

Nós não entendemos muito bem as razões de nossas tias ricas, quer dizer, as meninas não entenderam, pois comigo já possuía algumas ideias das diferenças sociais — nós tivemos de entregar o

296 | *Menalton Braff*

carro ao banco — e também das posições políticas, por isso, na minha cabeça, nosso pai era o oposto daquelas tias ricas do casarão da rua do Rosário.

Foi do telefone da padaria que nossa mãe acertou a visita que faríamos ao casarão na tarde do dia seguinte. Ela voltou com os músculos do rosto descaídos, dizendo que iríamos até lá, mas que elas ainda não sabiam o motivo. Tentou nos divertir, mas o sorriso dela era uma careta falsa, apenas uma deformação do rosto, e suas palavras eram curtas e pesadas, que a custo atravessavam os pigarros. Eu conhecia os nervos de minha mãe. Ela partia para uma tentativa de solução sem saber o resultado.

A noite veio entrando aos poucos pelas janelas, o bairro ficou pendurado nos postes, muito amarelo — uma palidez — e nós, por nós mesmos, não teríamos saído da sala, porque estávamos juntos e podíamos darmo-nos as mãos e fechar o círculo. Mas nossa mãe, a certa altura, levantou-se e foi fazer barulho na cozinha.

Não sei se alguém dormiu direito aquela noite. Eu não dormi. A vida começava a dar voltas sem controle e a vertigem me tirava o sono. Me remexi, pensei, mudei de lado, tentei imaginar como poderia ser o futuro, que eu ainda não sabia construir. De madrugada devo ter caído como pedra no fundo da lagoa, pois minha mãe teve de me sacudir várias vezes avisando que já estava na hora da escola.

O dia teve duas partes, aquele dia. Uma lenta, com gosto de ansiedade, os pensamentos trombando uns nos outros, os sustos, tudo isso misturado ao medo que o desconhecido sempre nos impinge. A segunda parte foi a partir do portão sendo fechado pela tia Ivone, que esperou um pouco até que nos virássemos para acenar uma despedida. Tínhamos passado algumas horas da tarde no casarão da rua do Rosário.

Nossa mãe, depois que entramos na avenida, encobertos para o casarão, levantou a Dolores até o fim de seus braços, cantarolou Oh abre alas, que eu quero passar. E dançou até o ponto do ônibus. Finalmente nós éramos mais uma vez uma família quase feliz.

14

Só eu, seu confidente, guardava aquele segredo: onde minha mãe gastava quase todas as suas tardes. Depois de tantos meses de espera, passiva, ela resolveu que aquela angústia precisava acabar. Tínhamos suportado até demais a tortura de não saber o que tinha acontecido ou o que estava acontecendo com seu marido, nosso pai.

Ela viajava de ônibus com uma lista dos lugares prováveis onde poderia encontrá-lo. Visitou todos os hospitais da cidade e, depois de contar com a ajuda de um advogado, andou investigando cidades vizinhas. Dias e dias de busca, de consulta a listas de baixas, convenceu-se de que não tinha passado nenhum Bernardo Fortunatti por qualquer hospital. Foi aos registros de cemitérios, ouviu palavras azedas de humilhação até desistir de encontrá-lo como corpo apenas, pois seu nome não constava em lugar algum.

Começou finalmente a ronda mais difícil: delegacias, prisões e quartéis. Em quase todos os lugares onde se apresentava como esposa

O casarão da rua do Rosário | 299

de Bernardo Fortunatti, preso numa noite dentro de sua própria casa, recebia ameaças e conselhos para que desistisse daquelas buscas. Ela não desistia.

Uma tarde um carro parou na frente do portão, à sombra dos dois oitis. Eu vi pela janela, e tia Benvinda também. Demorou algum tempo para que minha mãe descesse do carro e abrisse o portão para entrar.

Na porta aberta da sala, o corpo magro no vão da porta, sua irmã Benvinda a esperava como uma chibata. Escondido no corredor, as pernas ainda queimando das chicotadas, ouvi a conversa das duas. A solteirona começou perguntando, Quem era aquele homem? Minha mãe apenas ergueu os ombros. Você não tem por que saber quem é ele. A velhota afinou ainda mais os lábios, ajeitou os óculos no alto do nariz e trêmula de raiva gritou, Eu te proíbo de vir acompanhada por um qualquer um até a frente de nossa casa. Qual é o problema?, perguntou minha mãe, e senti cansaço em sua voz. Qual é o problema? Esta casa tem um nome e quando você veio morar aqui concordou em cumprir com as normas que foram estabelecidas.

Eu nunca tinha ouvido palavrão na boca daquela mulher. Minha mãe quase encostou seu corpo aos ossos de sua irmã e disse mordendo cada letra das palavras, Não me enche o saco. E saia da minha frente que estou muito cansada.

Entrei atrás dela no quarto ainda escuro. Então pedi que ela acendesse a luz. E mostrei. Em cada uma das pernas os vergões deixados pelo chicote. Chorei novamente e disse que ainda estava doendo. Primeiro ela sentou e me fez sentar a seu lado. Diz, meu filho, conta o que foi que aconteceu. Não quis esconder nada e confessei o furto dos figos em calda, aquela compoteira cheia. O modo como abri o

300 | *Menalton Braff*

armário e como não consegui fechar direito: a descoberta do crime. Terminei narrando o modo como duas delas me seguraram pelos braços para que a mais velha me espancasse.

Abri no berreiro. As meninas, minhas irmãs, vieram de dentro de casa chorando e pedindo clemência. Mas o modo como chegaram dizendo, Não, tia, não bata mais nele, sua religião manda perdoar, esse modo de misturar o sagrado e o profano, irritou ainda mais tia Benvinda, que já vivia perdoando em abstrato, o que se pode chamar de perdão vazio.

Acusada de uma falta, como sentiu a interferência das sobrinhas, empregou ainda maior força no castigo. Muda, que não sobrava forças para que falasse. Quem dizia, Toma, seu ladrãozinho, isso é pra aprender, era tia Amélia, com sua cara maldosa, e seus olhos pontiagudos.

Do meio de suas plantas, alertado pelos latidos de seu cão, tio Ataulfo veio correndo e a menos de dois metros começou a pular, chorando com lágrimas no rosto, batendo com os punhos fechados na própria cabeça. Por fim, arrancou das mãos de uma das irmãs o meu braço e me arrastou para seu quarto na edícula. Seus olhos eram duas chamas vermelhas.

Fiquei com as pernas cobertas com estes vergões.

Minha mãe foi à cozinha e trouxe água morna. Sem falar com ninguém. Ela só pensava, isso via-se pela ruga na testa. Me levou para o banheiro, lavou minhas pernas, que cobriu de mercúrio. Já era noite quando ela chamou a velhota para a sala. Bateu à porta da tia Amélia e gritou do corredor, Você não precisa vir, sua bosta, que você não consegue nem ser má, sua idiota. Nisso ouvi os passos da tia Benvinda e o início de uma conversa. Então uma porta rangeu, abrindo-se, e do meu quarto ouvi cheio de orgulho a voz de minha

O *casarão da rua do Rosário* | *301*

mãe, Nunca mais, sua megera, nunca mais. Se você tocar outra vez em um de meus filhos, eu boto fogo neste casarão maldito com todas vocês aqui dentro.

Eu senti um conforto bom, tão bom que até os vergões já não ardiam tanto.

Depois disso, ela foi até a edícula, onde tio Ataulfo ainda chorava. Ele só parou depois de receber um beijo no rosto e ouvir a promessa de que nunca mais as crianças daquela casa sofreriam castigos corporais.

Algumas vezes ainda minha mãe saiu atrás de alguma informação com jeito de verdadeira, mas voltava ainda com as olheiras maiores e punha-se novamente no quarto a chorar. Por fim, desistiu, dando-se por viúva.

15

O ano foi morrendo de calor, aos poucos, sem que percebêssemos. Tínhamos casa e comida, que isso nossas tias não poderiam negar. Não era ainda o conforto, mas já estávamos fora do círculo do fogo. As meninas continuaram chorando nos quartos, em segredo, a falta que sentiam de nosso pai. Mas agora, pelo menos, não tínhamos de nos preocupar com o básico necessário à sobrevivência. A memória das minhas irmãs não trabalhava em tempo integral e cada vez mais raramente se queixavam dizendo que queriam de volta nosso pai. A memória comete dessas crueldades, aceitando que o tempo apague até as pessoas mais queridas.

Entramos nas férias escolares, período em que pouco saíamos de casa. Às vezes um passeio curto até a avenida e a pouco mais do que isso nos arriscávamos. Fomos uma vez à horta do seu Luís, mas ele mantinha no quintal três feras que me pareceram inamistosas e de

O casarão da rua do Rosário | 303

grande potencial de perigo. A maior parte do tempo, brincávamos no quintal do casarão, entre as árvores, nos caminhos ensaibrados do jardim, à frente da edícula. Nosso companheiro de fuzarca era sempre o tio Ataulfo, o pastor de seus bichinhos.

Nessa época, aí por volta de janeiro, minha mãe saía todos os dias, mas não era mais tentando descobrir que fim tinha levado nosso pai. Alguns conhecidos tinham prometido avisar qualquer mudança no assunto das buscas. Sua preocupação agora era com o sustento de sua família. Dependência econômica acaba resultando em subordinação. Ela jamais aceitaria prestar obediência a suas irmãs. Uma noite minha mãe me contou que estava visitando escolas, pois pretendia trabalhar.

Quase no fim de fevereiro, perto do início das aulas, um dia ela chegou daquele jeito dela, dançando no meio da rua, e só eu adivinhei o que tinha acontecido. Faltava bem pouco para a hora do almoço e minha mãe entrou valsando pelo corredor e desembocou na cozinha rindo como uma criança, às gargalhadas sem controle. Na época fiquei um pouco envergonhado por causa de seu comportamento disparatado, absurdo. Mas eu sei que era uma desforra, sua necessidade de agredir aquelas irmãs que a detestavam.

Pegou-nos os três pelas mãos e dançamos juntos uma ciranda. Quando tia Benvinda chegou para o almoço, encontrou a cozinha naquele alvoroço.

— Pode-se ter uma explicação para este comportamento descontrolado?

A caçula deu um último pulo, soltou nossas mãos e chegou mais perto da primogênita. Estou empregada, ela disse. Assumi o cargo de professora em uma escola do Colina, que nem é tão longe daqui. Quinze, vinte minutos de ônibus.

304 | *Menalton Braff*

Aquele dia nós almoçamos com intensidade, concentração, porque não seríamos mais as crianças que vivem por favor de parentes. Agora, era nossa mãe que nos deixava crescer sem humilhações.

16

Elas vieram para minha formatura, mas trouxeram também seus troféus escondidos num silêncio de fazer surpresa. A Vilma deu um jeito no quarto dela para receber minha mãe e a Dolores, e foi dormir na cama de casal de sua tia. O táxi nos descarregou com as malas em frente à pensão, debaixo do sol, e a Vilma veio nos ajudar com sua força de sobrinha de uma pensão. Ela à frente, no caminho de sombras do corredor, ensinava como chegar ao quarto. Depois de abrir a porta, entregou a chave à minha mãe, A senhora fique à vontade, dona Isaura. Ela muito nora, sorridente por causa da felicidade, se retirou. A Dolores experimentou a cama e me parece que eu fiquei com o rosto quente, pois era um molejo de cama velho conhecido meu, aquele ali. Ela estaria pensando alguma coisa?

Falei a elas que desarrumassem as malas, depois viessem até o refeitório para tomar alguma coisa. Cruzei na sala de espera com a Vilma, que me piscou e disse, Gostei, das duas.

306 | *Menalton Braff*

Fui até a janela da saleta da frente, querendo me distrair com o movimento da rua. Minha cabeça não era capaz de reter os pensamentos que passavam em rajadas. À noite, seria declarado médico, e fazia residência em psiquiatria. Pela primeira vez recebia na pensão minha mãe e a Dolores. Repassei alguns planos, como o hospital psiquiátrico, e o que pretendia desenvolver lá, o consultório, que pretendia abrir numa sala em ponto bom e aluguel barato, alguns cursos que ainda pretendia fazer, pois minhas ambições chegavam até o magistério na universidade. E novamente me lembrava das duas descendo do ônibus e correndo para me abraçar. Eu ria sem dizer coisa alguma, a emoção forte me atrapalha a expressão.

Ouvi as vozes familiares das duas, e aquilo não me pareceu real — nós três naquele espaço provisório. Eram vozes que pertenciam a um casarão a quase quinhentos quilômetros de distância, onde era tudo muito diferente: paisagens, pessoas, normas, ruídos, problemas. Até o sol de lá era outro, batia sobre minha cabeça de menino, iluminava o jardim do tio Ataulfo, por cima de tudo, os espaços.

Não me virei logo para sentir a mão da Dolores no meu ombro. Envolvi com meus braços os pescoços delas e distribuí beijos a que a rua toda pôde assistir encantada. Eu era um filho e um irmão, estava reunido à minha família na pensão onde morava, à espera do momento em que me entregariam aquele canudo vazio, que simbolizava os degraus todos que com muito sacrifício eu tinha escalado. E psiquiatra, sorria a Dolores, psiquiatra. E assim abraçados fomos para o refeitório, onde a Vilma já nos esperava com a mesa posta com sua toalha vermelha xadrez, café com leite, suco, xícaras e copos, bolos e salgados.

Sua tia chegou da cozinha enxugando as mãos no avental e veio abraçar as duas visitantes. Mandei preparar esta mesa, porque gente

O casarão da rua do Rosário | 307

do Palmiro só pode merecer tratamento de fidalgo, não é mesmo? E ela, eu vi, estava orgulhosa do que tinha arranjado à guisa de recepção.

Por fim nos deixaram sozinhos e sentamos olhando ainda o que havia para escolher. Eu não sentia fome, mas as duas, que mal tinham beliscado alguma coisa numa parada do ônibus, deveriam estar com fome, com sede, cansadas e com sono.

Enchi um copo de suco gelado e dei uma primeira bicada. Com imenso sorriso malicioso, a Dolores me disse, Tenho uma novidade. Sua irmãzinha passou no vestibular.

Nos levantamos para mais abraços.

Minha mãe, com o controle que eu já conhecia, tomou suco, comeu dois salgadinhos, serviu-se de café com leite e pegou uma fatia de bolo. Então me pegou a mão e me pôs de pé. Me abrace e me dê os parabéns, ela disse.

Abracei, beijei, para então perguntar, Mas e agora, o que foi que aconteceu? Também tenho novidades. Fui promovida. Sou a coordenadora da escola. Os professores todos, mesmo os mais velhos gostam muito de mim e todos aprovaram minha nomeação. Só uma velhinha que se aposenta no ano que vem ficou com um pouco de inveja. Ela contava com o cargo em seu último ano de trabalho.

Depois do lanche, elas foram descansar no quarto onde muitas vezes me aliviei das dores da vida nos braços da Vilma.

17

Não era só por causa do marido, aquele sobrinho que ela detestava. Minha mãe chorou, na cerimônia de casamento da Irene, por ter visto um elo que se partia.

Me iluminou instantânea aquela cena do dia em que ela conseguiu uma vaga de professora. Nós quatro de mãos dadas, dançando num círculo perfeito. Suas irmãs, em volta, olhavam espantadas sem compreender o que significava tudo aquilo. Nós éramos nossa família e estávamos ligados por mãos que se apertavam sobre outras mãos.

A Irene foi ser a base de outra família, em sua própria casa, com suas preocupações, crescendo numa direção que nós desconhecíamos.

Minha mãe passou dias suspirando. Além de perder a Irene, perdia com ela o neto, a quem já se afeiçoara no exercício de lamber a cria da própria cria.

O casarão da rua do Rosário | 309

Ficaram apenas as duas, pois Dolores ainda se preparava para o vestibular. Eu já tinha tomado meu rumo, e se não montava minha própria família, onde reinasse, também já não pertencia mais ao círculo. As cartas e os telefonemas não supriam o ouvido atento de seu confidente. A escrita não tem o calor da voz, não dá conta de suas intenções todas.

Quando minha mãe e a Dolores foram à minha formatura, bem que no dia seguinte insistiram na minha volta para o casarão. Poderia ter voltado, mas teria de abandonar minha ambição de exercer o magistério na mesma faculdade onde tivera minha formação. Aquela era uma ambição que guardava escondida, pois não estava certo de conseguir a titulação necessária. Usei a sala, meu futuro consultório, como pretexto para não voltar. E era um pretexto bastante frágil.

No ano seguinte, a Dolores soltou as duas mãos que a minha mãe ainda tinha presas entre as suas. Agora ela estava sozinha. Suas irmãs pouco contavam, pois, apesar do arrefecimento das hostilidades, elas tinham hábitos e visões do mundo e da vida muito diferentes. Afinidade quase nenhuma entre minha mãe e as solteironas.

O que ainda salvava minha mãe do tédio e de uma vida aborrecida era a escola. Dobrou seu turno por pouca diferença salarial, mas assim se mantinha com a mente ocupada e no convívio de pessoas com quem buscava construir alguma coisa e dar um sentido à sua vida.

Um dia, quando fui visitá-la em seu aniversário, perguntei-lhe se estava feliz. Minha mãe demorou muito para responder. E eu já estava começando a me arrepender daquela pergunta tão íntima, então vi que ela estava engolindo nós e mais nós que se formavam em sua garganta. Meu filho, por fim ouvi, depois que perdi seu pai, seria uma infâmia a felicidade. Eu amei aquele homem, amei muito

310 | *Menalton Braff*

aquele homem, e roubaram ele de mim. Vocês, os filhos, me ajudavam a esquecer seu pai, mas agora vocês se foram. Quando não estou trabalhando ou fazendo alguma coisa que me distraia, eu trago o Bernardo de volta, boto ele sentado na cama e ficamos horas e horas conversando. Eu tento convencer seu pai de que o mundo de justiça, com que ele tanto sonhava, não aconteceu e jamais vai acontecer. A humanidade parece que, cada vez mais, está entregue à volúpia da autodestruição.

Ela parou de falar e me pareceu que sonhava de olhos abertos. Ficou assim muito tempo: a respiração quase imperceptível e um bando de pensamentos fragmentários esvoaçando em volta de sua cabeça.

Seria tão bom que seu pai tivesse razão, Palmiro.

Nos levantamos e saímos para o quintal, pois estávamos ficando sufocados com as recordações.

18

O sol vai perdendo seus ardores, seu vigor, torna-se macio, quase indiferente, e as nuvens se enfeitam de várias cores, flores derradeiras à beira do horizonte. Uma brisa passa com destino incerto, sem força, e tropeça em todos os arbustos de seu caminho por onde varre folhas secas, soltas sobre a terra onde vão encontrar sua dissolução. O outono está em seus derradeiros suspiros, em breve portas e janelas permanecerão fechadas tentando reter o inverno do lado de fora. E tudo se cumpre com exatidão, inelutavelmente.

Seus cabelos brancos me assustaram no dia em que fui buscá-la na rodoviária. Mas era ela, sim. O rosto meio encovado, algumas rugas perto dos olhos, que brilhavam iluminando seu rosto, como se ela estivesse com pressa. Ou com febre. Tinha telefonado dias antes, dizendo que queria passar as duas primeiras semanas de sua aposentadoria comigo, no apartamento, se eu arranjava um quarto por quinze dias.

312 | *Menalton Braff*

Ao abraçá-la, senti entre meus braços um corpo frágil e nervoso. Eu não sei, foi logo dizendo, não sei o que mais esperar da vida. Fiz algumas brincadeiras para acalmá-la enquanto ajeitava suas malas no carro.

No apartamento, depois de um banho demorado, ela foi até a cozinha onde eu preparava um lanche para nossa fome. Perdi minhas referências, meu filho. Não tenho mais serventia. Não sei o que pensar dos dias na hora de acordar. Um clarão vazio e sem fim?

— Quieta, dona Isaura, coma essa torrada aí e pare de pensar. A senhora só se aposentou, e isso não é o fim.

Minha mãe foi até uma das malas, que abriu, e trouxe um álbum de fotografias, velho conhecido que há vários anos eu não via. Convidei-a para vermos o álbum na mesa da sala e ela me olhou com alguma surpresa pendurada nas sobrancelhas. Sala é lugar de reunião, ela disse, já limpando a mesa onde tomáramos nosso lanche. Mas o álbum estava reorganizado, e a primeira parte só continha fotos de meu pai. Foi um grande homem, ela suspirava, vocês eram muito crianças e não conheceram direito quem foi o pai de vocês.

O ônibus fez uma parada para abastecer, e aproveitei para esticar as pernas. Ainda ouvia minha mãe na cozinha do meu apartamento, Um grande homem.

CINCO

BERNARDO, O REVOLUCIONÁRIO

1

O suor descia em riacho pelas ribanceiras da testa e se espraiava na raiz da barba fechada. Bernardo tirou um lenço do bolso traseiro da calça e enxugou a testa. Enfiou um dedo entre o colarinho e o pescoço suplicando um pouco de folga, afrouxou o nó da gravata e, exausto, soltou as duas mãos sobre a mesa. Sua prima dançava com o pai a valsa dos formandos. O ar-condicionado não dava conta daquele vão imenso lotado como estava.

Em volta, pessoas de terno e gravata e pessoas de vestidos longos. Broches, colares, tiaras, pedras e pérolas, um povo enfeitado em honra da ocasião. Todos riam suas alegrias de maneira explícita, o sorriso como atributo natural do rosto. Alguns tinham a testa brilhante de suor, o rímel tentava desmanchar-se nos olhos de bailarinas que vinham sentar-se para dar uma arrumada em aspectos da fisionomia.

316 | *Menalton Braff*

Bernardo pediu mais uma cerveja, pois não estava disposto a embriagar-se com bebidas destiladas, como sua tia que viajara muitas horas só para isso: beber até cair. Um dia ele também viera do interior com o propósito de estudar. Encontrou pessoas que pensavam como ele que o mundo precisava ser reformado e resolveu reformar o mundo antes de continuar os estudos.

Olhou para um lado e para o outro e não viu uma fisionomia conhecida, então aborreceu-se. Fazer companhia àquela mulher que emborcava um copo depois do outro para se divertir não lhe parecia um programa agradável. Durante uns bons dez anos ela havia exercido muito a contragosto o papel de sua mãe. Agora se encontravam no baile da formatura de Raquel, e, sozinhos à mesa, evitavam-se com cerveja e uísque.

Já estava perto do desespero quando se deslumbrou. Em uma das mesas próximas, onde estava apenas uma mulher tomando meia de seda, sentou-se uma formanda visivelmente cansada pelo que aparecia em seu rosto suado e muito vermelho. As duas começaram a conversar alegres, apesar do volume exagerado da orquestra, e o modo como conversavam era uma distração para Bernardo, que nem se lembrou mais da tia que queria beber até cair.

Quando a formanda com vestido cor de vinho pediu a meia de seda, Bernardo descobriu que deveria casar com ela. Em seguida outra formanda, à frente de seu pai e padrinho, veio para a mesa e ele teve de disfarçar olhos oblíquos porque a recém-chegada falava sobre ele. Percebeu-se reparado por duas ou três olhadas daquela que ele queria como esposa, mas não queria testemunhas, por isso continuava dissimulando seu interesse. A moça que chegou por último mo recomendou à amiga que fosse com calma, pois era bebida doce, sim, mas depois de um tempo pegava de uma vez só para derrubar.

O *casarão da rua do Rosário* | 317

Em seguida pôs-se a discutir alguma coisa com o pai, e Bernardo pôde, finalmente, fixar os olhos na sua escolhida.

Bastou o pagamento de um sorriso com outro do mesmo tamanho para que se encorajasse a convidar a moça para dançar. Saíram do salão praticamente casados tanto se afetaram mutuamente.

Às quatro da manhã, Bernardo se lembrou finalmente de perguntar a seu par se estava acompanhada e ela respondeu que viera sozinha e tinha dançado a valsa dos formandos com o pai de um colega. Então te levo pra casa, ele disse. Seus parentes não estavam mais na mesa e os cigarros estavam apagados, muito mortos no cinzeiro. Então Bernardo tomou Isaura pelo antebraço e a conduziu para fora. Os músicos guardavam os instrumentos conversando como pessoas normais.

A água que tomou, o suor e agora a brisa da madrugada cortaram quase todo o efeito da bebida e Isaura pensou que o melhor dos sonhos é a realidade feliz. Por isso aceitou o beijo de Bernardo, um beijo com a paixão de um casal apaixonado. Rodaram pela avenida, entraram numas travessas até a rua do Rosário, com suas poucas casas, a maioria cercada por hortas e árvores. Já eram quase cinco horas quando Isaura disse, É aqui.

Em frente ao casarão, o rapaz pediu que ela repetisse. Onde eu fui me meter! ele exclamou.

Antes do beijo de despedida, marcaram o novo encontro, que faria todos os relógios da cidade mais lentos, muito mais lentos.

2

Como sempre, Bernardo a esperava com os braços erguidos de alegria e prontos para o primeiro abraço. Fim de seu expediente dentro ainda do dia, o Sol baixo tocando as nuvens, a claridade escoando-se para as beiradas do mundo. Fazia cinco minutos que estava sentado à mesa do bar, com seu copo de cerveja pela metade, quando Isaura apareceu inteira no vão da porta. Bernardo levantou-se com sua altura e ergueu os braços até as pontas, o coração batendo feliz.

Isaura sentou-se com ar misterioso, um rosto que não era bem de preocupação tampouco de completa satisfação. Pediu uma cuba-libre e cruzou os dedos, que Bernardo recolheu com delicadeza em suas mãos operárias.

Depois de beber o primeiro gole e estalar a língua, a namorada, agora visivelmente acuada pelo medo, disse que tinha novidade para contar. Como prever a reação daquele homem alegre, como saber o

O casarão da rua do Rosário | *319*

que poderia afetar seu bom humor? Ele era de boa índole, preocupado em melhorar a caverna onde vivia, como costumava dizer, mas havia áreas mais rústicas e desconhecidas em seu temperamento que Isaura apalpava insegura e sem pressa. Encolheu um pouco os ombros e ficou séria, uma gota de orvalho na ruga da testa.

— Então conta.

Bernardo estava desprevenido, o pensamento solto em questões corriqueiras. Arregalou bem os olhos antes de soltar o entusiasmo pela imensa boca aberta. Mas então é isso a novidade?

— De dois meses, completou Isaura.

De repente não havia mais folga no tempo, tudo se tornou urgente. Isaura resistiu à proposta de um casamento às pressas. Não pense, ela disse, que tenho medo de ser mãe solteira. Minhas irmãs vão querer me queimar numa santa fogueira, mas nem disso eu tenho medo. E fez seu discurso de uma coragem inesperada, valquíria atrevida, espada em punho, disposta a enfrentar o mundo. E mundo significava quatro irmãs e um irmão, a quem precisava derrotar para começar a existir.

Não, e Bernardo sorriu com dentes brancos quase escondidos na barba preta, não se trata disso. Seu dedo avançou até a testa de Isaura e enxugou a gota de suor que ameaçava precipitar-se para o rosto levemente pálido da namorada. Você não tem ideia das coisas práticas da vida, pois até hoje não teve de enfrentá-la sozinha. Sabe quanto custa ter um filho? O estado natural não existe mais. Algumas coisas não te ensinaram em casa, e vai ter de aprender comigo. Você continua uma burguesinha sem noção da selva em que vive. Ser mãe solteira apenas pra provar que não tem medo é a coisa mais reacionária que já vi.

320 | *Menalton Braff*

Bernardo tomou as duas mãos de Isaura nas suas, puxou seus braços como se fosse arrancá-los do corpo. Encarou a namorada e assumiu um ar ridiculamente formal para dizer, Escute bem, menina, eu quero casar com você porque quero compartilhar a briga pela sobrevivência com você. Se quiser chamar isso de amor, pode chamar. Eu também acho que é. Além deste motivo sentimental, tenho outro que é prático: sou contribuinte da Previdência Social. Este parto não vai pesar no orçamento de ninguém. Entendeu?

As mãos soltas, o busto de Isaura recuou e ela ficou algum tempo com as sobrancelhas erguidas, umas sobrancelhas de meditação. Esvaziou o copo de cuba-libre, olhou as unhas, pensou, teve dificuldade de dizer qualquer coisa.

— E então, garotinha?

— Se é assim, pois então casemos. E logo, pois quero me sentir livre daquelas solteironas com cheiro de mofo que moram lá em casa.

3

Doze horas em ponto a campainha invadiu o galpão e o alarido de vozes em busca da felicidade substituiu o alarido de máquinas e motores. Os mecânicos foram encontrar-se no vestiário para uma higiene rápida em apenas algumas superfícies e, na fila, conversavam muitas bobagens pensando no bandejão do almoço. De todos, quem mais falava e ria era Bernardo, porque seus colegas cruzavam com ele chamando-o de pai fresco e o duplo sentido era motivo de muita graça para todos.

Ninguém viu de onde apareceram aqueles panfletos verdes, que durante o almoço começaram a circular entre os operários. Os mais cautelosos fingiam com a mão debaixo da mesa para ler a convocação para a assembleia no sindicato. Outros, por ousadia ou desejo de aparecer, pegaram o papel com as duas mãos e leram em voz alta. Bernardo subiu no banco e com poucas palavras pediu que os colegas comparecessem. É do interesse de todos, proclamou.

322 | *Menalton Braff*

O refeitório transformou-se numa arena em que as ideias se chocavam com violência e barulho ao mesmo tempo que garfos e facas se trançavam com desespero. Por fim, nos céus do campo de batalha cruzavam bolinhas verdes que, por vezes, atingiam seu alvo, e a diversão ficou por conta da guerra de papel.

Havia ainda uns vinte minutos de folga e, no refeitório, ficaram apenas as mesas sujas, os bandejões empilhados em um balcão, e o piso coberto de bolinhas verdes que já não convocavam para mais nada. Os grupos foram saindo, conversa solta, principalmente sobre futebol. Em torno de Bernardo um grupo discutia com muita seriedade as possibilidades de vitória ou de derrota na greve que seria o assunto da assembleia logo mais.

No pátio o sol ainda viu grupos de macacões azuis em lento movimento esforçando-se por viver como sabiam, que era um modo transcorrente, sem muita firmeza de convicções, mas com difusa esperança de que ainda o dia seguinte poderia ser igual àquele, com bolinhas verdes de papel, discussões sobre futebol, gracejos, principalmente os mais ambíguos envolvendo questões sexuais.

Viveram até o toque da cigarra, estrídulo e agressivo, quando perderam o pequeno prazer de estar debaixo do sol sem fazer nada além de esperar o momento de se transformar em função. E a cigarra soou forte sobre o pátio e os grupos foram-se dissolvendo para deixar-se engolir pelas duas portas do galpão.

Bernardo foi um dos últimos a desaparecer do pátio, ocupado que estava em combinar com alguns colegas a participação de cada um na hora da assembleia. Havia notícias de outras garagens e a adesão dos motoristas de outras empresas.

A cidade vai parar, disse por fim Bernardo, vai ter de parar. E sumiu na direção de seu posto de trabalho.

4

Os trabalhadores foram chegando aos poucos e com cheiro de sabonete. O salão do sindicato estava com as duas portas abertas em sua largura. Nas cadeiras de palhinha eram poucos os que aguardavam sentados. Na calçada em frente, encontravam-se antigos companheiros para saber, Então, como é que vão as coisas? Ou colegas que ainda há pouco se despediam sem muita certeza de comparecerem à assembleia ou não.

Bernardo passou por casa para pegar um lanche e dar um beijo no filho. A gente tem muita coisa a combinar, desculpou-se com Isaura. Tem alguns colegas em dúvida e o nosso grupo precisa estar preparado. Pegou o lanche que a esposa embrulhou num saco de papel, abraçou-a com seu braço forte e a largou na porta dizendo que não demorava. Nem o macacão azul do trabalho ele trocou. Estava era mesmo com sua cara de mecânico.

324 | Menalton Braff

A campainha soou convocando para o início da assembleia e mesmo em grupos, como estavam, os trabalhadores foram entrando e ocupando as cadeiras. O presidente chamou o secretário para que lesse atas, edital de convocação, apesar de ser uma assembleia extraordinária, mas tudo dentro da lei, conforme o governo ordenava. Pauta: discussão da contraproposta patronal ou decretação de greve.

O secretário leu tudo ajudado por seus óculos e fechou o livro de atas onde guardava os papéis do dia. Sacudiu a cabeça para o presidente, que entendeu o sinal de que agora era sua vez. Então pôs o microfone à disposição de quem quisesse manifestar sua opinião sobre o que fora lido. Alguns alegaram insegurança no emprego, propondo que se aceitasse a proposta das empresas, mesmo ruim como era. O grupo liderado por Bernardo se opôs a essa ideia, citando números, cifras misteriosas, defendendo a não aceitação da contraproposta.

Mais uma meia hora de debates e o presidente submeteu o assunto à votação e por pequena margem a proposta patronal foi rejeitada. Seguindo a pauta do edital, iniciaram-se as discussões sobre a greve. A sala tremeu com todos querendo falar e gritar ao mesmo tempo. Um motorista de pouco cabelo na cabeça e rosto redondo, gritava perguntando, Se eu perder o emprego, quem de vocês vai sustentar minha família?!

Depois de muita sineta, a direção da mesa conseguiu silêncio e pediu que se inscrevessem todos aqueles que estivessem a fim de se manifestar.

Todos os argumentos pareciam razoáveis e, naquele emaranhado de pensamentos divergentes, a maioria pendia para um lado e outro. Não havia orador que não obtivesse aplausos e vaias. Quando o

O casarão da rua do Rosário | *325*

último inscrito se levantou, a plateia fez silêncio. Era Bernardo, com seu macacão azul e o suor do dia todo de trabalho.

Bernardo foi à frente, tomou o microfone na mão e lançou um olhar indignado sobre a assembleia. Sua pausa dramática, enquanto apenas encarava os companheiros, impressionou a plateia. Companheiros, gritou de repente, não viemos aqui chorar miséria, não viemos aqui para aceitar migalhas. Unidos, manteremos nossas famílias com dignidade. Sem nossa união, os salários vão ser aviltados e o emprego tampouco vai estar garantido.

Seu discurso foi crescendo, aplausos discretos saudavam as frases de melhor efeito, até que a assembleia voltou à balbúrdia inicial.

Solene e burocrático, o presidente resumiu: para o sim, fiquem de pé; para o não, continuem sentados. O secretário saiu contando os que permaneceram sentados enquanto o presidente contava os que se levantaram.

Com bastante folga a tese da greve imediata foi vitoriosa.

5

Sangue quente não respeita garoa, e quando os piquetes deixaram a sede do sindicato, naquela madrugada, o sangue dos grevistas fervia. As Kombis saíram com destino certo, os cruzamentos de todas as linhas e as portas de garagens. Saíram com lento esforço por causa do peso de muitos piqueteiros. Alguns, como Bernardo, precisavam ir de carro para fazer o serviço de ligação e informação. Os deslocamentos precisavam ser rápidos como sabiam que seria rápida a intervenção da polícia.

Os primeiros choques foram com motoristas que não se intimidaram e tentaram furar o bloqueio imposto pelos piquetes. Passa, não passa, pontapés nas portas, barulho, tapas na lataria. Foram bem poucos os que conseguiram sair das garagens, mas encontraram os grupos maiores nos cruzamentos.

A polícia foi acionada.

O casarão da rua do Rosário | *327*

Nas ruas centrais da cidade, assim que o sol enxugou o rosto, continuava pleno domingo, porteiros na frente de alguns edifícios querendo saber o que poderia estar acontecendo. Nos pontos de ônibus dos bairros, a multidão foi aumentando até que as ruas cobriram-se de pedestres. Os automóveis tinham de tomar cuidado, pois ninguém mais respeitava as regras que tornam uma cidade lugar mais ou menos seguro.

À frente de seus companheiros, Bernardo, em passo grande mas lento, dirigiu-se ao caminhão onde chegaram os policiais, perguntando pelo comandante para parlamentar. Foi em suas costas que o primeiro cassetete fez um vergão. Alguns companheiros correram em seu socorro, outros debandaram para a esquina mais próxima, e os policiais não paravam de descer do caminhão e tomaram conta do cruzamento. Bernardo ainda levou duas lambadas, uma no ombro e outra que pegou apenas o braço, e gritou para os companheiros que se retirassem para o lugar combinado.

O tropel do piquete acordou a vizinhança e meia dúzia de janelas abriram-se para o dia nascendo com violência. Os grevistas do piquete embarcaram rapidamente nos carros que acompanhavam a Kombi e foram para o ponto número dois de sua área. Mal chegaram já tiveram de deter dois ônibus que viajavam superlotados. Houve protestos de passageiros, mas Bernardo subiu no capô de um dos carros e conseguiu acalmá-los. Companheiros, ouviu-se a voz do barbudo, nossas famílias passam necessidades e nós somos trabalhadores como vocês.

Por fim os passageiros começaram a dispersar-se, alguns procurando alternativas para chegar ao emprego, outros tendo de voltar a pé pra casa. Uns poucos, mais curiosos, encostaram-se às paredes

328 | *Menalton Braff*

dos prédios vizinhos na esperança de assistir a uma cena que não se vê todo dia.

Quando tudo parecia tranquilo no ponto dois, chegou um integrante do grupo de Bernardo para avisar que, na praça principal, alguém tinha botado fogo em um ônibus. Bernardo não quis ouvir mais nada, correu até seu carro com o mensageiro e voaram os dois na direção da praça.

Dois quarteirões de distância puderam ver a fumaça escura subindo em convulsões como se lutasse contra a morte. Três caminhões da polícia já haviam descarregado seu pessoal, que cercava completamente a praça. Os piqueteiros tinham desaparecido.

— Quem foi o filho da puta!?

Bernardo e seu companheiro pararam a distância, observando o trabalho dos bombeiros que dificilmente poderiam salvar alguma coisa daquele corpo descarnado e com as costelas à mostra.

Era quase meio-dia quando Bernardo chegou em casa. Isaura estava preocupada com as notícias que ouvia no rádio. Morto de fome, ele disse por dentro do beijo que se deram. Enquanto esperava pelo almoço, resumiu os principais lances da manhã. A cidade estava parada. Um cretino qualquer tinha botado fogo em um ônibus. Ninguém sabia quem. O sindicato das empresas prometeu respeitar a greve e marcou reunião para as seis da tarde.

Isaura lavou com salmoura os vergões nas costas e no ombro do marido, Te cuida, Nardo, antes de almoçar.

E o Palmiro, ele quis saber. Dorme como um anjo, Isaura sorriu.

Logo depois Bernardo saía novamente. O sindicato estaria em assembleia permanente até que se soubesse o resultado das negociações.

O casarão da rua do Rosário | 329

No dia seguinte, os jornais relataram os principais acontecimentos do dia anterior, incluindo o acordo a que chegaram empresas e trabalhadores. Um deles deu mais destaque ao incêndio de um ônibus dando, em Box, a foto e alguns dados sobre um dos baderneiros que transtornaram a vida da cidade. Não acusava diretamente Bernardo pelo ato criminoso de atear fogo em um ônibus, mas o culpava de ser um dos responsáveis pelo caos vivido pela cidade no dia anterior, qualificando-o de arruaceiro e chefe da bandidagem.

Em casa, Romão descobriu a foto de Bernardo logo na primeira página e chamou a esposa para que ela também visse.

Que belo cunhado a Isaura foi-nos arrumar. Sacudiu a cabeça e saiu muito decepcionado para o serviço. Era muito incômodo ser cunhado de um baderneiro.

6

Pouco sei de meu pai, e o que sei por mim mesmo, cenas avulsas, vai-se borrando na memória. O que sei além das lembranças que ainda guardo faz parte dos segredos que minha mãe me contava, fechados em seu quarto, no casarão, e o pedido que não comentasse com ninguém o que ali ouvia. Assim é o passado: quando se vão as testemunhas, sobram apenas discursos sobre ele.

Nas poucas horas que passava conosco, ele era um homem alegre, que gostava de inventar brincadeiras.

Um dia montaram um parquinho a dois quarteirões da casa onde morávamos. No domingo, depois do almoço, ele nos convidou para um passeio até lá. A Irene já corria trocando pernas sem dificuldade, mas a Dolores andava dez metros, erguia os braços e pedia colo. Minha mãe erguia a gorduchinha para o colo e aplicava-lhe um beijo sonoro na face. Alguns metros à frente, ela propunha, Vamos

O casarão da rua do Rosário | 331

andar mais um pouco, vamos? E a Dolores descia ao chão tentando imitar a Irene, o que ainda era impossível.

Meu pai, enquanto isso, apostava corrida comigo, e quase sempre chegava primeiro. Daqui até o portão azul, ele propunha. Contava um, dois e... três. Eu só vencia quando ele tropeçava no próprio pé. Então nós dois ríamos muito.

Tivemos de pagar ingresso para entrar no parquinho, mas recebemos um cartão que dava direito a uma série grande de diversões. A primeira foi o carrossel. Fui içado à sela do cavalinho que escolhi, um potro tordilho com olhos ligeiros, as patas dianteiras erguidas ameaçando uma disparada pelos campos que se estendiam até o horizonte. Eu não podia perder aquela aventura. O cavalo da Irene, picaço muito manso, próprio para meninas que mal se equilibravam. Entre nós dois, meu pai, tomando conta para que os cavalos não corcoveassem demais.

Minha mãe, enquanto cavalgávamos pelas planícies, levou a Dolores para um balanço tão grande que parecia uma barca. Elas também viajavam, só que pelos oceanos do mundo, vencendo ondas altíssimas, subjugando mares selvagens. Todos nós, aquela família, fruindo nossa pequena felicidade de uma tarde de domingo no parque.

Depois do carrossel, pedi para andar no túnel do terror. Bem, disse meu pai, mas esta experiência ainda é muito cedo para a Irene. Ela precisa ficar com a mãe. E lá fomos os dois para ver caveiras, monstros, fantasmas, esqueletos de várias espécies animais, inclusive da nossa própria espécie. Eu me agarrava com os dois braços na cintura do meu pai e fechava os olhos. Quando chegamos novamente à luz da tarde, meu pai perguntou se eu tinha gostado. Eu ainda tremia e tinha os olhos molhados. Não gostei, respondi, dá muito medo.

332 | *Menalton Braff*

Passávamos nós cinco por uma barraca e ele quis verificar como andava de pontaria. Era uma brincadeira de adulto que só ele podia usar. Não sei se acertou ou não no alvo, mas meu pai saiu bem satisfeito dos três tiros com as pequenas setas de pluma verde.

Na roda-gigante, íamos os três, meu pai, eu e a Irene em um dos bancos, e minha mãe com a Dolores no outro. Na subida, o banco delas era visto abaixo do nosso, mas na descida elas ficavam por cima. Isso me divertiu muito. O melhor de tudo, entretanto, foi avistar o mundo inteiro lá embaixo. A gente podia ver muito longe e tudo ficava um pouco menor do que era. Meu peito se encheu de tanto ar que cheguei a ficar meio tonto. O ar brincando no cabelo, aragem, era um afago que eu desconhecia. Nunca tinha me divertido tanto e é bem certo que nunca mais me diverti com aquela fúria de primeira vez.

Um povo se amontoou perto de um palco e fomos parar bem na frente de todos, beneficiados pelo tamanho de meu pai, que me levava pela mão e dava o pescoço para Irene montar, ela com a cabeça perto das nuvens. Minha mãe vinha atrás com a Dolores abraçada a seu pescoço e a cabecinha enterrada em seu ombro. Então apareceram duas pessoas, uma que não era palhaço, sem pintura nenhuma, e a outra com o rosto assustador de tão branco com uma boca vermelha que poderia engolir qualquer um de nós, menos meu pai, que sempre achei, naquela época, tratar-se de um ser diferente de mim e das minhas irmãs, porque ele era grande e eu não podia imaginar que um dia ele tivesse sido pequeno como nós. Eu ri um pouco das coisas que vi, a Irene também ria, mas de longe se podia ouvir as gargalhadas da Dolores quando o palhaço caía e ficava de pernas para o alto. Aí o palhaço sumiu e umas pessoas começaram a conversar no palco, dizendo coisas umas para as outras, até parecendo que era

O casarão da rua do Rosário | 333

uma grande inimizade. Por isso, resolvemos continuar passeando pelo parquinho.

Depois da pipoca, meio salgada, pedi refrigerante. Sentamos em cima de umas caixas cobertas com uma lona e fizemos a festa. A Dolores já trazia uma cara de cansada quando começaram a aparecer lâmpadas acesas no parque. Meu pai se levantou todo até o alto e disse, Bem, filhotes, hora de voltar pra casa.

Voltamos pelo mesmo caminho, mas sem a mesma disposição. Não apostei mais corrida com meu pai, e a Dolores não aceitou caminhar com seus dois pés gorduchos. A Irene pegou na minha mão e não queria mais soltar.

E aquele domingo acabou quando entramos em casa.

7

Era uma quarta-feira de manhã e todos queriam falar a respeito do Brasil. Nós três fomos de mãos dadas para a escola, eu no meio, o maior. A Dolores se exibia lendo nome de lojas, cartazes e o único outdoor de nosso caminho. Eu carregava ainda o susto da noite anterior. Nunca tinha visto meu pai com o rosto descaído daquele jeito: assombrado.

Na escola, os professores demoravam a entrar nas salas, conversando com voz meio agachada, os olhos investigando os arredores. Uns diziam que não, alguns diziam que sim. É o fim da baderna, ouvi a professora da Irene dizer. O fim da baderna. Era difícil entender. Baderna. O que seria aquilo que agora teria fim, alguma coisa capaz de assustar meu pai?

Percebendo o medo das pessoas, achei que também eu deveria ficar amedrontado. E fiquei muito calado. As meninas, elas não, elas continuavam alegres, pois ainda não sabiam muita coisa da vida.

O casarão da rua do Rosário | *335*

O clima, em casa, continuava de verão em pleno outono. Um frio quente, aquela febre. A Irene foi se queixar de mim chorando porque eu não emprestava a ela meus patins, levou um corridão, porque, Justo na hora do noticiário, Irene!! Minha irmã parou de chorar e veio a mim com seus olhos arregalados, para me dizer que não queria mais patinar. Deixamos nossa mãe com seus nervos prejudicados e fomos para o quintal, à procura de qualquer coisa que nos ocupasse.

Não conseguia pensar em brincadeira nenhuma por causa daquelas notícias. Tanques nas ruas, tropas nas estradas. Eu vagamente intuía que meu pai tinha a ver com tudo aquilo.

Quando minha mãe disse que ficássemos brincando na sala, a noite caindo por cima do bairro, desconfiei logo, pois ela saiu pela porta dos fundos com dois sacos de plástico cheios. Eu a vi desfazendo o canteiro de rúcula e enterrando bem fundo aqueles sacos. Fiquei curioso, mas não podia perguntar a ela o que era aquilo, enterrar dois sacos de plásticos de bocas bem fechadas. Só mais tarde percebi que faltavam alguns livros na estante.

Meu pai voltou um pouco mais tarde, naquela quarta-feira. Tentava tirar a sombra de seu rosto, mas não conseguia. Jantamos em silêncio, com exceção das meninas, que não tinham qualquer noção do que poderia estar acontecendo, e para elas um garfo torto era muito mais importante do que todos os governos do mundo. Na sala, desisti de ficar com minhas irmãs e me colei de ouvido aceso ao lado dos dois. Ouvi bem claro meu pai dizer que, As coisas, agora, Isaura, vão ficar muito difíceis para nosso lado. Os militares tomaram a sede do governo. O Brasil já está em estado de sítio.

Nos primeiros dias depois da deposição do presidente, andei muito inclinado ao silêncio e à tristeza, porque era como andava

336 | *Menalton Braff*

meu pai. Os dois evitavam conversar sobre o assunto perto de nós, mas uma noite eu vi meu pai assinando o recibo do carro. Pra qualquer emergência, ele disse. Mas guarda bem. Este documento vale o carro.

Algumas semanas mais tarde, minha vida tinha voltado ao normal. Nosso pai continuava chegando alguns dias bem tarde em casa, dizendo que os contatos estavam muito difíceis. A direção estava toda dispersa, era quase cada um por si. Ele falava baixo, fechava as janelas, piscava mais do que o normal. Eu é que já ia me acostumando com o ambiente e perdendo o medo.

8

Estávamos no quarto com o aviso latejando em nossa imaginação. Era um dirigente. Não sabíamos o que era dirigente, e nos parecia uma palavra um tanto feia, mas lhe atribuíamos muita importância. Nosso pai, no jantar havia dito: é um dirigente. Nenhuma palavra a respeito de sua passagem por nossa casa. Tivemos, minhas irmãs e eu, de aprender o significado de segredo desde uma idade em que as palavras ainda não estão coladas a futuros sentidos. Segredo era o mesmo que vida — a existência do pai dependia de nós.

Ouvimos batidas discretas e secas na porta da frente: nó do dedo. Nossa mãe botou a cabeça dentro da iluminação do quarto e disse com pouca voz, É pra dormir, crianças! Eu dormia na parte de cima do beliche e fechei os olhos imediatamente. Era uma obediência, aquilo. As meninas também estavam quietas. O fato é que já passava da hora em que costumávamos dormir, e não seria difícil pegar no

338 | *Menalton Braff*

sono. Pelo menos era isso que me parecia. E logo depois, chamei baixinho os nomes das meninas e elas já dormiam.

Me virei pra parede e ouvi a porta da sala ser aberta, e umas vozes muito macias por causa da parede. Minha mãe veio apagar a luz e eu não parecia acordado, imóvel e virado pra parede.

A conversa deles, que chegava até mim apenas como vozes de gente, se estendia suave pela noite, e, por mais que eu prestasse atenção, não conseguia entender nada. Então fui atacado pelo sono sem perceber. Mas não foi um bom sono, com tantas sombras movendo-se entre rostos desconhecidos, que me assustavam de propósito, contorcendo-se de bocas abertas e sem dentes: risos malignos.

De madrugada abri os olhos no escuro e os ouvidos no silêncio. Ninguém mais conversava. Eu estava com o sono grudado às pálpebras, mesmo assim me levantei, pois precisava ir ao banheiro para urinar. Não tive dificuldade alguma em descer do beliche, uma vez que o conhecia de cor. A casa dormia, o mundo inteiro dormia, e me senti o único ser desperto debaixo das estrelas. Abri a porta do quarto e saí para o hall que distribuía nossos passos pela casa toda. Parei de pé no escuro e meus ouvidos distinguiram os ruídos de um sono pesado e de respiração difícil.

O que ouvi não fazia parte das impressões de minha memória, era um som novo, inexistente até então. A casa, por acaso, a casa respirava enquanto dormia? Senti minha pele eriçada e uma espécie de ardência na raiz dos cabelos. Por mais que abrisse os olhos, eu enxergava muito pouco. Fiquei ali de pé, travado, por algum tempo. Por fim, como não acontecesse nada de assustador, arrastei os pés até perto da parede onde ficava o comutador.

De súbito, o mundo reapareceu e, ainda com medo, espiei a sala, de onde parecia vir o ruído. Sobre o sofá, estendido, um homem

O casarão da rua do Rosário | *339*

ressonava. Era o dirigente, o homem anunciado. Dormindo como qualquer ser humano, despido de suas investiduras de dirigente. Um homem que dormia, nada mais que isso. E ali, naquele instante, à mercê de um garoto que se levantou para mijar.

Perdi alguns segundos observando o dirigente sem ser notado: meu esconderijo era o sono dele. Entrei pela porta do banheiro, que deixei aberta, fiz minhas necessidades em bom cumprimento e saí sem dar descarga, para não acordar a família.

Apaguei a luz do hall, apertei as pálpebras sobre os olhos até me acostumar outra vez com a falta de luz. Ao escalar o beliche, parece que a Irene se remexeu e resmungou. Parei no último degrau esperando que ela se aquietasse. Por fim, penetrei no calor por baixo dos cobertores e concluí, de olhos abertos, que um dirigente é um homem frágil como qualquer outro, que pode ser atacado por um garoto que acorda de madrugada.

Minha mãe entrou no quarto, de manhã, como um céu limpo e lavado. Hora de levantar, ela disse, como dizia todas as manhãs. O café vai esfriar.

Pulei do beliche desprezando a escada e corri até a sala. Lá estava o sofá, sem marca alguma de que fora a cama de um dirigente. Ele não deixou sinal nenhum de sua passagem por nossa casa. Meu pai também tinha saído para o serviço, e minha mãe, quando perguntei para onde poderia ter ido aquele homem, me perguntou bem cínica, Que homem? Não vi homem nenhum aqui em casa além de seu pai!

Nunca mais voltamos a falar daquela visita.

9

Acordei com aqueles murros de meia-noite que entravam na escuridão da casa como se estivessem chegando do inferno. Abre esta porta ou botamos ela a baixo, era uma voz que vinha subindo dos intestinos com catarro e tinha mau cheiro. O estrondo das pancadas acompanhava aquelas ameaças que se ouviam do lado de dentro. Me concentrei a ouvir e sei que meu pai abriu a porta. Mas o que é isso, o que está acontecendo?! Ouvi os gritos de minha mãe e pulei do beliche porque as meninas começaram a chorar com suas vozes mais desesperadas. Acendi a luz e vi o terror nos olhos das minhas irmãs. Seus gritos agudos saíam da boca e dos olhos e eu não sabia como lidar com tamanho medo, o meu e o delas. E os gritos todos se misturaram na noite daquela pequena casa, e eram tantos que nem cabiam mais em sua sala, sua cozinha e seus quartos, eram gritos que voaram para a noite da cidade, era um medo instalado em tudo:

O *casarão da rua do Rosário* | 341

escolas, igrejas, bares. Mesmo os lares deixaram de ser a caverna, último refúgio do homem acuado.

Minha mãe saiu do quarto e encontrou o marido algemado, de pé no meio da sala, um sorriso impotente por trás da barba. A seu lado um homem de arma em punho, parecendo um visitante, tão tranquilo estava. Voltei ao quarto para confortar minhas irmãs, mas elas já estavam no hall e não consegui impedi-las de assistir à cena da sala. Jogaram-se as duas nas pernas do pai, sem noção muito exata do que estava acontecendo, mas convencidas até os ossos de que corríamos grande perigo.

Os outros dois policiais vasculhavam a casa atrás de indícios. Arrombaram portas, espalharam objetos, arrancaram gavetas, despejaram peças de roupa no chão. Na cozinha, curioso, tropecei no faqueiro de minha mãe. A casa, em suas partes de dentro, parecia um ventre aberto a faca.

Minha mãe corria até as meninas, amaldiçoava o homem de arma na mão, me chamava para perto deles. A certa altura jogou-se contra o policial espancando seu peito com os dois braços. Assustado com tamanha fúria, meu pai tentou contê-la, Sossega, Isaura, ele tem uma arma na mão não é para brincar.

Um furacão passou devastando nossos quartos. Cortes imensos nos colchões, portas dos guarda-roupas escancaradas, roupa no chão, mala destroçada. Nada ficou inteiro ou em seu lugar.

Por fim, voltaram à sala, olharam em volta, apalparam, cheiraram e deram o trabalho por terminado.

Quando se preparavam para sair, minha mãe trouxe uma sacola com roupa mais quente, escova e pasta de dentes, uma toalha, que os policiais examinaram e permitiram que meu pai levasse com ele.

342 | *Menalton Braff*

Fiquem sossegados, disse nosso pai, quando aos berros abraçamos suas pernas. Minha mãe não queria mais largá-lo e foi preciso que os policiais a empurrassem para poder sair com ele.

Na porta, nosso pai voltou-se com a cara deformada numa tentativa falhada de sorriso. Então ele disse, Não fiquem com medo, o papai logo, logo vai estar de volta.

E foi a última vez em que vimos nosso pai.

10

É o dia que vem nascendo, aquilo, aquela mancha amarela no horizonte? Então já estamos perto de casa e ainda vou ter tempo para uma ducha antes da banca.

Minha mãe nos levou para o casarão, que, apesar de suas irmãs nos rejeitarem, era um direito seu e que ela exigiu.

Durante alguns meses ela percorreu delegacias, quartéis, cartórios, arquivos de prisões e de cemitérios. Conseguiu que um advogado a acompanhasse muitas vezes, viajando a outras cidades, à capital, mas o resultado foi sempre o mesmo: sinal algum de nosso pai.

Bem mais tarde, apareceu o nome de Bernardo Fortunatti em uma lista de desaparecidos. Fizemos uma cerimônia íntima no casarão, bem simples, em torno daquela folha de papel. As tias espiavam de longe, supondo tratar-se de um rito diabólico. Nós quatro, abraçados e em silêncio, permanecemos alguns minutos pensando

344 | *Menalton Braff*

naquele homem que nos dera a vida e o amor. Cumprimos finalmente o cerimonial de seu passamento.

Ontem foi a vez da tia Benvinda. Tio Ataulfo está muito mais
velho do que é. Tudo envelhece, no casarão, tudo deteriora. À noite,
bandos de morcegos abandonam o sótão e vêm bater asas por cima
do que já foi um jardim e procurar frutas nas árvores que suportaram o tempo e continuam de pé.

Tentei mais uma vez trazer minha mãe comigo. Ela agradeceu e
disse que suas irmãs e a biblioteca do bairro precisavam dela mais
do que eu. Um dia, alguém terá a ideia de construir um condomínio
fechado onde existiu um casarão, e ele será apenas uma lembrança,
até se tornar discurso.

Outros livros de MENALTON BRAFF
publicados pela **Bertrand Brasil:**

A COLEIRA NO PESCOÇO

Presos pelo sortilégio

No conto que abre este conjunto de histórias humanas como fatias indisfarçáveis de uma vida que reconhecemos todos, e que por ser tão familiar nos comove, um velho arrasta um cão, que o arrasta, e ambos se encaram: cumprem o ritual cotidiano de sua condenação a uma paz discutível. Suprema ironia do contista, que abre seu mosaico de quadros psicológicos e de costumes com uma cena familiar, mas na qual está embutida uma tensão que só ao longo do livro se faz presente, num crescendo.

É a técnica de um escritor amadurecido, que sabe que não necessita de holofotes nem de frases forjadamente luminosas para compor um mundo à deriva, um universo que nos toca tão de perto que, presos por uma funda identidade com as personagens e as situações de seu repertório de enredos, fechamos a última página de *A coleira no pescoço* sem, no entanto, libertarmo-nos, conduzidos pela mão de mestre do ficcionista, capaz de enredar pelo sortilégio da atmosfera do mundo particular que, sendo seu, é de todos.

Vinte e dois instantâneos nos quais o heterogêneo se revela como uma indesmentível visão da existência: os momentos fugazes que, no entanto, nos transportam e nos transformam; pessoas comuns sacudidas pela vertigem de circunstâncias nas quais o desafio de superar-se é grande, casais que esperam um sinal promissor ou um fim sem o exagerado gosto da derrota.

Menalton Braff, cujo gênero preferencial — o conto — já lhe deu uma das mais importantes premiações do País com o livro *À sombra do cipreste*, quebra todas as pontes e nos mergulha neste terreno alagadiço, onde a humanidade intensa à procura do mais essencial chapinha conosco seus passos trôpegos, modestos de recursos, porém com a maior ambição do mundo: a nossa — salvar-se e compreender-se.

Paulo Bentacur

A MURALHA DE ADRIANO

Isolados por uma muralha

Um muro não isola somente o avanço de quem está do outro lado; isola quem o levanta.

A partir da imagem da muralha construída no século II pelo imperador romano Adriano, para proteger a Inglaterra do avanço das hordas escocesas, Menalton Braff cria um suspense emocional contemporâneo, entranhando-se na rotina de uma família dona de uma rede de supermercados. Os muros estão invisíveis nos preconceitos, nos condicionamentos financeiros, morais e intelectuais. Mediante a narração na primeira pessoa, ocorre a alternância de vozes entre os integrantes da família Cunha Medeiros. Cada um traz uma opinião diferente dos fatos, tentando se beneficiar da realidade.

Forma-se uma tapeçaria cruzada de destinos, uma acareação caseira, de ambições e desejos que não medem o tamanho da queda. É mãe, pai, filha, tio, genro procurando sua liberdade e se isolando.

O desejo surge como moeda. São *diz-que-diz* e *transa-com-quem* ininterruptos. O empresário Tiago lamenta que seu irmão historiador Mateus não o ajude no negócio da família, mas, na verdade, Mateus diz que é Tiago quem o mantém longe. A filha de Tiago, a arquiteta Verônica, casa com o jovem advogado Anselmo, mas é apaixonada pelo tio Mateus. Este, por sua vez, tem uma paixão platônica pela cunhada, Maria da Graça, e sofre ainda uma atração pela sobrinha, mas vive com Lúcia. Anselmo engravidou sua prima Gabriela, que fez aborto, casou com Verônica, mas seus impulsos sexuais o colocam em apuros.

Com narrativas em zigue-zague e domínio pleno da linguagem, Menalton Braff realiza sua melhor invenção com *A muralha de Adriano*. Apresentando os capítulos inicial e final inspirados na Bíblia, o romance é ilustrativo, não moralizante. O escritor deixa a ação ser a mensagem. Não há como largá-lo nem para atender ao telefone. Fica-se com a respiração trancada, suspensa, esperando o desfecho e tentando entender quem está com a razão.

As muralhas não ficarão no mesmo lugar depois da leitura. Que sirva o exemplo da construção de Adriano. Com seu propósito em desuso, as pedras foram retiradas pouco a pouco pelos habitantes para servir na construção de casas.

Fabrício Carpinejar